La vorágine

José Eustasio Rivera:
La vorágine

Editorial Losada
Buenos Aires

El Libro de Bolsillo
Alianza Editorial
Madrid

Primera edición en «El Libro de Bolsillo»: 1981
Tercera reimpresión en «El Libro de Bolsillo»: 1996

© Editorial Losada, S. A., Buenos Aires, 1942
© Alianza Editorial, S. A., Madrid, 1981, 1987, 1993, 1996
   Calle Juan Ignacio Luca de Tena, 15; 28027 Madrid; teléf. 393 88 88
   ISBN: 84-206-1838-1
   Depósito legal: M. 32.193-1996
   Impreso en Closas-Orcoyen, S. L. Polígono Igarsa
   Paracuellos de Jarama (Madrid)
   Printed in Spain

«...*Los que un tiempo creyeron que mi inteligencia irradiaría extraordinariamente, cual una aureola de mi juventud; los que se olvidaron de mí apenas mi planta descendió al infortunio; los que al recordarme alguna vez piensen en mi fracaso y se pregunten por qué no fui lo que pude haber sido, sepan que el destino implacable me desarraigó de la prosperidad incipiente y me lanzó a las pampas, para que ambulara vagabundo, como los vientos, y me extinguiera como ellos sin dejar más que ruido y desolación.*»

(Fragmento de la carta de Arturo Cova.)

Señor Ministro:

De acuerdo con los deseos de S. S. he arreglado para la publicidad los manuscritos de Arturo Cova, remitidos a ese Ministerio por el Cónsul de Colombia en Manaos.

En esas páginas respeté el estilo y hasta las incorrecciones del infortunado escritor, subrayando únicamente los provincialismos de más carácter.

Creo, salvo mejor opinión de S. S., que este libro no se debe publicar antes de tener más noticias de los caucheros colombianos del Río Negro o Guainía; pero si S. S. resolviere lo contrario, le ruego que se sirva comunicarme oportunamente los datos que adquiera para adicionarlos a guisa de epílogo.

Soy de S. S. muy atento servidor.

JOSÉ EUSTASIO RIVERA

Antes que me hubiera apasionado por mujer alguna, jugué mi corazón al azar y me lo ganó la Violencia. Nada supe de los deliquios embriagadores, ni de la confidencia sentimental, ni de la zozobra de las miradas cobardes. Más que el enamorado fui siempre el dominador cuyos labios no conocieron la súplica. Con todo, ambicionaba el don divino del amor ideal, que me encendiera espiritualmente, para que mi alma destellara en mi cuerpo como la llama sobre el leño que la alimenta.

Cuando los ojos de Alicia me trajeron la desventura, había renunciado ya a la esperanza de sentir un afecto puro. En vano mis brazos —tediosos de libertad— se tendieron ante muchas mujeres implorando para ellos una cadena. Nadie adivinaba mi ensueño. Seguía el silencio en mi corazón.

Alicia fue un amorío fácil: se me entregó sin vacilaciones, esperanzada en el amor que buscaba en mí. Ni siquiera pensó casarse conmigo en aquellos días en que sus parientes fraguaron la conspiración de su matrimonio, patrocinados por el cura y resueltos a someterme por la fuerza. Ella me denunció los planes arteros. Yo moriré sola, decía: mi desgracia se opone a tu porvenir.

Luego, cuando la arrojaron del seno de su familia y el juez le declaró a mi abogado que me hundiría en la cárcel, le dije una noche, en su escondite, resueltamente: ¿Cómo podría desampararte? ¡Huyamos! Toma mi suerte, pero dame el amor.

¡Y huimos!

Aquella noche, la primera de Casanare, tuve por confidente al insomnio.

Al través de la gasa del mosquitero, en los cielos ilímites, veía parpadear las estrellas. Los follajes de las palmeras que nos daban abrigo enmudecían sobre nosotros. Un silencio infinito flotaba en el ámbito, azulando la transparencia del aire. Al lado de mi «chinchorro», en su angosto catrecillo de viaje, Alicia dormía con agitada respiración.

Mi ánima atribulada tuvo entonces reflexiones agobiadoras: ¿Qué has hecho de tu propio destino? ¿Qué de esta jovencita que inmolas a tus pasiones? ¿Y tus sueños de gloria, y tus ansias de triunfo y tus primicias de celebridad? ¡Insensato! El lazo que a las mujeres te une, lo anuda el hastío. Por orgullo pueril te engañaste a sabiendas, atribuyéndole a esta criatura lo que en ninguna otra descubriste jamás, y ya sabías que el ideal no se busca; lo lleva uno consigo mismo. Saciado el antojo, ¿qué mérito tiene el cuerpo que a tan caro precio adquiriste? Porque el alma de Alicia no te ha pertenecido nunca, y aunque ahora recibas el calor de su sangre y sientas su respiro cerca de tu hombro, te hallas, espiritualmente, tan lejos de ella como de la constelación taciturna que ya se inclina sobre el horizonte.

En aquel momento me sentí pusilánime. No era que mi energía desmayara ante la responsabilidad de mis actos, sino que empezaba a invadirme el fastidio de

la manceba. Poco empeño hubiera sido el poseerla, aun
a trueque de las mayores locuras; ¿pero después de
las locuras y de la posesión?...

Casanare no me aterraba con sus espeluznantes leyendas. El instinto de la aventura me impelía a desafiar-
las, seguro de que saldría ileso de las pampas libérrimas
y de que alguna vez, en desconocidas ciudades, sentiría
la nostalgia de los pasados peligros. Pero Alicia me
estorbaba como un grillete. ¡Si al menos fuera más
arriscada, menos bisoña, más ágil! La pobre salió de
Bogotá en circunstancias aflictivas; no sabía montar
a caballo, el rayo del sol la congestionaba, y cuando a
trechos prefería caminar a pie, yo debía imitarla pa-
cientemente, cabestreando las cabalgaduras.

Nunca di pruebas de mansedumbre semejante. Yendo
fugitivos, avanzábamos lentamente, incapaces de torcer
la vía para esquivar el encuentro con los transeúntes,
campesinos en su mayor parte, que se detenían a nuestro paso interrogándome conmovido: patrón, ¿por qué
va llorando la niña?

Era preciso pasar la noche por Cáqueza, en previsión de que nos detuvieran las autoridades. Varias veces intenté romper el alambre del telégrafo, enlazándolo
con la soga de mi caballo; pero desistí de tal empresa
por el deseo íntimo de que alguien me capturara y,
librándome de Alicia, me devolviera esa libertad del
espíritu que nunca se pierde en la reclusión. Por las
afueras del pueblo pasamos a prima noche, y desviando
luego hacia la vega del río, entre cañaverales ruidosos
que nuestros jamelgos descogollaban al pasar, nos guarecimos en una «enramada» donde funcionaba un trapiche. Desde lejos lo sentimos gemir, y por el resplandor
de la hornilla donde se cocía la miel cruzaban inter-
mitentes las sombras de los bueyes que movían el ma-
yal y del chicuelo que los aguijaba. Unas mujeres ade-
rezaron la cena y le dieron a Alicia un cocimiento de
yerbas para calmarle la fiebre.

Allí permanecimos una semana.

El peón que envié a Bogotá a caza de noticias, me las trajo inquietantes. El escándalo ardía, avivado por las murmuraciones de mis malquerientes, comentábase nuestra fuga y los periódicos usufructuaban el enredo. La carta del amigo a quien me dirigí pidiéndole su intervención, tenía este remate: «¡Los prenderán! No te queda más refugio que Casanare. ¿Quién podría imaginar que un hombre como tú busque el desierto?».

Esa misma tarde me advirtió Alicia que pasábamos por huéspedes sospechosos. La dueña de casa le había preguntado si éramos hermanos, esposos legítimos o meros amigos, y la instó con zalemas a que le mostrara algunas de las monedas que hacíamos, caso de que las fabricáramos, «en lo que no había nada de malo, dada la tirantez de la situación». Al día siguiente partimos antes del amanecer.

—¿No crees, Alicia, que vamos huyendo de un fantasma cuyo poder se lo atribuimos nosotros mismos? ¿No sería mejor regresar?

—¡Tanto me hablas de eso, que estoy convencida de que te canso! ¿Para qué me trajiste? ¡Porque la idea partió de ti! ¡Vete, déjame! ¡Ni tú ni Casanare merecen la pena!

Y de nuevo se echó a llorar.

El pensamiento de que la infeliz se creyera desamparada me movió a tristeza, porque ya me había revelado el origen de su fracaso. Querían casarla con un viejo terrateniente en los días que me conoció. Ella se había enamorado, cuando impúber, de un primo suyo, paliducho y enclenque, con quien estaba en secreto comprometida; luego aparecí yo, y alarmado el vejete por el riesgo de que le birlara la prenda, multiplicó las cuantiosas dádivas y estrechó el asedio, ayudado por la parentela entusiástica. Entonces, Alicia, buscando la liberación, se lanzó a mis brazos.

Mas no había pasado el peligro: el viejo, a pesar de todo, quería casarse con ella.

—Déjame, repitió arrojándose del caballo. ¡De ti no quiero nada! ¡Me voy a pie, a buscar por estos caminos un alma caritativa! Infame, nada quiero de ti.

Yo que he vivido lo suficiente para saber que no es cuerdo replicarle a una mujer airada, permanecí mudo, agresivamente mudo, en tanto que ella, sentada en el césped, con mano convulsa arrancaba puñados de yerba.

—Alicia, esto me prueba que no me has querido nunca.

—¡Nunca!

Y volvió los ojos a otra parte.

Quejóse luego del descaro con que la engañaba:

—¿Crees que no advertí tus persecuciones a la muchacha de allá abajo? ¡Y tanto disimulo para seducirla! Y alegarme que la demora obedecía a quebrantos de mi salud. Si esto es ahora, ¿qué no será después? ¡Déjame! ¡A Casanare, jamás, y contigo, ni al cielo!

Este reproche contra mi infidelidad me ruborizó. No sabía qué decir. Hubiera deseado abrazar a Alicia, agradeciéndole sus celos con un abrazo de despedida. ¿Si quería que la abandonara, tenía yo la culpa?

Y cuando me desmontaba a improvisar una explicación, vimos descender por la pendiente a un hombre que golopaba en dirección a nosotros. Alicia, conturbada, se agarró de mi brazo.

El sujeto, apeándose a corta distancia, avanzó con el hongo en la mano.

—Caballero, permítame una palabra.

—¿Yo?, repuse con voz enérgica.

—Sí, sumercé. Y terciándose la ruana me alargó un papel enrollado. Es que lo manda notificar mi padrino.

—¿Quién es su padrino?

—Mi padrino el Alcalde.

—Esto no es para mí, dije devolviendo el papel, sin haberlo leído.

—¿No son, pues, susmercedes los que estuvieron en el trapiche?

—Absolutamente. Voy de Intendente a Villavicencio y esta señora es mi esposa.

Al escuchar tales afirmaciones, permaneció indeciso.

—Yo creí, balbuceó, que eran susmercedes los acuñadores de monedas. De la ramada estuvieron mandando razón al pueblo para que la autoridad los apañara, pero mi padrino estaba en su hacienda, pues sólo abre la Alcaldía los días de mercado. Recibió también varios telegramas, y como ahora soy Comisario único...

Sin dar tiempo a más aclaraciones, le ordené que acercara el caballo de la señora. Alicia, para ocultar la palidez, velóse el rostro con la gasa del sombrero. El importuno nos veía partir, sin pronunciar palabra. Mas, de repente, montó en su yegua, y acomodándose en la enjalma que le servía de montura, nos flanqueó sonriendo:

—Sumercé, firme la notificación para que mi padrino vea que cumplí. Firme como Intendente.

—¿Tiene usted una pluma?

—No, pero adelante la conseguimos. Es que, de lo contrario, el Alcalde me archiva.

—¿Cómo así?, respondíle sin detenerme.

—Ojalá sumercé me ayude, si es cierto que va de empleado. Tengo el inconveniente de que me achacan el robo de una novilla y me trajeron preso, pero mi padrino me dio el pueblo por cárcel; y luego, a falta de Comisario, me hizo el honor a mí. Yo me llamo Pepe Morillo Nieto, y por mal nombre me dicen «Pipa».

El cuatrero, locuaz, caminaba a mi diestra relatando sus padecimientos. Pidióme la maleta de la ropa y la atravesó en la enjalma, sobre sus muslos, cuidando de que no se cayera. No tengo, dijo, con qué comprar una ruana decente, y la situación me ha reducido a vivir descalzo. Aquí donde susmercedes me ven, este sombrero tiene más de dos años, y lo saqué de Casanare.

Alicia, al oír esto, volvió hacia el hombre los ojos asustadizos. ¡Ha vivido usted en Casanare?, le preguntó.

—Sí, sumercé, y conozco el Llano y las caucherías del

Amazonas. Mucho tigre y mucha culebra he matado con la ayuda de Dios.

A la sazón encontrábamos arrieros que conducían sus recuas. El Pipa les suplicaba: —Háganme el bien y me prestan un lápiz para una firmita.

—No «cargamos» eso.

—Cuidado con hablarme de Casanare en presencia de la señora, le dije en voz baja. Siga usted conmigo, y en la primera oportunidad me da a solas los informes que puedan ser útiles al Intendente.

El dichoso Pepe habló cuanto pudo, derrochando hipérboles. Pernoctó con nosotros en las cercanías de Villavicencio, convertido en paje de Alicia, a quien distraía con su verba. Y esa noche se «picureó», robándose mi caballo ensillado.

Mientras mi memoria se empañaba con estos recuerdos, una claridad rojiza se encendió de súbito. Era la fogata de insomne reflejo, colocada a pocos metros de los chinchorros para conjurar el acecho del tigre y otros riesgos nocturnos. Arrodillado ante ella como ante una divinidad, don Rafo la soplaba con su resuello.

Entre tanto continuaba el silencio en las melancólicas soledades, y en mi espíritu penetraba una sensación de infinito que fluía de las constelaciones cercanas.

Y otra vez volví a recordar. Con la hora desvanecida se había hundido irremediablemente la mitad de mi ser, y ya debía iniciar una nueva vida, distinta de la anterior, comprometiendo el resto de mi juventud y hasta la razón de mis ilusiones, porque cuando reflorecieran ya no habría quizás a quien ofrendarlas o dioses desconocidos ocuparían el altar a que se destinaron. Alicia pensaría lo mismo, y de esta suerte, al par que me servía de remordimiento, era el lenitivo de mi congoja, la compañera de mi pesar, porque ella iba también, como la semilla en el viento, sin saber a dónde y miedosa de la tierra que la esperaba.

Indudablemente, era de carácter apasionado: de su

timidez triunfaba a ratos la decisión que imponen las cosas irreparables. Dolíase otras veces de no haberse tomado un veneno. Aunque no te ame como quieres, decía, ¿dejarás de ser para mí el hombre que me sacó de la inexperiencia para entregarme a la desgracia? ¿Cómo podré olvidar el papel que has desempeñado en mi vida? ¿Cómo podrás pagarme lo que me debes? No será enamorando a las campesinas de las posadas ni haciéndome ansiar tu apoyo para abandonarme después. Pero si esto es lo que piensas, no te alejes de Bogotá, porque ya me conoces. ¡Tú responderás!

—¿Y sabes que soy ridículamente pobre?

—Demasiado me lo repitieron cuando me visitabas. El amparo que ahora te pido no es el de tu dinero, sino el de tu corazón.

—¿Por qué me imploras lo que me apresuré a ofrecerte de manera espontánea? Por ti dejé todo, y me lancé a la aventura, cualesquiera que fuesen los resultados. ¿Pero tendrá valor de sufrir y confiar?

—¿No hice por ti todos los sacrificios?

—Pero le temes a Casanare.

—Le temo por ti.

—¡La adversidad es una sola y nosotros seremos dos!

Tal fue el diálogo que sostuvimos en la casucha de Villavicencio la noche que esperábamos al Jefe de la Gendarmería. Era éste un «quídam» semicano y rechoncho, vestido de kaki, de bigotes ariscos y aguardentosa catadura.

—Salud, señor, le dije en tono despectivo cuando apoyó su sable en el umbral.

—¡Oh, poeta!, esta chica es digna hermana de las nueve musas. ¡No seas egoísta con los amigos!

Y me echó su tufo de anetol en la cara.

Frotándose contra el cuerpo de Alicia al acomodarse en el banco, resopló, asiéndola de las muñecas: ¡Qué pimpollo! ¿Ya no te acuerdas de mí? ¡Soy Gámez y Roca, el general Gámez y Roca! Cuando eras pequeña solías sentarte en mis rodillas.

Y probó a sentarla de nuevo.

Alicia, inmutada, estalló: ¡Atrevido, atrevido! ¡Y lo empujó lejos!

—¿Qué quiere usted?, gruñí cerrando las puertas. Y lo degradé con un salivazo.

—¿Poeta, qué es esto? ¿Corresponde así a la hidalguía de quien no quiere echarlo a prisión? ¡Déjeme la muchacha, porque soy amigo de sus papás y en Casanare se le muere! Yo le guardaré la reserva. ¡El cuerpo del delito para mí, para mí! ¡Déjemela, para mí!

Antes que terminara, con esguince colérico le zafé a Alicia uno de sus zapatos y lanzando al hombre contra el tabique, lo acometí a golpes de tacón en el rostro y en la cabeza. El borracho, tartamudeante, se desplomó sobre los sacos de arroz que ocupaban el ángulo de la sala.

Allí roncaba media hora después, cuando Alicia, don Rafo y yo huimos en busca de las llanuras intérminas.

—Aquí está el café, dijo don Rafo, parándose delante del mosquitero. Despabílense, niños, que estamos en Casanare.

Alicia nos saludó con tono cordial y ánimo limpio: ¿Ya quiere salir el sol?

—Tarda todavía: el carrito de estrellas apenas va llegando a la loma. Y nos señaló don Rafo la cordillera diciendo: Despidámonos de ella, porque no la volveremos a ver. Sólo quedan llanos, llanos y llanos.

Mientras apurábamos el café, nos llegaba el vaho de la madrugada, un olor a «pajonal» fresco, a surco removido, a leños recién cortados, y se insinuaban leves susurros en los abanicos de los «moriches». A veces, bajo la transparencia estelar, cabeceaba alguna palmera humillándose hacia el oriente. Un regocijo inesperado nos henchía las venas, a tiempo que nuestros espíritus, dilatados como la pampa, ascendían agradecidos de la vida y de la creación.

—Es encantador Casanare, repetía Alicia. No sé por

qué milagro, al pisar la llanura, aminoró la zozobra que me inspiraba.

—Es que, dijo don Rafo, esta tierra lo alienta a uno para gozarla y para sufrirla. Aquí, hasta el moribundo ansía besar el suelo en que va a podrirse. Es el desierto, pero nadie se siente solo: son nuestros hermanos el sol, el viento y la tempestad. Ni se les teme ni se les maldice.

Al decir esto, me preguntó don Rafo si era tan buen jinete como mi padre, y tan valeroso en los peligros.

—Lo que se hereda no se hurta, respondí jactancioso, en tanto que Alicia, con el rostro iluminado por el fulgor de la hoguera, sonreía confiada.

Don Rafo era mayor de sesenta años y había sido compañero de mi padre en alguna campaña. Todavía conservaba ese aspecto de dignidad que denuncia a ciertas personas venidas a menos. La barba canosa, los ojos tranquilos, la calva luciente, convenían a su estatura mediana, contagiosa de simpatía y de benevolencia. Cuando oyó mi nombre en Villavicencio y supo que sería detenido, fue a buscarme con la buena nueva de que Gámez y Roca le había jurado interesarse por mí. Desde nuestra llegada, hizo compras para nosotros, atendiendo los encargos de Alicia. Ofrecniónos ser nuestro baquiano de ida y de regreso, y que a su vuelta de Arauca llegaría a buscarnos al hato de un cliente suyo, donde permaneceríamos alojados unos meses.

Casualmente hallábase en Villavicencio de salida para Casanare. Después de su ruina, viudo y pobre, les cogió apego a los Llanos, y con dinero de su yerno, los recorría anualmente, como ganadero y mercader ambulante al por menor. Nunca había comprado más de cincuenta reses, y entonces arreaba unos caballejos hacia las fundaciones del bajo Meta y dos mulas cargadas de baratijas.

—¿Se reafirma usted en la confianza de que estamos ya libres de las pesquisas del General?

—Sin duda alguna.

—¡Qué susto me dio ese canalla!, comentó Alicia.
Piensen ustedes que yo temblaba como azogue. ¡Y apa-
recerse a la media noche! ¡Y decir que me conocía!
Pero se llevó su merecido.

Don Rafo tributó a mi osadía un aplauso feliz: ¡era
yo el hombre para Casanare!

Mientras hablaba, iba desmaneando las bestias y po-
niéndoles los cabezales. Ayudábale yo en la faena y
pronto estuvimos listos para seguir la marcha. Alicia,
que nos alumbraba con una linterna, suplicó que espe-
rásemos la salida del sol.

—¿Conque el mentado Pipa es un zorro llanero?,
pregunté a don Rafo.

—El más astuto de los salteadores: varias veces prófugo, tras curar sus fiebres en los presidios, vuelve con
mayores arrestos a ejercer la piratería. Ha sido capitán
de indios salvajes, sabe idiomas de varias tribus y es
boga y vaquero.

—Y tan disimulado, y tan hipócrita y tan servil, apuntaba Alicia.

—Tuvieron ustedes la fortuna de que les robara una
sola bestia. Por aquí andará...

Alicia me miraba nerviosa, pero calmó sus preocupaciones con las anécdotas de don Rafo.

Y la aurora surgió ante nosotros; sin que advirtiéra-
mos el momento preciso, empezó a flotar sobre los pajonales un vapor sonrosado que ondulaba en la atmósfera como ligera muselina. Las estrellas se adormecie-
ron, y en la lontananza de ópalo, al nivel de la tierra,
apareció un celaje de incendio, una pincelada violenta,
un coágulo de rubí. Bajo la gloria del alba hendieron
el aire los patos chillones, las garzas morosas como copos
flotantes, los loros esmeraldinos de tembloroso vuelo,
las guacamayas multicolores. Y de todas partes, del pajonal y del espacio, del «estero» y de la palmera, nacía
un hálito jubiloso que era vida, era acento, claridad
y palpitación. Mientras tanto, en el arrebol que abría
su palio inconmensurable, dardeó el primer destello so-

lar, y, lentamente, el astro, inmenso como una cúpula, ante el asombro del toro y la fiera, rodó por las llanuras enrojeciéndose antes de ascender al azul.

Alicia, abrazándome llorosa y enloquecida, repetía esta plegaria: ¡Dios mío, Dios mío! ¡El sol, el sol!

Luego, nosotros, prosiguiendo la marcha, nos hundimos en la inmensidad.

Poco a poco el regocijo de nuestras lenguas fue cediendo al cansancio. Habíamos hecho copiosas preguntas que don Rafo atendía con autoridad de conocedor. Ya sabíamos lo que eran una «mata», un «caño», un «zural», y por fin Alicia conoció los venados. Pastaban en un estero hasta media docena, y al ventearnos enderezaron hacia nosotros las orejas esquivas.

—No gaste usted los tiros del revólver, ordenó don Rafo. Aunque vea los bichos cerca, están a más de quinientos metros. Fenómenos de la región.

Dificultábase la charla, porque don Rafo iba de «puntero», llevando «de diestro» una bestia, en pos de la cual trotaban las otras en los pajonales retostados. El aire caliente fulgía como lámina de metal, y bajo el espejeo de la atmósfera, en el ámbito desolado, insinuábase a lo lejos la masa negruzca de un monte. Por momentos se oía la vibración de la luz.

Con frecuencia me desmontaba para refrescar las sienes de Alicia, frotándolas con un limón verde. A guisa de quitasol llevaba sobre el sombrero una chalina blanca, cuyos extremos empapaba en llanto cada vez que la afligía el recuerdo del hogar. Aunque yo fingía no reparar en sus lágrimas, inquietábame el tinte de sus arreboladas mejillas, miedoso de la congestión. Mas imposible sestear bajo la intemperie asoleada: ni un árbol, ni una gruta, ni una palmera.

—¿Quieres descansar?, le proponía preocupado, y sonriendo me respondía:

—¡Cuándo lleguemos a la sombra! ¡Pero cúbrete el rostro que la resolana te tuesta!

Hacia la tarde parecían surgir en el horizonte ciudades fantásticas. Las ponentinas matas de monte provocaban el espejismo, perfilando en el cielo penachos de almares, por sobre cúpulas de ceibas y copeyes, cuyas floraciones de bermellón evocaban manchas de tejados.

Los caballos que iban sueltos, orientándose en la llanura, empezaron a galopar a considerable distancia de nosotros. Ya ventearon el bebedero, observó don Rafo. No llegaremos a la mata antes de media hora; pero allí calentaremos el bastimento.

Rodeaban el monte pantanos inmundos, de flotante lama, cuya superficie recorrían avecillas acuáticas que chillaban balanceando la cola. Después de gran rodeo, y casi por opuesto lado, penetramos en la espesura, costeando el tremedal, donde abrevábanse las caballerías, que iba yo maneando en la sombra. Limpió don Rafo con el machete las malezas cercanas a un árbol enorme, agobiado por festones amarillentos, de donde llovían, con espanto de Alicia, gusanos inofensivos y verdosos. Puesto el chinchorro, la cubrimos con el amplio mosquitero para defenderla de las abejas que se le enredaban en los rizos, ávidas de chuparle el sudor. Humeó luego la hoguera consoladora y nos devolvió la tranquilidad.

Metía yo al fuego la leña que me aventaba don Rafo, mientras Alicia me ofrecía su ayuda.

—Esos oficios no te corresponden a ti.

—¡No me impacientes, ya ordené que descanses, y debes obedecer!

Resentida por mi actitud, empezó a mecerse, al impulso que su pie le imprimía al chinchorro. Mas cuando fuimos a buscar agua, me rogó que no la dejara sola.

—Ven, si quieres, le dije. Y siguió tras de nosotros por una trocha enmalezada.

La laguneta de aguas amarillosas estaba cubierta de hojarascas. Por entre ellas nadaban unas tortuguillas llamadas «galápagos», asomando la cabeza rojiza; y aquí

y allí los caimanejos nombrados «cachirres» exhibían
sobre la nata del pozo los ojos sin párpados. Garzas me-
ditabundas, sostenidas en un pie, con picotazo repentino arrugaban la charca tristísima, cuyas evaporaciones
maléficas flotaban bajo los árboles como velo mortuorio. Partiendo una rama, me incliné para barrer con
ella las vegetaciones acuátiles, pero don Rafo me detuvo, rápido como el grito de Alicia. Había emergido
bostezando para atraparme una serpiente «güío», cor-
pulenta como una viga, que a mis tiros de revólver se
hundió removiendo el pantano y rebasándolo en las
orillas.

Y regresamos con los calderos vacíos.

Presa de pánico, Alicia se reclinó temblorosa bajo
el mosquitero. Tuvo vahídos, pero la cerveza le aplacó
las náuseas. Con espanto no menor, comprendí lo que
le pasaba, y, sin saber cómo, abrazando a la futura madre, lloré todas mis desventuras.

Al verla dormida, me aparté con don Rafael, y sen-
tándonos sobre una raíz del árbol, escuché sus consejos
inolvidables:

No convenía, durante el viaje, advertirla del estado en
que estaba, pero debía rodearla de todos los cuidados
posibles. Haríamos jornadas cortas y regresaríamos a
Bogotá antes de tres meses. Allí las cosas cambiarían
de aspecto.

Por lo demás, los hijos, legítimos o naturales, tenían
igual procedencia y se querían lo mismo. Cuestión del
medio. En Casanare así acontecía.

El ambicionó en un tiempo hacer un matrimonio bri-
llante, pero el destino le marcó ruta imprevista: la
joven con quien vivía en aquel entonces llegó a superar
a la esposa soñada, pues, juzgándose inferior, se ador-
naba con la modestia y siempre se creyó deudora de un
exceso de bien. De esta suerte, él fue más feliz en el
hogar que su hermano, cuya compañera, esclava de los
pergaminos y de las mentiras sociales, le inspiró el

horror a las altas familias, hasta que regresó a la sencillez favorecido por el divorcio.

No había que retroceder en la vida ante ningún conflicto, pues sólo afrontándolos de cerca se ve si tienen
remedio. Era verdad que preveía el escándalo de mis
parientes si me echaba a cuestas a Alicia o la conducía
al altar. Mas no había que mirar tan lejos, porque los
temores van más allá de las posibilidades. Nadie me
aseguraba que había nacido para casado, y aunque así
fuera, ¿quién podría darme una esposa distinta de la
señalada por mi suerte? Y Alicia, ¿en qué desmerecía?
¿No era inteligente, bien educada, sencilla y de origen
honesto? ¿En qué código, en qué escritura, en qué ciencia había aprendido yo que los prejuicios priman sobre
las realidades? ¿Por qué era mejor que otros, sino por
mis obras? El hombre de talento debe ser como la
muerte, que no reconoce categorías. ¿Por qué ciertas
doncellas me parecían más encumbradas? ¿Acaso por
irreflexivo consentimiento del público que me conta-
giaba su estulticia; acaso por el lustre de la riqueza?
¿Pero ésta, que suele nacer de fuentes oscuras, no era
también relativa? ¿No resultaban misérrimos nuestros
potentados en parangón con los de fuera? ¿No llegaría
yo a la dorada medianía, a ser relativamente rico? En
este caso, ¿qué me importarían los demás, cuando vi-
nieran a buscarme con el incienso? Usted sólo tiene un
problema sumo, a cuyo lado huelgan todos los otros:
adquirir dinero para sustentar la modestia decorosa-
mente. El resto viene por añadidura.

Callado, escarmenaba mentalmente las razones que
oía, separando la verdad de la exageración. Don Rafo,
le dije, yo miro las cosas por otro aspecto, pues las
conclusiones de usted, aunque fundadas, no me preocu-
pan ahora: están en mi horizonte, pero están lejos.
Respecto de Alicia, el más grave problema lo llevo yo,
que sin estar enamorado vivo como si lo estuviera, su-
pliendo mi hidalguía lo que no puede dar mi ternura,
con la convicción íntima de que mi idiosincrasia caba-

lleresca me empujará hasta el sacrificio, por una dama que no es la mía, por un amor que no conozco.

Fama de rendido galán gané en el ánimo de muchas mujeres, gracias a la costumbre de fingir, para que mi alma se sienta menos sola. Por todas partes fui buscando en qué distraer mi inconformidad, e iba de buena fe, anheloso de renovar mi vida y de rescatarme a la perversión; pero dondequiera que puse mi esperanza hallé lamentable vacío, embellecido por la fantasía y repudiado por el desencanto. Y así, engañándome con mi propia verdad, logré conocer todas las pasiones y sufro su hastío, y prosigo desorientado, caricatureando el ideal para sugestionarme con el pensamiento de que estoy cercano a la redención. La quimera que persigo es humana, y bien sé que de ella parten los caminos para el triunfo, para el bienestar y para el amor. Mas han pasado los días y se va marchitando mi juventud sin que mi ilusión reconozca su derrotero; y viviendo entre mujeres sencillas no he encontrado la sencillez, ni entre las enamoradas el amor, ni la fe entre las creyentes. Mi corazón es como una roca cubierta de musgo, donde nunca falta una lágrima. ¡Hoy me ha visto usted llorar, no por flaqueza de ánimo, que bastante rencor le tengo a la vida; lloré por mis aspiraciones engañadas, por mis ensueños desvanecidos, por lo que no fui, por lo que ya no seré jamás!

Paulatinamente iba levantando la voz y comprendí que Alicia estaba despierta. Me acerqué cauteloso y la sorprendí en actitud de escuchar.

—¿Qué quieres?, le dije. Y su silencio me desconcertó.

Fue preciso continuar la marcha hasta el «morichal» vecino, según decisión de don Rafo, porque la mata era peligrosa en extremo: a muchas leguas en contorno, sólo en ella encontraban agua los animales y de noche acudían las fieras. Salimos de allí, paso a paso, cuando la tarde comenzó a suspirar, y bajo los últimos arreboles nos preparamos para la queda. Mientras don Rafo encendía fuego, me retiré por los pajonales a amarrar los caballos. La brisa del anochecer refrescaba el desierto, y de repente, en intervalos desiguales, llegó a mis oídos algo como un lamento de mujer. Instintivamente pensé en Alicia, que acercándose me preguntaba:

—¿Qué tienes? ¿Qué tienes?

Reunidos después, sentíamos la sollozante quejumbre, vueltos hacia el lado de donde venía, sin que acertáramos a descifrar el misterio; una palmera de macanilla, fina como un pincel, obedeciendo a la brisa, hacía llorar sus flecos en el crepúsculo.

Ocho días después divisamos la fundación de La Maporita. La laguna próxima a los corrales se doraba al sol. Unos mastines enormes vinieron a nuestro encuentro, con ladridos desaforados, y nos dispersaron las bestias. Frente al «tranquero» de la entrada, donde se asoleaba un «bayetón» rojo, exclamó don Rafo, empinándose en los estribos:

—Alabado sea Dios.

—Y su madre santísima, respondió una voz de mujer.

—¿No hay quién venga a espantar estos perros?

—Ya va.

—¿La niña Griselda?

—En el caño.

Complacidos observábamos el aseo del patio, lleno de caracuchos, siemprevivas, habanos, amapolas y otras plantas del trópico. Alrededor de la huerta daban fresco los platanales, de hojas susurrantes y rotas, dentro de la cerca de «guadua» que protegía la vivienda, en cuyo caballete lucía sus resplandores un pavo real.

Por fin, una mulata decrépita asomó a la puerta de la cocina, enjugándose las manos con el ruedo de las enaguas.

—¡Chite, uise!, gritó tirando una cáscara a las gallinas que escarbaban la era. «Prosigan», que la niña Griselda se ta bañando. ¡Los perros no muerden, ya mordieron!

Y volvió a sus quehaceres.

Sin testigos, ocupamos el cuarto que servía de sala, en donde no había otro menaje que dos chinchorros, una «barbacoa», dos banquetas, tres baúles y una máquina «Singer». Alicia, sofocada, se mecía ponderando el cansancio, cuando entró la niña Griselda, descalza, con el «chingue» al brazo, el peine en la crencha y los jabones en una «totuma».

—Perdone usted, le dijimos.

—Tienen a sus órdenes el «rancho» y la persona. ¡Ah! ¿También vino don Rafael? ¿Qué hace en la «ramáa»?

Y saliendo al patio, le decía familiarmente:

—Trascordao, ¿se le volvió a olvidá el cuaerno? Estoy entigrecía contra usté. No me salga con esas, porque peleamos.

Era una hembra morena y fornida, ni alta ni pequeña, de cara regordeta y ojos simpáticos. Se reía enseñando los dientes anchos y albísimos, mientras que con mano hacendosa exprimía los cabellos goteantes sobre el corpiño desbrochado. Volviéndose a nosotros interrogó:

—¿Ya les trajeron café?

—Se pone usted en molestias...

—¿Tiana, Bastiana, qué hubo?

Y sentándose en el chinchorro al lado de Alicia, preguntábale si los diamantes de sus zarcillos eran «legales» y si traía otros para vender.

—Señora, si le gustan...

—Se los cambio por esa máquina.

—Siempre avispada para el negocio, galanteó don Rafo.

—¡Náa! Es que nos estamos recogiendo pa dejá la tierra.

Y con acento cálido refirió que Barrera había venido a llevar gente para las caucherías del Vichada.

—Es la ocasión de mejorá: dan alimentación y cinco pesos por día. Así se lo he dicho a Franco.

—¿Y qué Barrera es el enganchador?, preguntó don Rafo.

—Narciso Barrera, que ha tréido mercancías y «morrocotas» pa dá y convidá.

—¿Se creen ustedes de esa ficha?

—Cáyese, don Rafo. ¡Cuidao con desanimá a Fidel! ¡Si le tá ofreciendo plata anticipáa y no se resuelve a dejá este pejugal! ¡Quere má a las vacas que a la mujé! Y eso que nos cristianamos en Pore, porque sólo éramos casaos militarmente.

Alicia, mirándome de soslayo, se sonrió.

—Niña Griselda, ese viaje puede resultar un percance.

—Don Rafo, el que no arriesga no pasa el má. Ora díganme ustées si valdrá la pena un enganche que los ha entusiasmao a tóos. Porque ayí en el hato no va a queá gente. Ha tenío que bregáles el viejo pa que le ayuden a terminá los trabajos de ganao. ¡Nadie quiere hacer náa! Y de noche tiene unos «joropos»... Pero supóngase: tando ahí la Clarita... Yo le prohibí a Fidel que se quede ayá, y no me hace caso. Dende el lunes se jué. Mañana lo espero.

—¿Dice usted que Barrera trajo mucha mercancía? ¿Y la da barata?

—Sí, don Rafo. No vale la pena que usté abra sus «petaquitas». Ya todo el mundo ha comprao. ¿A que no me trajo los cuaernos de los moas cuando má los menesto? Tengo que yevá ropa de primera.

—Por ahí le traigo uno.

—¡Dios se lo pague!

La vieja Sebastiana arrugada como un higo seco, de cabeza gris y brazos temblones, nos alargó sendos pocillos de café amargo, que ni Alicia ni yo podíamos tomar y que don Rafo saboreaba vertiéndolo en el platillo. La niña Griselda se apresuró a traer una miel oscura, que sacaba de un garrafón, para que endulzáramos la bebida.

—Muchas gracias, señora.

—¿Y esta buena moza es su mujé? ¿Usté en el yerno de don Rafo?

—Como si lo fuera.

—¿Y ustées también son «tolimas»?

—Yo soy de ese departamento; Alicia, bogotana.

—Parece que usté juera pa algún joropo, según tá de «cachaca». ¡Qué bonito traje y qué buenos botines! ¿Ese vestío lo cortó usté?

—No, señora, pero entiendo algo de modistería. Estuve tres años en el colegio asistiendo a la clase.

—¿Me enseña? ¿No es verdá que me enseña? Pa eso compré máquina. Y miren qué lujo de telas las que tengo aquí. Me las regaló Barrera el día que vino a vernos. A Tiana también le dio. ¿Onde tá la tuya?

—Colgá en la «percha». Ora la treigo.

Y salió.

La niña Griselda, entusiasmada porque Alicia le ofrecía ser su maestra de corte, se fazó de la pretina las llaves y, abriendo el baúl, nos enseñó unas telas de colores vivos.

—¡Esas son etaminas comunes!

—Puros cortes de sea, don Rafo. Barrera es «rasgaísimo». Y miren las vistas del «fábrico» en el Vichada, a onde quere yevarnos. Digan imparcialmente si no son una preciosidá esos edificios y si estas fotografías no son primorosas. Barrera las ha repartío por toas partes. Miren cuántas tengo pegáas en el baúl.

Eran unas postales en colores. Se veían en ellas, a la orilla montuosa de un río, casas de dos pisos, en cuyos barandales se agrupaba la gente. Lanchas de vapor humeaban en el puertecito.

—Aquí viven má de mil hombres y tóos ganan una libra diaria. Ayá voy a poné asistencia pa las peonáas. ¡Supónganse cuánta plata cogeré con el solo amasijo! ¿Y lo que gane Fidel?... Miren, estos montes son los cauchales. Bien dice Barrera que otra oportunidá como ésta no se presentará.

—Lo que yo siento es tar tan cascáa; si no, me iba también tras de mi zambo, dijo la vieja, acurrucándose de nuevo en el quicio.

—Aquí ta la tela, añadió, desdoblando una azaraza roja.

—Con ese traje parecerás un tizón encendido.

—Blanco, me replicó: Pior es no parecer náa.

—Andá, ordenó la niña Griselda, buscále a don Rafo unos «topochos» maúros pa los cabayos. Pero primero decile al Miguel que se deje de tar echao en el chinchorro, porque no se le quitan las fiebres: que le saque el agua a la «curiara» y le ponga cuidao al anzuelo, a vé si los «caribes» se tragaron la carnáa. Puée que haya «afilao» algún «bagrecito». Y dános vos algo de comé, que estos blancos yegan de lejos. Venga pa acá, niña Alicia, y aflójese la ropa. En este cuarto nos quearemos las dos.

Y parándose ante mí, agregó con picaresco descaro:

—¡Me la yevo! ¿Ustées ya separaron cama?

Verdadera lástima sentí por don Rafael ante el fracaso de su negocio. Tenía razón la niña Griselda: todos se habían provisto ya de mercancías.

Sin embargo, dos días después de nuestra llegada, vinieron del hato unos hombres enjutos y pálidos, cuyas monturas húmedas disimulaban su mal aspecto con el bayetón que los jinetes dejaban colgando sobre las rodillas. Del otro lado del monte pidieron a gritos la curiara, y, creyendo no ser oídos, hicieron disparos de winchester. Vista la tardanza, sin desmontarse, lanzaron sus cabalgaduras al caño y lo cruzaron trayendo las ropas amarradas en la cabeza.

Llegaron. Vestían calzones de lienzo, camisa suelta llamada «lique» y anchos sombreros de felpa castaña. Sus pies desnudos oprimían con el dedo gordo el aro de los estribos.

—Buen día..., prorrumpieron con voz melancólica entre los ladridos de los perros.

—Ojalá que nos hubieran matao por tá de chistosos, exclamó la niña Griselda.

—Era pa la curiara...

—¡Qué curiara! Este no es paso rial.

—Venimos a ve la mercancía...

—Sigan, pero dejen sus «rangos» afuera.

Los hombres se apearon, y con los ronzales de cerda torcida que servían de rendaje, amarraron los trotones bajo el samán de la entrada y avanzaron con los bayetones al hombro. Alrededor del cuero en que don Rafo había extendido la «chuchería», se acuclillaron indolentes.

—Miren los diagonales extras; aquí están unos cuchillos garantizados; fíjense en esta faja de cuero, con funda para el revólver, todo de primera clase.

—¿Trajo quinina?

—Muy buena, y píldoras para las calenturas.

—¿A cómo el hilo?

—Diez centavos la madeja.

—¿No la da en cinco?

—Llévela en nueve.

Todo lo fueron tocando, examinando, comparando, casi sin hablar. Para saber si una tela desteñía, se empapaban en saliva los dedos y la refregaban. Don Rafael, con la vara de medir, les señalaba todo, agotando los encomios para cada cosa. Nada les gustó.

—¿Me deja en veinte riales esa navaja?

—Llévela.

—¿Le doy por los botones lo que le dije?

—Tómelos.

—Pero me encima la aguja pa prendelos.

—Cójala.

Así compraron bagatelas por dos o tres pesos. El hombre de la carabina, desanudando la punta del pañuelo, alargó una morrocota:

—Páguese de tóo, es de veinte dólares.

Y la hizo retiñir contra el acero del arma.

—¡A vé los trueques!

—¿Por qué no compran el restico?

—A esos precios no se alcanza ni con la carabina. Vaya usté al hato pa que vea cosas regaláas.

—¡Adió, pué!

Y montaron.

—Hola, socio, voceó regresando el de peor estampa; nos mandó Barrera a quitate la mercancía, y es mejó que te largués con eya. Quedás notificao: ¡lejos con eya! ¡Si no te la quitamos ahora, es por lo poquita y lo cara!

—¿Y quitarla por qué?, indagó don Rafo.

—¡Por la competencia!

—¿Crees, tú, infeliz, que este anciano está solo?, prorrumpí, empuñando un cuchillo, entre los aspavientos de las mujeres.

—Mirá, repuso el hombre: por sobre yo, mi sombrero. Por grande que sea la tierra, que quea bajo los pies. Con vos no me toy metiendo. ¡Pero si querés, pa vos también hay!

Espoleando el potro, me tiró a la cara los objetos comprados y galopó con sus compañeros a lo largo de la llanura.

Esa noche, como a la diez, llegó Fidel Franco a la casa. Aunque la embarcación se deslizaba sin ruido sobre el agua profunda, los gozques la sintieron y al instante cundió la alarma.

—Es Fidel, es Fidel, decía la niña Griselda, tropezando en nuestros chinchorros. Y salió al patio en camisola, envuelta desde la cabeza en un pañolón oscuro, seguida de don Rafael.

Alicia, asustada en las tinieblas, empezó a llamarme desde su cuarto:

—Arturo, ¿sentiste? ¡Ha llegado gente!

—¡Sí, no te afanes, no vengas! Es el dueño de casa.

Cuando en franela y sin sombrero salí al aire libre, iba un grupo bajo los platanales llevando un hachón encendido. La cadena de la curiara sonó al atracar y desembarcaron dos hombres armados.

—¿Qué ha pasado por aquí?, dijo uno, abrazando secamente a la niña Griselda.

—¡Náa, náa! ¿Por qué te aparecés a semejante hora?

—¿Qué huéspedes han llegado?

—Don Rafael y dos compañeros, hombre y mujé.

Franco y don Rafo, después de un apretón amistoso, regresaron con los del grupo hacia la cocina.

—Me vine alarmadísimo porque esta noche al yegar al hato con la torada supe que Barrera había mandado una comisión. No querían prestarme cabayo, pero apenas comenzó la «juerga» me traje la curiara de ayá. ¿A qué vinieron esos forajidos?

—A quitarme el «chucho», repuso humildemente don Rafo.

—¿Y qué pasó, Griselda?

—¡Náa! Si má, hay camorra, porque el «guatecito» se les encaró «cachiblanco» en mano. ¡Un horror! ¡Nos hizo chiyá!

—Seguí pa dentro, agregó de repente la patrona, lívida, trémula, y mientras les dan el trago de café, guindá tu chinchorro en el correor, porque toy en el cuarto con la «doña».

—De ningún modo: Alicia y yo nos alojaremos en la enramada, dije avanzando hacia el corrillo.

—Usté no manda aquí, replicó la niña Griselda esforzándose por sonreír. Venga, conozca a este yanero, que es el mío.

—Servidor de usted, repuse devolviendo el abrazo.

—¡Cuente conmigo! Basta que usted sea compañero de don Rafael.

—¡Y si vieras con qué trozo de mujé se ha enyugao! ¡Coloraíta que ni un merey! ¡Y las manos que tiene pa cortá la sea, y lo modosa pa enseñá!

—Pues manden a sus nuevos criados, repetía Franco.

Era cenceño y pálido, de mediana estatura, y acaso mayor que yo. Cuadrábale el apellido al carácter y su fisonomía y sus palabras eran menos elocuentes que su corazón. Las facciones proporcionadas, el acento y el

modo de dar la mano advertían que era hombre de buen
origen, no salido de las pampas sino venido a ellas.

—¿Usted es oriundo de Antioquía?

—Sí, señor. Hice algunos estudios en Bogotá, ingresé
luego en el ejército, me destinaron a la guarnición de
Arauca y de allí deserté por un disgusto con mi capitán.
Desde entonces vine con Griselda a calentar este rancho,
que no dejaré por nada en la vida. Y recalcó: ¡por
nada en la vida!

La niña Griselda, con mohín amargo, permanecía
muda. Como advirtió que estaba en traje de alcoba, se
fue con pretexto de vestirse, llevando dentro de la mano
ahuecada la luz de una vela.

Y no volvió más.

Mientras tanto, la vieja Tiana hacía llamear el fogón
de tres piedras, sobre las cuales pendía un alambre
para colgar el caldero o la «marma». Al tibio parpadear
de la lumbre nos sentamos en círculo, sobre raíces de
gradua o sobre calaveras de caimán, que servían de banquetas. El mocetón que llegó con Franco me miraba
con simpatía, sosteniendo entre las rodillas desnudas
una escopeta de dos caños. Como sus ropas estaban húmedas, desarremangóse los calzoncillos y los oreaba sobre las pantorrillas de nudosos músculos. Llamábase Antonio Correa y era hijo de Sebastiana, tan cuadrado de
espaldas y tan fornido de pecho, que parecía un ídolo
indígena.

—Máma, dijo rascándose la cabeza: ¿cuál jué el en-
trometido que yevó al hato el chisme de la mercancía?

—Eso no tié náa de malo: avisando se vende.

—¿Sí, pero qué jué a hacé ayá la tarde que yegaron
estos blancos?

—¡Yo qué sé! Lo mandaría la niña Griselda.

En esta vez fue Franco quien hizo el mohín. Después
de corto silencio indagó:

—Mulata, ¿cuántas veces ha venido Barrera?

—Yo no he reparao. Yo vivo ocupáa aquí en mi cocina. Saboreado el café y referido por don Rafo algún

incidente de nuestro viaje, repreguntó Franco, obedeciendo a su obstinada preocupación:

—¿Y el Miguel y el Jesús qué han estado haciendo?
¿Buscaron los marranos en la sabana? ¿Compusieron el
tranquero de los corrales? ¿Cuántas vacas ordeñan?

—Sólo dos de ternero grande. Las otras las hizo soltá
la niña Griselda porque ya empieza a habé plaga y los
zancúos matan las crías.

—¿Y dónde están esos flojos?

—Miguel, con calentura. No se quié hacé el remedio:
son cinco hojitas de borraja, pero arrancás de pa arriba,
porque de pa abajo, proúcen vómito. Ahí le tengo el
cocimiento, pero no lo traga. Y eso que ta enviajao pa
las caucherías. ¡Se la pasa jugando naipes con el Jesús,
y ése sí que tá perdío por irse!

—Pues que se larguen desde ahora, en la curiara del
hato, y no vuelvan más. No tolero en mi posada ni
chismosos ni espías. Mulata, asómate al caney y diles
que desocupen: ¡que ni me deben, ni les debo!

Cuando salió Sebastiana, preguntó don Rafael por la
situación del hato: ¿Era verdad que todo andaba «manga por hombro»?

—Ni sombra de lo que usted conoció. Barrera lo ha
trastornado todo. Ayá no se puede vivir. Mejor que le
prendieran candela.

Luego refirió que los trabajos se habían suspendido
porque los vaqueros se emborrachaban y se dividían en
grupos para toparse en determinados sitios de la llanada, donde, a ocultas, les vendían licor los áulicos de
Barrera. Unas veces dejaban matar los caballos, entre-
gándolos estúpidamente a los toros; otras, se dejaban
coger de la soga, o al «colear» sufrían golpes mortales;
muchos se volvían a «juerguear» con Clarita; éstos de-
rrengaban los rangos apostando carreras, y nadie corregía
el desorden ni normalizaba la situación, porque ante el
señuelo del próximo viaje a las caucherías ninguno pensaba en trabajar cuando estaba en vísperas de ser rico.
De esta suerte, ya no quedaban caballos mansos sino

potrones, ni había vaqueros sino enfiestados; y el viejo Zubieta, el dueño del hato, borracho y gotoso, ignorante de lo que pasaba, esparrancábase en el chinchorro a dejar que Barrera le ganara dinero a los dados, a que Clarita le diera aguardiente con la boca, a que la peonada del enganchador sacrificara hasta cinco reses por día, desechando, al desollarlas, las que no parecieran gordas.

Y para colmo, los indios guahibos de las costas del Guanapalo, que flechaban reses por centenares, asaltaron la fundación del Hatico, llevándose a las mujeres y matando a los hombres. Gracias a que el río detuvo el incendio, pero hasta no sé qué noche, se veía el lejano resplandor de la candelada.

—¿Y qué piensa usted hacer con su fundación?, pregunté.

—¡Defenderla! Con diez jinetes de vergüenza, bien encarabinados, no dejaremos indio con vida.

En ese instante volvió Sebastiana:

—Ya se jueron.

—Máma, cuidao se yevan mi «tiple».

—Que si no manda razón alguna.

—Sí: al viejo Zubieta que no me espere. Que le sigo dirigiendo la vaquería cuando me dé mejores yaneros.

En pos de la mulata salimos al patio. La noche estaba oscura y comenzaba a lloviznar. Franco nos siguió a la sala y se tendió en la barbacoa. Afuera los que se marchaban cantaron a dúo:

> *«Corazón, no seás caballo:*
> *aprendé a tener vergüenza;*
> *al que te quiera, querélo,*
> *al que no, no le hagás fuerza».*

Y la pala del remo en la onda y el repentino rebotar de la lluvia apagaron el eco de la tonada.

Pasé mala noche. Cuando menudeaba el canto de los gallos conseguí quedarme dormido. Soñé que Alicia iba

sola, por una sabana lúgubre, hacia un lugar siniestro
donde la esperaba un hombre, que podía ser Barrera.
Agazapado en los pajonales iba espiándola yo, con la
escopeta del mulato en balanza; mas cada vez que intentaba tenderla contra el seductor, se convertía entre mis
manos en una serpiente helada y rígida. Desde la cerca
de los corrales, don Rafo agitaba el sombrero exclamando: ¡Véngase! ¡Eso ya no tiene remedio!

Veía luego a la niña Griselda, vestida de oro, en un
país extraño, encaramada en una peña de cuya base
fluía un hilo blancuzco de caucho. A lo largo de él
lo bebían gentes innumerables echadas de bruces. Franco, erguido sobre un promontorio de carabinas, amo-
nestaba a los sedientos con este estribillo: «¡Infelices,
detrás de estas selvas está ''el más allá''!». Y al pie de
cada árbol se iba muriendo un hombre, en tanto que yo
recogía sus calaveras para exportarlas en lanchones por
un río silencioso y oscuro.

Volvía a ver a Alicia, desgreñada y desnuda, huyendo
de mí por entre las malezas de un bosque nocturno,
iluminado por luciérnagas colosales. Llevaba yo en la
mano una hachuela corta, y, colgado al cinto, un reci-
piente de metal. Me detuve ante una araucaria de mora-
dos corimbos, parecida al árbol del caucho, y empecé a
picarle la corteza para que escurriera la goma. «¿Por qué
me desangras?», suspiró una voz falleciente. «Yo soy
tu Alicia y me he convertido en una parásita.»

Agitado y sudoroso desperté como a las nueve de la
mañana. El cielo, después de la lluvia anterior, resplan-
decía lavado y azul. Una brisa discreta suavizaba los
grandes calores.

—Blanco, aquí tá el desayuno, murmuró la mulata.
Don Rafo y los hombres montaron y las mujeres tán
bañándose.

Mientras que yo desayunaba, sentóse en el suelo y
comenzó a ajustar con los dientes la cadenita de una
medalla que llevaba al cuello. «Resolví ponerme esta
prenda, porque tá bendita y es milagrosa. A vé si el An-

tonio se anima a yevarme. Por si me dejare desamparáa,
le di en el café el corazón de un pajarito llamao "piapoco". Puée irse muy lejos y corré tierras; pero onde
oiga cantá otro pájaro semejante, se pondrá triste y
tendrá que volverse, porque la "guiña" tá en que viene
la pesaúmbre a poné de presente la patria y el rancho y
el queré olvidao, y tras de los suspiros tiée que enca-
minarse el suspiraor o se muere de pena. La medaya
también ayúa si se le cuelga al que se va.»
—¿Y Antonio pretende ir al Vichada?
—Quién sabe. Franco no quere desarraigarse, pero la
mujé tá enviajáa. Antonio hace lo que diga el hombre.
—¿Y anoche, por qué se fueron los muchachos?
—El hombre no los aguantó má. Tá malicioso. El
Jesús jué al hato la tardecita que yegaron ustées, no a
yamá al Barrera sino a decile que no arrimara porque
no se podía. Eso jué tóo. Pero el hombre es avispao y
los despachó.
—¿Barrera viene frecuentemente?
—Yo no sé. Si acaso habla con la Griselda es en el
caño, porque eya, en achaque del anzuelito, anda remo-
lona con la curiara. Barrera es mejó que el hombre;
Barrera es una oportunidá. Pero el hombre es «atrave-
sao» y la mujé le tiée mieo dende lo acontecío en Arauca.
Le soplaron que el Capitán andaba tras de eya y le ma-
drugó: ¡con dos puñaláas tuvo!
En ese momento, interrumpiéndonos el palique, avanzaban en animado trío, Alicia, la niña Griselda y un
hombre elegante, de botas altas, vestido blanco y fieltro
gris.
—Ahí ta don Barrera. ¿No le quería conocé?
—Caballero, exclamó inclinándose: doble fortuna es
la mía, que, impensadamente me pone a los pies de un
marido tan digno de su linda esposa.
Y sin esperar otra razón, besó en mi presencia la
mano de Alicia. Estrechando luego la mía, añadió zala-
mero: Alabada sea la diestra que ha esculpido tan bellas
estrofas. Regalo de mi espíritu fueron en el Brasil, y me

producían suspirante nostalgia, porque es privilegio de los poetas encadenar al corazón de la patria los hijos dispersos y crearle súbditos en tierras extrañas. Fui exigente con la fortuna, pero nunca aspiré al honor de declararle a usted, personalmente, mi admiración sincera.

Aunque estaba prevenido contra ese hombre, confieso que fui sensible a la adulación, y que sus palabras templaron el disgusto que me produjo su cortesanía con mi garbosa daifa.

Pidiónos perdón por entrar en la sala con botas de campo; y después de averiguar por la salud del dueño de casa, me suplicó que le aceptara una copa de whisky. Ya había advertido yo que la niña Griselda traía la botella en la mano.

Cuando Sebastiana colocó sobre la barbacoa los pocillos y el hombre se inclinó a colmarlos, observé que éste llevaba al cinto niquelado revólver y que la botella no estaba llena.

Alicia, mirándome, se resistía a tomar.

—Otra copita, señora. Ya se convenció usted de que es licor suave.

—¡Cómo!, dije ceñudo. ¿Tú también has bebido?

—Insistió tanto el señor Barrera... Y me ha regalado este frasco de perfume, musitó, sacándolo del cestillo donde lo tenía oculto.

—Un obsequio insignificante. Perdone usted, lo traía especialmente...

—Pero no para mi mujer. ¡Quizá para la niña Griselda! ¿Acaso ya los tres se conocían?

—Absolutamente, señor Cova; la dicha me había sido adversa.

Alicia y la niña Griselda enrojecieron.

—Supe, aclaró el hombre, que ustedes estaban aquí por noticias de unos mozuelos que anoche llegaron al hato. Inmenso pesar me causó la nueva de que seis jinetes, ladrones sin duda, habían pretendido expropiar en mi nombre una mercancía; y tan pronto

como amaneció, me encaminé a presentar mis respe-
tuosas protestas contra el atentado incalificable. Y ese
whisky y ese perfume, ofrendas humildes de quien no
tiene, fuera de su corazón, más que ofrecer, estaban
destinados a corroborar la ferviente adhesión que les
profeso a los dueños de casa.

—¿Oyes, Alicia? Dále ese frasco a la niña Griselda.

—¿Y luego no son también ustées dueños de este
rancho?, apuntó la patrona, con voz resentida.

—Como tales los considero yo, porque dondequiera
que lleguen, son, por derecho de simpatía, amos de
cuanto los rodea.

A pesar de mi semblante agresivo, el hombre no
se desconcertó; mas diole al discurso giro diverso: su-
cedían tantas cosas en Casanare, que daba grima pensar
en lo que llegaría a convertirse esa privilegiada tierra,
fuerte cuna de la hospitalidad, la honradez y el trabajo.
Pero con los asilados de Venezuela que la infestaban
como dañina langosta, no se podía vivir. ¡Cuánto había
sufrido él con los voluntarios que le pedían enganche!
¡Tantos se le presentaban explotando la condición de
los desterrados políticos, y eran vulgares delincuentes,
prófugos de penitenciarías! Mas era peligroso rechazar-
los de plano, en previsión de algún desmán. Indudablemente, a esta clase pertenecían los que pretendieron des-
valijar a don Rafael. ¡Jamás podría indemnizarlo la empresa del Vichada de tantos disgustos! Era verdad, y
sería ingratitud no reconocerlo y proclamarlo, que le
había hecho distinciones honrosas. Primero lo envió al
Brasil, residencia de los principales accionistas, con un
gran cargamento de caucho, y ellos le rogaron que aceptara la gerencia de la explotación; mas la rehusó por ca-
recer de aptitudes. ¡Ah! ¡Si entonces hubiera adivinado
que yo quería habitar el desierto! Si yo pudiese indicarle
un candidato, con cuánto orgullo propondría su nombre;
y si ese candidato quisiera irse con él, en la seguridad
de que sería nombrado...

—Señor Barrera, interrumpí: jamás tuve noticia de

que en el Vichada hubiera empresas de la magnitud de
la suya.

—¡Mía, no; mía, no! Soy un modesto empleado a
quien sólo le pagan dos mil libras anuales, fuera de
gastos.

Audazmente fijó en mí los ojos sobornadores, pasó-
se por el rostro un pañuelo de seda, acarició el nudo
de la corbata y se despidió, encareciéndonos una y otra
vez que saludáramos a los caballeros ausentes y les
transmitiéramos su protesta contra el abuso de los salteadores. Sin embargo, él pensaba volver otro día a
presentarla personalmente.

La niña Griselda lo acompañó hasta el caño, y allí
se detuvo más tiempo del que requiere una despedida.

—¿De dónde salió este sujeto?, dije en tono brusco, encarándome con Alicia, apenas quedamos solos.

—Llegó a caballo por aquella costa, y la niña Griselda
lo pasó en la curiara.

—¿Tú lo conocías?

—No.

—¿Te parece interesante?

—No.

—¿Resuelves aceptar el perfume?

—No.

—¡Muy bien! ¡Muy bien!

Y rapándole el frasco del bolsillo del delantal, lo
estrellé con furia en el patio, casi a los pies de la niña
Griselda que regresaba.

—¡Cristiano, usté tá loco, usté tá loco!

Alicia, entre humillada y sorprendida, abrió la máquina y empezó a coser. Hubo momentos en que sólo
se oía el ruido de los pedales y el charloteo del loro
en la estaca.

La niña Griselda, comprendiendo que no debía aban-
donarnos, dijo, sonreída y astuta:

—Esos caprichos de este Barrera sí que me hacen
gracia. Ora se le ha encajao la idea de conseguí unas

esmeraldas y les ha puesto el ojo a las de mis «candongas». ¡De las orejas me las robaría!

—No sea que se las lleve con su cabeza, repliqué, realzando la sátira con una carcajada eficaz.

Y me fui a los corrales, sin escuchar las alarmadas disculpas.

—¡Bien hace en no discutí conmigo, porque se la yevo ganáa!

Trepado en la «talanquera» daba desahogo a mi acritud, al rayo del sol, cuando vi flotar a lo lejos, por encima de los morichales, una nube de polvo, ondulosa y espesa. A poco, por el lado opuesto, divisé la silueta de un jinete que desalado, cruzaba a saltos las ondas pajizas de la llanura, volteando la soga y revolviéndose presuroso. Un gran tropel hacía vibrar la pampa, y otros vaqueros atravesaron el «banco» antes que la yeguada apareciera a mi vista, de cuyo grupo desbandábase a veces alguna potranca cerril, loca de juventud, quebrándose en juguetones corcovos. Oía ya claramente los gritos de los jinetes que ordenaban abrir el tranquero; y apenas tuve tiempo de obedecerles cuando se precipitó en el corral el «atajo», nervioso, bravío, resoplador.

Franco, don Rafael y el mulato Correa se apearon de sus trotones jadeantes, que, sudando espuma, refregaban contra la cerca las cabezas estremecidas.

—Egoístas, ¿por qué no me convidaron?

—El que primero madruga, comulga dos veces. Ya lo veremos enlazar en otra ocasión.

En tanto que aseguraban las puertas de los reductos liándoles gruesos travesaños, acudieron las mujeres a contemplar por entre los claros del «palo a pique» la yeguada pujante, que se resolvía en círculo, ganosa de atropellar el encierro. Alicia, que traía en la mano su tela de labor, chillaba de entusiasmo al ver la confusión de ancas lucientes, crines huracanadas, cascos sonoros. ¡Aquél para mí! ¡Este es el más lindo! ¡Miren el otro cómo patea! ¡Y de los ijares convulsos, del polvo pisoteado y de los relinchos rebeldes, ascendía un hálito de alegría, de fuerza y brutalidad!

Correa estaba feliz.

—¡Cogimos el resabiao! ¡Es aquel padrote negro, crinúo patiblanco! ¡Se le yegó su día, y más vale que no hubiera nació! ¡No he visto zambo que no le tenga mieo, pero ya dirán ustées si tumba al hijo e mi máma!

—Mulato condenao, ¿qué vas a hacé?, gruñó la vieja. ¿Pensás que ese cabayo te ha parío?

Estimulado por nuestra presencia, le dijo a Alicia:

—Le voy a dedicá la faena. ¡Apenas almuercen me monto!

Y como percibiera el olor de la esencia derramada en el patio, dilató las ventanillas de la nariz repitiendo:

—¡Ah...! ¡Güele a mujé, güele a mujé!

No quiso almorzar. Echóse a la boca un puñado de plátano frito, deshilachó un trozo de carne y remojó la lengua con café cerrero. Mientras tanto, entre el refunfuño de Sebastiana, montura al hombro, salió a esperarnos en el corral.

También fuimos parcos en el comer, por la exaltación de ánimo, agravada con la novedad del espectáculo próximo. Alicia, en breve rezo mental, encomendaba el mulato a Dios.

—¡Hombres!, plañía Bastiana: no vayan a dejá que esa bestia me mate al «motoso».

Sacamos las sogas, de cuero peludo, y unas maneas cortas, llamadas «sueltas», de medio metro de longitud, en cuyos extremos se abotonaban gruesos anillos de fique trenzado.

Como el potro esquivaba los lazos, agachándose entre el tumulto, ordenó Franco dividir la yeguada, para lo cual se abrió el tranquero de la corraleja contigua. Cuando el caballo quedó solo, atrevió las manos contra la cerca, a tiempo que el mulato lo «arropó» con la soga. Grandes saltos dio el animal, agachando la maculada cerviz en torno de la horqueta del «botalón» donde humeaba la cuerda vibrante; y al extremo de ella se colgó colérico, ahorcándose en hipo angustioso, hasta caer en tierra, desfallecido, pataleador.

Franco sentósele en el ijar, y agarrándolo por las orejas le dobló sobre el dorso el gallardo cuello, mientras el mulato lo enjaquimaba después de ajustarle las sueltas y de amarrarle un rejo en la cola. De esta manera lo sometían, y en vez de cabestrearlo por la cabeza, lo tiraban del rabo, hasta que el infeliz, debatiéndose contra el suelo, quedó fuera de los corrales. Allí lo vendamos con la testera y la montura le oprimió por primera vez los lomos indómitos.

En medio del vociferante trajín soltaron las yeguas, que se adueñaron de la llanura; y el semental, puesto de frente a la planicie, temblaba receloso, enfurecido.

Al tiempo de zafarle las maneas, exclamó el jinete:

—¡Mamá, a vé el escapulario!

Franco y don Rafael requirieron las cabalgaduras, mas el domador impidió que le sujetaran el potro:

—Quédense atrá, y si quiere voltearse, échenle rejo pa evitá que me coja debajo.

Luego, entre los gritos de Sebastiana, se suspendió del cuello la reliquia, santiguóse, y con gesto rápido destapó al animal.

Ni la mula cimarrona que manotea espantada si el tigre se le monta en la nuca; ni el toro salvaje que brama recorriendo el circo apenas le clavan las banderillas, ni el manatí que siente el arpón, gastan violencia igual a la de aquel potro cuando recibió el primer latigazo. Sacudióse con berrido iracundo, coceando la tierra y el aire en desaforada carrera, ante nuestros ojos despavoridos, en tanto que los amadrinadores lo perseguían, sacudiendo las ruanas. Describió grandes pistas a brincos tremendos, y tal como pudiera corcovear un centauro, subía en el viento, pegada a la silla, la figura del hombre, como torbellino del pajonal, hasta que sólo se miró a lo lejos la nota blanca de la camisa.

Al caer la tarde regresaron. Las palmeras los saludaban con tremulantes cabeceos.

Llegó el potro quebrantado, sudoroso, molido, sordo a la fusta y a la espuela. Ya sin taparlo, le quitaron la silla, maneáronlo a golpes y quedó inmóvil y solo a la vera del llano.

Gozosos abrazamos a Correa.

—¿Qué opinan de mi «patojo»?, repetía Sebastiana orgullosa.

—A él se le debe todo, apuntó Franco. Tuvo la idea de ofrecerles la mejor fiesta de Casanare. Por casualidad encerramos las yeguas del hato y cogimos ese potro, que es mío y de ustedes. Ya vieron lo que pasó.

Al venir la noche, aquel rey de la pampa, humillado y maltrecho, despidióse de sus dominios, bajo la luna llena, con un relincho desolado.

Confieso, arrepentido, que en aquella semana cometí un desaguisado. Di en enamorar a la niña Griselda, con éxito escandaloso.

En los días que Alicia tuvo fiebres le prodigué las más delicadas atenciones; mas ahora, consultando mi conciencia, comprendo que el regocijo de barajarme con la patrona en los cuidados de la enfermería me importaba tanto como la enferma.

La niña Griselda pasó una vez cerca de mi chinchorro y con mano insinuante la cogí del cuadril. Cerrando el puño, hizo ademán de abofetearme, miró hacia donde Alicia dormía y me sacudió con un cosquilleo:

—Pocapena, ya sabía que eras «alebrestao».

Al inclinarse sobre mi pecho, sus zarcillos, columpiados hacia adelante, le golpeaban los pómulos.

—¡Estas son las esmeraldas que ambiciona Barrera?

—Sí, pero dejalas pa vos.

—¿Cómo podría quitarlas?

—Así, dijo, mordiéndome bruscamente la oreja. Y, ahogada en risa, me dejó solo. Luego, con el dedo en la boca, regresó para suplicarme: ¡Que no lo vaya a sabé mi hombre! ¡Ni tu mujé!

Sin embargo, la lealtad me dominó la sangre, y con

desdén hidalgo puse en fuga la tentación. ¿Yo, que venía de regreso de todas las voluptuosidades, iba a injuriar el honor de un amigo, seduciendo a su esposa, que para mí no era más que una hembra, y una hembra vulgar? Mas en el fondo de mi determinación corría una idea mentora: Alicia me trataba ya, no sólo con indiferencia sino con mal disimulado desdén. Desde entonces comencé a apasionarme por ella y hasta me dio por idealizarla.

Creí haber sido miope ante la distinción de mi compañera. En verdad no es linda, mas por donde pasa, los hombres sonríen. Placíame sobre todo otro encanto, el de su mirada tristona, casi despectiva, porque la desgracia le había contagiado el espíritu de una reserva dolorosa. En sus labios discretos apaciguábase la voz con un dejo de arrullo, con acentuación elocuente, a tiempo que sus grandes pestañas se tendían sobre los ojos de almendra oscura, con un guiño confirmador. El sol le había dado a su cutis un tinte levemente moreno y, aunque era carnosa, me parecía más alta, y los lunares de sus mejillas más pálidos.

Cuando la conocí, me dio la impresión de la niña apasionada y ligera. Después llevaba el nimbo de su pesadumbre digna y sombríamente, por la certeza de la futura maternidad. Un día provoqué la suprema revelación, y casi con enojo repuso:

—¿No te da pudor?

Trajeada de olanes claros, era más fresca con el sencillo descote y con el peinado negligente, en cuyos rizos parecía aletear la cinta de seda azul, anudada en forma de mariposa. Cuando se sentaba a coser, tendíame en el chinchorro frontero, aparentando no reparar en ella, pero mirándola a hurtadillas; y llenábame de impaciencia la frialdad de su trato, a tal punto, que repetidas veces la interrogué colérico:

—¿Pero no estoy hablando contigo?

Avido de conocer la causa de su retraimiento, llegué a pensar que estuviera celosa, e intenté hacer leve alu-

sión a la niña Griselda, con quien se mantenía en roce
constante y solía llorar.

—¿Qué te dice de mí la patrona?

—Que eres inferior a Barrera.

—¡Cómo! ¿En qué sentido?

—No sé.

Esta revelación salvó definitivamente el honor de
Franco, porque desde ese momento la niña Griselda me
pareció detestable.

—¿Inferior porque no la persigo?

—No sé.

—¿Y si la persiguiera?

—Que responda tu corazón.

—Alicia, ¿has visto algo?

—¡Qué ingenuo eres! ¿Todas se enamoran de ti?

Me provocó en ese instante, herido en mi orgullo,
desnudarme los brazos y gritarle una y otra vez: ¡Imbé-
cil, pregunta quién me dio estos mordiscos!

Don Rafo apareció en el umbral.

Venía del hato, a donde fue esa mañana a ofrecer
los caballos. Franco y la niña Griselda que lo acom-
pañaron, regresarían por la tarde. El se vino pronto,
aprovechando la curiara, para consultarme un negocio
y requerir mi consentimiento. El viejo Zubieta daba
al fiado mil o más toros, a bajo precio, a condición de
que los cogiéramos, pero exigía seguridades y Franco
arriesgaba su fundación con ese fin. Era la oportunidad
de asociarnos: la ganancia sería cuantiosa.

Gozoso le dije a don Rafo: ¡Haré lo que ustedes quie-
ran! Y agregué estrechando a Alicia en mis brazos: ¡Ese
dinero será para ti!

—Yo daré mis caballos como aporte y volaré a Arauca a exigir la cancelación de algunas deudas. Podré
reunir hasta mil pesos, y con esa suma se harán, en
parte, los gastos de «saca». Además, empeñada la fundación, el viejo cerrará el negocio con Franco, de cuyos

servicios necesita siempre, y más ahora que la ganade-
ría está paralizada por el desorden de los vaqueros.

—Tengo aún treinta libras en el bolsillo. ¡Aquí están, aquí están! Sólo restaré algo para ciertos gastos de
Alicia y para pagar nuestra permanencia en esta casa.

—¡Muy bien! Marcharé dentro de tres días, y aquí
me tendrán a mediados del mes entrante, antes de las
grandes lluvias, porque ya el invierno se acerca. A fines de junio llegaremos a Villavicencio con el ganado.
¡Luego, a Bogotá! ¡A Bogotá!

Cuando Alicia y don Rafael salieron al patio, abrió mi
fantasía las alas:

Me vi de nuevo entre mis condiscípulos, contándoles
mis aventuras de Casanare, exagerándoles mi repentina
riqueza, viéndolos felicitarme, entre sorprendidos y envidiosos. Los invitaría a comer a mi casa, porque ya
para entonces tendría una propia, de jardín cercano a mi
cuarto de estudio. Allí los congregaría para leerles mis
últimos versos. Con frecuencia Alicia nos dejaría solos
urgida por el llanto del pequeñuelo, llamado Rafael, en
memoria de nuestro compañero de viaje.

Mi familia, realizando un antiguo proyecto, se radi-
caría en Bogotá; y aunque la severidad de mis padres
los indujera a rechazarme, les mandaría a la nodriza
con el pequeño los días de fiesta. Al principio se ne-
garían a recibirlo, mas luego, mis hermanas, curiosas,
alzándolo en los brazos, exclamarían: «¡Es el mismo retrato de Arturo!». Y mi mamá, bañada en llanto, lo mi-
maría gozosa, llamando a mi padre para que lo conociera;
mas el anciano, inexorable, se retiraría a sus aposentos,
trémulo de emoción.

Poco a poco, mis buenos éxitos literarios irían conquistando el indulto. Según mi madre, debía tenérseme
lástima. Después de mi grado en la facultad se olvidaba
todo. Hasta mis amigas, intrigadas por mi conducta,
disimularían mi pasado con esta frase: ¡Esas cosas de
Arturo…!

—Venga usted acá, soñador, exclamó don Rafo, a

saborear el último brandy de mis alforjas. Brindemos los tres por la fortuna y el amor.

¡Ilusos! ¡Debimos brindar por el dolor y la muerte!

El pensamiento de la riqueza se convirtió en esos días en mi dominante obsesión, y llegó a sugestionarme con tal poder, que ya me creía ricacho fastuoso, venido a los llanos para dar impulso a la actividad financiera. Hasta en el acento de Alicia encontraba la despreocupación de quien cuenta con el futuro, sostenido por la abundancia del presente. Verdad que ella seguía enclaustrada en su misterio, mas yo me agasajaba con esta seguridad: son extravagancias de mujer rica.

Cuando Fidel me avisó que el contrato se había perfeccionado, no tuve la menor sorpresa. Parecióme que el administrador de mis bienes estaba rindiéndome un informe sobre el modo acertado como había cumplido mi voluntad.

—¡Franco, esto saldrá a pedir de boca! ¡Y si el negocio fallare, tengo mucho con qué responder!

Entonces Fidel, por vez primera, me averiguó el objeto de mi viaje a las pampas. Lúcidamente, ante la posibilidad de que mi compañero hubiera cometido alguna indiscreción, respondí:

—¿No habló usted con don Rafael? Y añadí, después de la negativa:

—¡Caprichos, caprichos! Se me antojó conocer a Arauca, bajar el Orinoco y salir a Europa. Pero Alicia está tan maltratada, que no sé qué hacer. Además, el negocio no me disuena. Haremos algo.

—Pena me da que esta «pechugona» de Griselda quiera convertir en modista a la señora de usted.

—Despreocúpese. Alicia encuentra distracción en practicar lo que le enseñaron en el colegio. En casa divide el tiempo entre la pintura, el piano, los bordados, los encajes...

—Sáqueme de una duda: ¿Los cabayos de don Rafo se los dio usted?

—¡Ya se sabe cuánto lo estimo! Me robaron el mejor, ensillado, y todo el equipaje.

—Sí, me contó don Rafo... Pero quedan algunos buenos.

—Regulares: los de nuestras monturas.

—Al viejo Zubieta le gustarán. ¡Qué casualidad ésta del negocio, con un hombre tan desconfiado! Probablemente nos hizo el ofrecimiento en previsión de que Barrera «se le atravesara». Nunca había vendido semejante cosecha. Les respondía a los compradores: ¡si ya no tengo qué vender! ¡Sólo me quedan cuatro bichitos! Y para estimularlo a la venta, se le debían depositar con pretexto de que las guardara, las libras destinadas al trato, en la seguridad de que el oro se quedaría allí. Una vez tuvo esa táctica un «saquero» de Sogamoso, hombre corrido y negociante avisado, quien, para ganarse la voluntad del abuelo, duró borracho con él varios días. Mas cuando fueron a separar la torada, extendió Zubieta su bayetón fuera de los corrales y desanudó la mochila del cliente advirtiéndole: «A cada torito que salga, écheme aquí una morrocotica, porque yo no entiendo de números». Agotado el depósito, insinuó el «reinoso»: «¡Me faltó dinero! ¡Fíeme los animalitos restantes!». Zubieta sonrió: «Camaráa, a usté no le falta dinero; es que a mí me sobra 'ganao'!».

Y recogiendo el bayetón regresó irreductible.

Satisfecho de mi fortuna, escuchaba la anécdota.

—Franco, le dije, golpeándole el hombro. ¡No se sorprenda usted de nada! El viejo sabe lo que hace. ¡Habrá oído mi nombre...!

—¡Veleta, veleta, cómo tas de cambiao!

—Hola, niña Griselda, ¿qué es ese tuteo?

—¿Tas entonao por el negocio? Pa morrocotas, el Vichada. Yévame. ¡Quero irme con vos!

Se echó a abrazarme, pero la aparté con el codo. Ella vaciló sorprendida:

—¡Ya sé, ya sé! ¡Le tenés «terronera» a mi marío!

—¡Le tengo aversión a usted!

—¡Desagraecío! La niña Alicia no sabe náa. Sólo me encargó que no te creyera.

—¿Qué dice usted? ¿Qué dice usted?

—Que el yanero es el sincero; que al serrano, ni la mano.

Pálido de cólera, entré en la sala.

—Alicia, no me agrada tu compañerismo con la niña Griselda. ¡Puede contagiarte su vulgaridad! ¡No conviene que sigas durmiendo en su cuarto!

—¿Quieres que te la deje sola? ¿No respetarás ni al dueño de casa?

—¡Escandalosa! ¿Vuelven ya tus celos ridículos?

La dejé llorando y me fui al caney. La vieja Tiana prendía remiendos en la camisa del mulato, que, semi-desnudo, con las manos bajo la cabeza esperaba la obra tendido en un cuero.

—Blanco, refrésquese en ese chinchorro. ¡Ta haciendo un caló de agua!

En vano pretendí conciliar el sueño. Me importunaba el cacareo de una gallina que escarbaba en el zarzo, mientras sus compañeras, con los picos abiertos, aceza-ban a la sombra, indiferentes al requiebro del gallo que venía a arrastrarles el ala.

—¡Estas condenáas no dejan ni dormí!

—Mulata, le dije: ¿cuál es tu tierra?

—Esta onde me hayo.

—¿Eres colombiana de nacimiento?

—Yo soy únicamente yanera, del lao de Manare. Dicen que soy craveña, pero yo no soy del Cravo; que pauteña, pero no soy del Pauto. ¡Yo soy de todas estas yanuras! ¡Pa qué más patria, si son tan beyas y tan dila-táas! Bien dice el dicho: ¿Onde ta tu Dios? ¡Onde te salga el sol!

—¿Y quién es tu padre?, le pregunté a Antonio.

—Mi máma sabrá.

—¡Hijo, lo importante es que hayas nació!

Con doliente sonrisa, indagué:

—Mulato, ¿te vas al Vichada?

—Tuve cautivao unos días, pero lo supo el hombre y me «empajó». Y como dicen que son montes y más montes, onde no se puée andá a cabayo, ¡eso pa qué! A mí me pasa lo que al ganao: sólo quero los pajonales y la libertá.

—Los montes pa los indios, agregó la vieja.

—A los «pelaos» también les gusta la sabana: que lo diga el daño que hacen. ¡En qué no se ve pa enlazá un toro! Necesita hayarse bien remontao y que el potro empuje. ¡Y eyos los cogen de a pie, a carrera limpia, y los desjarretan uno tras otro, que da gusto! Hasta cuarenta reses por día, y se tragan una, y las demá pa los «zamuros» y los «caricaris». Y con los cristianos también son atrevíos: ¡al dijunto Jaspe le salieron del matorral, casi debajo del cabayo, y lo cogieron de estampía y lo «envainaron»! Y no valió gritarles. ¡Aposta, andábamos desarmaos, y eyos eran como veinte y echaban flecha pa toas partes!

La vieja, apretándose el pañuelo que llevaba en las sienes, terció en esta forma:

—Era que el Jaspe los perseguía con los vaqueros y con el «perraje». Onde mataba uno, prendía candela y hacía como que se lo taba comiendo asao, pa que lo vieran los fugitivos o los vigías que atalayaban sobre los moriches.

—Máma, jué que los indios le mataron a él la jamilia, y como puaquí no hay autoridá, tié uno que desenrearse solo. Ya ven lo que pasó en el Hatico: «macetearon» a tóos los racionales y toavía humean los tizones. Blanco, ¡hay que apandiyarnos pa echarles una buscá!

—¡No, no! ¿Cazarlos como a fieras? ¡Eso es inhumano!

—Pues lo que usté no haga contra eyos, eyos, lo hacen contra usté.

—¡No contradigás, zambo alegatista! El blanco es más leído que vos. Preguntále más bien si masca tabaco y dále una mascáa.

—No, gracias, viejita. Eso no es conmigo.

—Ahí tán remendaos tus «chiros», díjole al mulato, aventándole la camisa. ¡Ora rompelos en el monte! ¿Ya trujiste la «vengavenga»? ¡Cuánto hace que te la han solicitao!

—Si me da café, la tréigo.

—¿Y qué es eso de vengavenga?

—Encargos de la patrona. ¡Es la cascarita de un palo que sirve pa enamorá!

Mi sensibilidad nerviosa ha pasado por grandes crisis, en que la razón trata de divorciarse del cerebro. A pesar de mi exuberancia física, mi mal de pensar, que ha sido crónico, logra debilitarme de continuo, pues ni durante el sueño quedo libre de la visión imaginativa. Frecuentemente las impresiones logran su máximum de potencia en mi excitabilidad, pero una impresión suele degenerar en la contraria a los pocos minutos de recibida. Así, con la música, recorro la gama del entusiasmo para descender luego a las más refinadas melancolías; de la cólera paso a la transigente mansedumbre, de la prudencia a los arrebatos de la insensatez. En el fondo de mi ánimo acontece lo que en las bahías: las mareas suben y bajan con intermitencia.

Mi organismo repudia los excitantes alcohólicos, aunque saben llevar el marasmo a las penas. Las pocas veces que me embriagué, lo hice por ociosidad o por curiosidad: para matar el tedio o para conocer la sensación tiránica que bestializa a los bebedores.

El día que don Rafo se separó de nosotros sentí vago pesar, augurio de males próximos, certidumbre de ausencia eterna. Yo participaba, al ver que se iba, del entusiasmo de la empresa, cuyo programa empezaba a cumplirse con las gestiones encomendadas a él. Pero a la manera que la bruma asciende a las cimas, sentía subir en mi espíritu el vaho de la congoja humedeciéndome los ojos. Y bebí con ahínco las copas que precedieron a la despedida.

Así, por un momento, reconquisté la animación ve-

leidosa; pero mi mente seguía deprimiéndose con el eco
tenaz de los sollozos de Alicia, cuando le dijo a don
Rafael en un abrazo desesperado. ¡Desde hoy quedaré
en el desierto!

Yo entendí que ese desierto tenía algo que ver con
mi corazón.

Recuerdo que Fidel y Correa debían acompañar al
viajero hasta el propio Tame, en previsión de que los
secuaces de Barrera lo asaltaran. Allí contratarían vaqueros remontados para nuestra cogienda y no podían tardar
más de una semana en volver a La Maporita.

—«En sus manos queda mi casa», había dicho Franco, y yo acepté la comisión con disgusto. ¿Por qué no
me llevaban a las faenas? ¿Imaginarían que era menos
hombre que ellos? Quizá me aventajaban en destreza,
pero nunca en audacia y en fogosidad.

Ese día les cobré repentino resentimiento, y, loco de
alcohol, estuve a punto de gritar: ¡el que cuida a dos
mujeres con ambas se acuesta!

Cuando partieron, entré en la alcoba a consolar a
Alicia. Estaba de bruces sobre su catre, oculto el rostro
en los brazos, hipante y llorosa. Me incliné por acari-
ciarla, y apenas hizo un movimiento para alargarse el
traje sobre las pantorrillas. Luego me rechazó con brus-
quedad:

—¡Quita! ¡Sólo me faltaba verte borracho!

Entonces, en su presencia, le di un abrazo a la patrona.

—¿No es verdad que tú sí me quieres? ¿Que sólo
he tomado dos copitas?

—Y si las bebieras con cáscara de quinina, no te da-
rían calenturas.

—¡Sí, amor mío! ¡Lo que tú quieras! ¡Lo que tú
quieras!

Indudablemente, fue entonces cuando salió con la
botella hacia la cocina y le puso «vengavenga». Pero yo,
a los pies de Alicia me quedé profundamente dormido.

Y esa tarde no bebí más.

Desperté con el alma ensombrecida por la tristeza, huraño y nervioso. Miguel había llegado del hato en un potro «coscojero» de falsa rienda, y mantenía conversación en el caney con Sebastiana:

—Vengo a yevá mi gayo y a vé si Antonio me presta su tiple.

—Aquí el que manda ahora es el blanco. Pedile permiso pa cogé tu poyo. El requinto no lo pueo prestá no tando su dueño.

El hombre, desmontándose, acercóseme tímidamente:

—Ese gayito es mío, y lo quero poné en cuerda pa las riñas que vienen. Si me lo deja yevá, espero que escurezca pa cogelo en el palo.

El recién venido me pareció sospechoso.

—¿No mandó razón ninguna el señor Barrera?

—Pa usté, no.

—¿Para quién?

—Pa naide.

—¿Quién te vendió esa montura?, dije, reconociendo la mía, la misma que me robaron en Villavicencio.

—Se la mercó el señor Barrera a un guate que vino del interió, hace dos semanas. Dijo que se la vendía, porque una culebra le había matao el cabayo.

—¿Y cómo se llama el que la vendió?

—Yo no lo vi. Apenas escuché el cuento.

—¿Y tú acostumbras usar la silla de Barrera?, rugí, acogotándolo. ¡Si no me confiesas dónde está él, dónde quedó escondido, te trituro a palos! Pero si eres leal a mi pregunta, te daré el gallo, el tiple y dos libras.

—Suélteme, pa que no malicéen que le confieso.

Lo llevé hacia la corraleja, y me dijo:

—Quedó agazapao en la otra oriya del monte, porque no vido la señal convenía, es decir, el bayetón extendío en el tranquero, por el lao rojo. Por eso me mandó con la recomienda de que si no había peligro, desensiyara el rango y lo esperara. El vendrá por la noche, y yo, como aviso, debo tocá tiple, pero no he podío hablá con la mujé.

—¡No le digas nada!

Y lo obligué a desensillar.

Ya había oscurecido, y solo en el límite de la pampa diluía el crepúsculo su huella sangrienta. La vieja Tiana salió de la cocina, llevando encendido el mechero de «kerosén». Las otras mujeres rezaban el rosario con murmullo lúgubre. Dejé al hombre en espera y me fui al cuartucho de Antonio por el requinto. A oscuras lo descolgué de la percha y saqué la escopeta de dos cañones.

Acabado el rezo, me presenté con las manos vacías ante la niña Griselda:

—Un hombre la espera en el patio.

—¡Ah! ¡Miguelito! ¿Vino a buscá el tiple?

—Sí. Es bueno prestárselo. Lléveselo usted. En ese rincón está.

Cuando salió, pretendí, en vano, descubrir en los ojos de Alicia alguna complicidad. Estaba fatigada, quería recogerse temprano.

—¿No apetece ver la salía de la luna?, propuso Sebastiana.

—No, dije. La llamaré cuando sea tiempo.

Y con disimulo cogí la botella bajo la ruana. Serenamente, sin que en mi rostro se delatara el propósito trágico, le advertí a la niña Griselda apenas regresó:

—Sebastiana puede quedarse aquí, en la sala. Yo guindaré mi chinchorro en el corredor del caney. Necesito aire fresco.

—Eso sí es bien pensao. Con estos calores no se púe dormí, observó la mulata.

—Si querés, propúsole la patrona, dejá la puerta de par en par.

Al oír esto, sentí maligna satisfacción. Di las buenas noches acentuando estas frases: Miguel me ofreció cantar un «corrido». No tardaré en acostarme.

Al breve rato apagaron la luz.

Mi primer cuidado fúe mirar si en el patio estaban los perros. Los llamé en voz baja, anduve por todas

partes con extraordinaria cautela. ¡Nada! Afortunadamente habrían seguido a los viajeros.

Llegué al caney, orientado por el tabaco que fumaba
el hombre.

—Miguelito, ¿quieres un trago?

Devolvióme la botella escupiendo:

—Qué amargo tá ese ron.

—Dime: ¿con quién tiene cita Barrera?

—No sé bien con cuál es.

—¿Con ambas?

—Así será.

El corazón empezó a golpearme el pecho, como un
redoblante. En mi garganta se ahogaba, seca, la voz.

—¿Barrera es un caballero generoso?

—Es de «chuzo». Dice que da cuanta mercancía quera
el solicitante, lo hace firmá en un libro y le entrega
cualquier retazo advirtiendo: «Lo demás se lo tengo en
el Vichada». Yo le he perdio la voluntá.

—¿Y cuánto dinero te dio?

—Cinco pesos, pero me cogió recibo por diez. Me tiée
ofrecía una muda nueva, y nada me ha dao. Así con
tóos. Ya despachó gente hacia San Pedro de Arimena,
pa que le alisten «bongos» en el Muco. El hato ha
quedao casi solo. Hasta el Jesús ya se largó, pero pasando por Orocué con una razón del viejo Zubieta pa
la autoridá.

—¡Está bien! Toma el requinto y canta.

—Toavía es temprano.

Esperamos casi una hora. La idea de que Alicia me
fuera infiel llenábame de cóleras súbitas, y para no
estallar en sollozos me mordía las manos.

—¿Usté piensa matá al hombre?

—¡No, no! Sólo quiero saber a qué viene.

—¿Y si es a toparse con su mujercita?

—Tampoco.

—Pero eso le quedaría feo a usté.

—¿Crees que debo matarlo?

—Esas son cosas suyas. Lo que ha de tené es cuidao

con yo. Aguáitelo en la talanquera, porque me voy a
poné a cantá.

Le obedecí. A poco, me dijo:

—No se emborrache. Póngale pulso a la puntería.

Por encima de la platanera tendió más tarde la luna
un reflejo indeciso, que fue dilatándose hasta envolver
la inmensidad. El tiple elevó su rasgueo melancólico en
el preludio de la tonada:

> *Pobrecita paloma,*
> *que el gavilán la cogió;*
> *aquí va la sangrecita*
> *por donde se la llevó.*

Con el alma en los ojos, tendía yo la escopeta hacia
el caño, hacia los corrales, hacia todas partes. El pavo,
desde la cumbrera de la cocina, hirió la noche con des-
templados gritos. Afuera, en alguna senda del pajonal,
aullaron los perros.

> *Aquí va la sangrecita*
> *por donde se la llevó.*

Las mujeres encendieron luz en el cuarto. La vieja
Tiana, como una ánima en pena, asomó al umbral.

—Hola, Miguel; la niña Griselda que dejés dormí.

—Se me olvidó decile que yo taba obligao a yevarle
la curiara. Me voy. Cuando volvamos, tírele al de adelante. ¡Si le pega, yo se le echaré a los caimanes y
acabáas son cuentas!

Lo vi alejarse en la embarcación, sobre el agua enlu-
tada donde los árboles tendían sus sombras inmóviles.
Entró luego en la zona oscura del charco, y sólo percibí
el cabrilleo del canalete, rútilo como cimitarra anchurosa.

Esperé hasta la madrugada. Nadie volvió.

¡Dios sabe lo que hubiera pasado!

Al rayar el día, ensillé el caballo de Miguel y puse la escopeta en el zarzo. La niña Griselda, que andaba con un cubo rociando las matas, me observaba inquieta.

—¿Qué tás haciendo?

—Aguardo a Barrera, que amaneció por aquí.

—¡Exagerao! ¡Exagerao!

—Ooiga, niña Griselda: ¿cuánto le debemos?

—¡Cristiano! ¿Qué me decís?

—Lo que oye. La casa de usted no es para gentes honradas. Ni a usted le conviene echarse en el pajonal teniendo su barbacoa.

—¡Ponele freno a tu lengua! Tás bebío.

—Pero no con el licor que le trajo Barrera.

—¿Acaso fue pa mí?

—¿Quiere usted decir que fue para Alicia?

—Vos no la podés obligá ni a que te quera ni a que te siga, porque el cariño es como el viento; sopla pa cualquier lao.

Al oír esto, con alterna premura, chupé la botella y bajé el arma. La niña Griselda salió corriendo. Empujé la puerta. Alicia, a medio vestir, estaba sentada en el catre.

—¿Comprendes lo que está pasando por ti? ¡Vístete! ¡Vámonos! ¡Aprisa! ¡Aprisa!

—¡Arturo, por Dios!...

—¡Me voy a matar a Barrera en presencia tuya!

—¡Cómo vas a cometer ese crimen!

—¡No llores! ¿Te dueles ya del muerto?

—¡Dios mío!... ¡Socorro!

—¡Matarlo! ¡Matarlo! ¡Y después a ti, y a mí y a todos! ¡No estoy loco! ¡Ni tampoco digan que estoy borracho! ¿Loco? ¡No! ¡Mientes! ¡Loco, no! ¡Quítame ese ardor que me quema el cerebro! ¿Dónde estás? ¡Tiéntame! ¿Dónde estás?

Sebastiana y la niña Griselda se esforzaban por sujetarme.

—¡Calma, calma, por lo más querío! Soy yo. ¿No me conocés?

Me echaron en un chinchorro, y pretendieron coserlo por fuera; mas con pataleo brutal rompí las cabuyas, y, agarrando a la niña Griselda del moño, la arrastré hasta el patio.

—¡Alcahueta! ¡Alcahueta! Y de un puñetazo en el rostro, la bañé en sangre.

Luego, en el delirio vesánico, me senté a reír. Divertíame el zumbido de la casa, que giraba en rápido círculo, refrescándome la cabeza. «¡Así, así! ¡Que no se detenga, porque estoy loco!» Convencido de que era un águila, agitaba los brazos y me sentía flotar en el viento, por encima de las palmeras y de las llanuras. Quería descender para levantar en las garras a Alicia, y llevarla sobre una nube, lejos de Barrera y de la maldad. Y subía tan alto, que contra el cielo aleteaba, el sol me ardía el cabello y yo aspiraba el ígneo resplandor.

Cuando la convulsión hizo crisis, intenté caminar, pero sentía correr el suelo bajo mis plantas en sentido contrario. Apoyándome en la pared, entré en la sala vacía. ¡Habían huido! Tenía sed y de nuevo apuré la botella. Recogí el arma y para enfriarme las mejillas las oprimía contra los cañones. Triste porque Alicia me desamparaba, empecé a llorar. Luego declamé a gritos:

—¡No le hace que me dejes solo! ¡Para eso soy hombre rico! ¡Nada quiero de ti, ni de tu muchacho, ni de nadie! ¡Ojalá que ese bastardo te nazca muerto! ¡Ni será hijo mío! ¡Lárgate con el que se te antoje! Tú no eres más que una querida cualquiera.

Después hice disparos.

—¿Dónde está Franco, que no sale a defender a su hembra? ¡Aquí me tiene! ¡Yo vengaré la muerte del Capitán! ¡Al que se presente, lo mato! ¡A Barrera no, a Barrera no; para que Alicia se vaya con él! ¡Se la cambio por brandy, por una botella no más!

Y recogiendo la que tenía, monté en el potro, me tercié la escopeta y partí a escape por el llano impasi-

ble, dando a los aires este pregón enronquecido y dia-
bólico:

—¡Barrera, Barrera! ¡Alcohol, alcohol!

Media hora después, los del hato me vieron pasar.
Del otro lado del caño me gritaban y me hacían señas. Por el vado que me indicaron hostigué el potro y
salí al patio, dispersando la gente a pechadas, entre una
algarabía de protestas.

—¡A ver! ¿Quién manda aquí? ¿Por qué se esconde
Barrera? ¡Que salga!

Y colgando la escopeta en la montura, salté desar-
mado. Todos esperaban perplejos. Algunos sonrieron mi-
rándose.

—¡Guá, chico! ¿Qué quieres tú?

Tal dijo una mujercilla halconera, de rostro envilecido por el colorete, cabello oxigenado y brazos flacuchos,
puestos en jarras sobre el cinturón del traje vistoso.

—¡Quiero jugar a los dados! ¡Nada más que jugar!
¡En este bolsillo están las libras!

Y tiré unas a lo alto, y se regaron en el suelo.

Entonces oí la voz carrasposa del viejo Zubieta, que
ordenaba desde el cuarto contiguo:

—Clarita, al cabayero, que siga.

Acaballado en el chinchorro y tendido de espaldas,
en camiseta y calzoncillos, estaba el hacendado, de ba-
rriga protuberante, ojos de lince, cara pecosa y pelo
rojizo. Alargándome sus manos, que además de ser esca-
brosas parecían hinchadas, hizo rechinar entre los bigotes una risa:

—¡Cabayero, dispense que no me pueo enderezá!

—¡Yo soy el socio de Franco, el cliente de los mil
toros, y, si quiere, se los pagaré de contado!

—¡Asina sí; asina sí! Pero usté debe cogelos porque
el zambaje que tengo ta de a pie, y no sirve pa náa.

—Yo conseguiré vaqueros, bien montados, y no dejaré que me los sonsaquen para el Vichada.

—Me gusta usté. ¡Eso tá bien hablao!

Salí a meter mis aperos y vi a Clarita, cuchicheando
con mi enemigo, mientras que con una totuma le echaba
agua en las manos. Al verme, se escondieron detrás
de la casa.

—¿Qué ladrón recogió el oro que tiré aquí?

—Vení, quitámelo, replicó un hombre, en quien re-
conocí al del winchester, que pretendió decomisarle la
mercancía a don Rafael. «¡Ora sí podemos arreglá lo
del otro día! ¡Sinvergüenza, ora sí me topás!»

Adelantóse amenazante, mirando hacia el punto donde
su patrón estaba escondido, como en espera de una orden.
¡Sin darle tiempo, lo aplasté de una sola trompada!

Barrera acudió exclamando:

—Señor Cova, ¿qué pasa? ¡Venga usted acá! ¡No
haga caso de los peones! ¡Un caballero como usted!...

El ofendido fue a sentarse contra el pretil, y, sin
apartar de mí los ojos, se enjugaba la sangre de las
narices.

Barrera lo reprendió con dictados crueles: «¡Malcria-
do, atrevido! ¡El señor Cova merece respeto!». Mas, a
tiempo que me invitaba a penetrar en el corredor, prometiendo que el oro me sería devuelto religiosamente,
el hombre desensilló mi caballo, guardóse la escopeta y
yo me olvidé del arma. La gente hacía comentarios en la
cocina.

En el cuarto, Clarita estaría refiriéndole al viejo lo
que pasaba, porque enmudecieron al verme.

—¿El cabayero se regresa hoy?

—No, amigo Zubieta. ¡No se me antoja! ¡Vine a beber
y a jugar, a bailar y cantar!

—Es un honor que no merecemos, afirmó Barrera. El
señor Cova es una de las glorias de nuestro país.

—¿Y gloria, por qué?, interrogó el viejo. ¿Sabe mon-
tá? ¿Sabe enlazá? ¿Sabe toreá?

—¡Sí, sí!, grité. ¡Lo que usted quiera!

—¡Asina me gusta, asina me gusta! Y se agachó hacia el cuero de tigre que tenía bajo el chinchorro. Cla-

rita, danos unos «brándises», dijo, indicándole el garrafón.

Barrera, para no beber, salió al corredor, y a poco, vino alargándome un puñado de oro.

—Estas monedas son de usted.

—¡Miente! Desde ahora son de Clarita.

Ella las recibió sonriendo y me dio las gracias con este cumplido:

—¡Aprendan! ¡Es una dicha encontrar cabayeros!

Zubieta se quedó pensativo. De pronto mandó que acercaran la mesa, y, cuando vaciamos otras copas, señaló un morralito suspendido de un cuerno en la pared fronteriza.

—Clarita, dános «las muelas de Santa Polonia».

Clarita puso los dados sobre la mesa.

Indudablemente, mi nueva amiga me favoreció aquella noche en ese juego plebeyo, desconocido para mí. Tiraba yo los dados con nerviosidad y a veces caían debajo del chinchorro. Entonces, el viejo, entre carcajadas y toses, preguntaba: ¿Me ganó? ¿Me ganó? Y ella, entre una humareda de tabaco, ladeando la farola, respondía: Echó «cenas». Es un chico de suerte.

Barrera, simulando confianza en las palabras de la mujer, confirmaba tales decisiones; pero vivía celoso de que no escaseara el licor. Clarita, ebria, me apretaba la mano al descuido; el viejo, ebrio, tarareaba una canción obscena; mi rival, por encima de la luz temblorosa, me sonreía irónico; yo, semi-inconsciente, repetía las «paradas». En la puerta del acalorado cuartucho, los peones seguían el juego, con interés.

Cuando quedé dueño de casi todo el montón de frisoles que representaba un valor convenido, Barrera me propuso jugarlo en «paro», «vaciando», las morrocotas del chaleco. «Tire por mitad, cien toros», exclamó el vejete, dando fuertes golpes en la mesa. Entonces noté que los zapatos de mi adversario pisaban los de Clarita, y tuve el presentimiento de que llegaba el fraude.

Con frase feliz decidí a la mujer:

—Juguemos esto en campañía.

Ella extendió al instante sobre el montoncillo de granos las manos avaras. El rubí de su anillo se encendió en sangre.

Zubieta maldijo su suerte cuando lo venció mi jugada.

—Ahora con usted, le dije a Barrera, sonando los dados.

Recogiólos sin inmutarse, y, mientras los agitaba, cambiándolos, pretendió distraernos con un chiste de baja ley. Pero al lanzarlos sobre la mesa, los atrapé de un golpe:

—¡Canalla, estos dados son falsos!

Trabóse de súbito una reyerta y la lámpara rodó por el suelo. Gritos, amenazas, imprecaciones. El viejo cayó del chinchorro, pidiendo auxilio. Yo, a oscuras, esgrimía los puños a diestro y siniestro, hacia cualquier sitio donde oyera una voz de hombre. Alguien hizo un disparo, ladraron los perros, rechinaba la puerta con el afán del ahuyentado tumulto, y la ajusté de un empellón, sin saber quién quedaba adentro.

Barrera exclamó en el patio: ¡Ese bandido vino a matarme y a robar al señor Zubieta! ¡Anoche me estuvo «puesteando»! ¡Gracias a Miguel, que se opuso al crimen y me denunció la asechanza! ¡Prendan a ese miserable! ¡Asesino, asesino!

Yo, desde adentro, le lanzaba atrevidos insultos, y Clarita, conteniéndome, suplicaba:

—¡No salgas, no salgas, porque te acribiyan!

El viejo gimoteaba espantado:

—¡Alumbren, que escupo sangre!

Cuando me ayudaron a echar el cerrojo, sentí humedecida una de mis muñecas. Tenía una puñalada en el brazo izquierdo.

Con nosotros quedó encerrada una persona que me puso en las manos un winchester. Al sentir que me buscaba, intenté cogerla, por lo cual, susurrando, me repetía:

—¡Cuidao con yo! ¡Soy el tuerto Mauco, amigo de tóo el mundo!

Afuera empujaban la puerta, y yo, sin permanecer en un solo punto, perforaba las tablas a tiros, iluminando la estancia con el relampagueo de los fogonazos. Al fin terminó la agresión. Quedamos sumidos en el más pavoroso silencio y mi oído acechante dominaba la oscuridad. Por los huecos que abrieron mis balas observé con sigilosa pupila. Hacía luna y el patio estaba desierto.

Mas por instantes recogía el rumor de voces y risotadas que venían quién sabe de dónde. El dolor de la herida empezó a rendirme y el vértigo del alcohol me echó a tierra. Allí me desangré hasta que Dios quiso, entre el pánico de mis compañeros, que en algún rincón se decían: Parece que está agonizando.

—¡Agua, agua! ¡Estoy herido! ¡Me muero de sed!

Al amanecer, abrieron el cuarto y me dejaron solo. Desperté con desmayada dolencia a los gritos que daba el dueño del hato, reprendiendo a la peonada por indolente, pues no quiso salvarlo de la batahola.

—¡Gracias al guate, repetía, gracias al guate, estoy contando el cuento! El tenía razón, los dados eran falsos y con eyos me había estafao mi plata ese tramposo del Barrera. ¡Aquí topé uno bajo la mesa! Convénzanse. Tiene azogue por dentro.

—No podíamos arrimá por los tiros.

—¿Y quién hirió a Cova?

—¿Quén sabrá?

—Vayan a decirle al Barrera que no lo quero aquí; que pa eso tiene sus toldos, que se quede ayá. ¡Que si no sabe pa qué son los caminos; que el guate ta aquí con la carabina!

Clarita y el tuerto Mauco vinieron en mi socorro trayendo un caldero de agua caliente. Descosieron la manga de la camisa para quitármela sin lastimar el brazo túmido, y luego, humedeciendo los bordes de la tela pegada, descubrieron la herida, pequeña pero profunda, abierta sobre el músculo cercano al hombro. La lavaron con aguardiente, y, antes de extenderle la cataplasma tibia, el tuerto, con unción ritual, exclamó: Pongan fe, porque la voy a rezá.

Admirado yo, observaba al hombruco, de color terroso, mejillas fofas y amoratados labios. Puso en el suelo, con solicitud minuciosa, el bordón en que se apoyaba, y encima el sombrero grasiento de roídas alas, que tenía como cinta un mazo de cabuyas a medio torcer. Por entre los harapos se le veían las carnes hidrópicas, principalmente el abdomen, escurrido en rollo sobre el empeine. Volvió, parpadeando, hacia la puerta el ojillo tuerto, para regañar a los muchachos que se asomaban:

—¡Esto no es cosa de juego! ¡Si no han de poné fe, lárguense, porque se pierde la virtú!

Los gandules permanecieron fervorosos, como en un templo, y el viejo Mauco, después de hacer en el aire algunos signos de magia, masculló una retahíla que se llamaba «La oración del justo juez».

Satisfecho de su ministerio, recogió el sombrero y el palo, y dijo inclinándose sobre el cuero de toro donde me hallaba tendido: No se deje «acochiná» del doló. Yo lo curo presto: con otra rezáa tiene.

Miré con asombro a Clarita como para indagar la certidumbre de cuanto estaba pasando. Era convencida creyente, que manifestaba respeto fanático. Para ahuyentar mis dudas, expuso:

—¡Guá, chico!, Mauco sabe de medicina. Es el que mata las gusaneras, rezándolas. Cura personas y animales.

—No sólo eso, añadió el mamarracho. Sé muchas oraciones pa tóo. Pa topá las reses perdías, pa sacá entierros, pa hacerme invisible a los enemigos. Cuando el reclutamiento de la guerra grande me vinieron a cogé, y me les convertí en mata de plátano. Una vez me apañaron antes de acabá el rezo y me encerraron en una pieza, con doble yave; pero me volví hormiga y me picurié. Si no hubiera sío por yo, quién sabe qué nos

hubiera acontecío en la gresca de anoche. Yo tuve listo
pa evaporarme cuando entraran, y toparlos a tóos con
mi neblina. Apenas supe que usté taba herío, le recé la
oración del «sana que sana» y la hemorragia se contuvo.

Lentamente fui cayendo en una quietud sonámbula,
en un vago deseo de dormir. Las voces iban alejándose
de mis oídos y los ojos se me llenaron de sombra. Tuve
la impresión de que me hundía en un hoyo profundo,
a cuyo fondo no llegaba jamás.

Un sentimiento de rencor me hacía odioso el recuerdo de Alicia, la responsable de cuanto pasaba. Si alguna
culpa podía corresponderme en el trance calamitoso, era
la de no haber sido severo con ella, la de no haberle
impuesto a toda costa mi autoridad y mi cariño. Así,
con la sinrazón de este razonamiento, envenenaba mi
ánima y enconaba mi corazón.

¿Verdaderamente me habría sido infiel? ¿Hasta qué
punto le había mareado el espíritu la seducción de Barrera? ¿Habría existido esa seducción? ¿A qué hora
pudo llegarle la influencia del otro? ¿Las palabras reveladoras de la niña Griselda, no serían mensaje de
astucia para decidirme en su favor, calumniando a mi
compañera? Tal vez había sido yo injusto y violento;
pero ella debía perdonarme, aunque no le pidiera perdón, porque le pertenecía con mis cualidades y defectos,
sin que le fuera dable hacer distingos en mí. Agregábase en descargo mío que la vengavenga me llevó a la
locura. ¿Cuándo en sano juicio le di motivo de queja?
Entonces, ¿por qué no venía a buscarme?

Parecíame a ratos verla llegar, bajo el sombrero de
lánguidas plumas, tendiéndome los brazos entre sollozos:

«¿Qué desalmado te hirió por causa mía? ¿Por qué
estás tendido en el suelo? ¿Cómo no te dan una cama?»
Y anegándome el rostro en lágrimas sentábase a mi
cabecera, dándome por almohada sus muslos trémulos,
peinando hacia atrás mis cabellos, con mano enternecida
y amorosa.

Alucinado por la obsesión, me reclinaba sobre Clarita, apartándome al reconocerla.

—Chico, ¿por qué no descansas en mis rodillas? ¿Quieres más limonada para la fiebre? ¿Te cambio el vendaje?

A veces sentía la tos impaciente de Zubieta en el corredor:

—Mujé, quitáte de ahí que acalorás al enfermo. ¡Ni tu marío que juera!

Clarita se alzaba de hombros.

¿Y por qué aquella mujer no me desamparaba, siendo una escoria de lupanar, una sobra del bajo placer, una loba ambulante y famélica? ¿Qué misterio ridimía su alma cuando me consentía con avengonzada ternura, como cualquiera mujer de bien, como Alicia, como todas las que me amaron?

Alguna vez me preguntó cuántas libras me quedaban en el bolsillo. Eran pocas, y las guardó en el seno; mas en un momento que nos dejaron solos, me leyó un papel al oído: «Zubieta te debe doscientos cincuenta toros; Barrera cien libras, y yo te tengo guardadas veintiocho».

—Clarita, tú me has dicho que mi ganancia en el juego estuvo exenta de dolo. Todo eso es para ti, que has sido tan buena conmigo.

—Chico, ¿qué estás diciendo? No creas que te sirvo por interés. Sólo quiero volver a mi tierra, a pedirles perdón a mis padres, a envejecer y morir con eyos. Barrera quedó de costearme el viaje a Venezuela, y, en compensación, abusa de mí, sin más medida que su deseo. Zubieta dice que se quiere casar conmigo y yevarme a Ciudad Bolívar, al lado de mis viejecitos. Confiada en esta promesa, he vivido borracha casi dos meses, porque él me amonesta con su norma invariable: «¿Cuál será mi mujé? La que me acompañe a bebé».

«En estas fundaciones me dejó botada el coronel Infante, guerriyero venezolano que tomó a Caicara. Ayí me rifaron al tresiyo, como simple cosa, y fui ganada por un tal Puentes, pero Infante me descontó al liquidar el juego. Después lo derrotaron, tuvo que asilarse en Colombia y me abandonó por aquí.

«Antier, cuando yegaste a cabayo, con la escopeta al arzón, atropeyando la gente, caída la gorrra sobre la nuca, te me pareciste a mi hombre. Luego simpaticé contigo desde que supe que eres poeta.»

Mauco entraba a rezarme la herida y tuve el tino de aparentar que creía en la eficacia de sus oraciones. Sentábase en el chinchorro a mascar tabaco, royéndolo de una rosca que parecía tasajo reseco, e inundaba el piso de salivazos sonoros. Después me daba informes sobre Barrera:

—Se la pasa metío en el toldo, afiebrao. Sólo me pregunta que hasta cuándo va a quearse usté aquí. ¡Quén sabe pa qué cosas le tará haciendo usté «mal tercio»!

—¿Por qué no ha venido Zubieta a ocupar su chinchorro?

—Porque es «alertao» y teme otra «chirinola». Duerme en la cocina y se tranca por dentro.

—¿Y Barrera ha vuelto a La Maporita?

—Las calenturas no lo dejan pará.

Esta afirmación me aquietaba el espíritu, pues vivía celoso de Alicia y hasta de la niña Griselda. ¿Qué estarían haciendo? ¿Cómo calificarían mi conducta? ¿Cuándo vendrían por mí?

El primer día que tuve fuerzas para levantarme, suspendí el brazo de un pañuelo, a manera de cabestrillo, y salí al corredor. Clarita barajaba los naipes junto al chinchorro donde el viejo dormía la siesta. La casa, pajiza y a medio construir, desaseada como ninguna, apenas tenía habitable el tramo que ocupaba yo. La cocina, de paredones cubiertos de hollín, defendía su entrada con un barrizal, formado por las aguas que derramaban las cocineras, sucias, sudorosas y desarrapadas. En el patio, desigual y fragoso, se secaban al sol, bajo el zumbido de los moscones, cueros de reses sacrificadas, y de ellos desprendía un zamuro sanguinolentas tiras.

En el caney de los vaqueros vigilaban, amarrados sobre perchas, los gallos de riña, y en el suelo refocilábanse perros y lechones.

Sin ser visto, me acerqué al tranquero. En los corrales, de gruesos troncos clavados, la torada prisionera se trasijaba de sed. Detrás de la casa dormían unos gañanes sobre un bayetón extendido encima de las basuras. A poco trecho, en la costa del caño, divisábanse los toldos de mi rival, y en el horizonte, hacia la fundación de La Maporita, perdíase la curva de los morichales... ¡Alicia estaría pensando en mí!

Clarita, al verme, acudió con la sombrilla de muaré blanco:

—Chico, el sol puede irritarte la herida. Vénte a la sombra. ¡No vuelvas a cometer despropósitos semejantes

Y sonreía exhibiendo los dientes llenos de oro.

Como intencionalmente me hablaba en voz alta, el viejo, al oírla, se incorporó:

—¡Asina me gusta! ¡Los jóvenes no deben vivir encamaos!

Sentéme sobre la viga que servía de pretil y avoqué el meditado interrogatorio:

—¿A cómo piensa darnos las resecitas?

—¿Cuáles serán?

—Las de nuestro negocio con Franco.

—Con él, propiamente, no quedamos en náa. La fundación que da en prenda vale muy poco. Pero como usté las paga de «relance», será bueno cogelas, si tiene cabayos, y después les ponemos precio.

Clarita interrumpiónos:

—¿Y cuándo le das a Cova las doscientas cincuenta que te ganó?

—¡Cómo! ¿Qué doscientas cincuenta?

Enderezándose me argüía:

—Y si usté hubiera perdío, ¿con qué había pagao? Enséñeme las libritas que trujo.

—¿Qué es eso?, replicó la mujer. ¿Acaso el único rico eres tú? ¡El que pierde paga!

El viejo hundía los dedos entre las mallas del chinchorro.

De repente propuso:

—Mañana es domingo, y me da el desquite en las
riñas de gayos.

—¡Muy bien!

«Mi admirado señor Cova:

»¿Qué poder maléfico tiene el alcohol, que humilla
la razón humana abajándola a la torpeza y al crimen?
¿Cómo pudo comprometer la condición mansa de mi
temperamento en un altercado que me enloqueció la
lengua, hasta ofender de palabra la dignidad de usted,
cuando sus merecimientos me imponen vasallaje enal-
tecedor que me llena de orgullo?

»Si pudiera, públicamente, echarme a sus pies para
que me pisoteara antes de perdonarme las reprobables
ofensas, créame usted que no tardaría en implorarle esa
gracia; mas como no tengo derecho ni de ofrecerle esa
satisfacción, héme aquí, cohibido y enfermo, maldiciendo los pasados ultrajes, que, por fortuna, no alcanzaron
a salpicarle siquiera la merecida fama de que goza.

»Como estoy envilecido por mis desaciertos, mientras
usted no me dignifique con su benevolencia, no ha de
parecerle extraña la condición lamentable en que a usted
llego, convertido en mercachifle común, que trata de
introducir en los dominios de la poesía la propuesta
de un negocio burgués. Es el caso —y perdone usted el
atrevimiento— que nuestro buen amigo el señor Zubieta
me debía sumas de consideración, por dinero prestado
y por mercancías, y me las pagó con unos toros que se
hallan en el corral, y que yo recibí entonces en la expectativa de que usted pudiera necesitarlos. Véalos, pues,
y si algún precio se digna ponerles, sepa que mi mayor
ganancia será la de haberle sido útil en algo.

»Besa sus pies, fervorosamente, su desgraciado admirador.

                                                   Barrera.»

Delante de Clarita me fue entregada esta carta. El chicuelo que la trajo me veía palidecer de cólera y se iba retirando, cautelosamente, ante la tardanza de la respuesta.

—¡Diga usted a ese desvergonzado que cuando se encuentre a solas conmigo sabrá en qué para su adulación!

Mientras tanto, Clarita, releía el papelucho.

—Chico, nada te dice de lo que te debe, ni de la puñalada, ni del disparo; porque él fue quien te hirió. Aquel día, al verte yegar, preparó el revólver y engrasó el estilete. «Ojo de garza» con el Miyán, el hombre a quien le pegaste en el patio: ése tiene órdenes terminantes. ¿Y sabes tú que Zubieta nada le debe al cauchero por sumas prestadas? Este le dio a guardar unas morrocotas, en la confianza de que yo se las robaría; pero el viejo las enterró. Después lo estafó con los dados que conoces. Cada mañana me pregunta: «¿Ya le sacaste las amariyas? De ayí te daré para el viaje. Bien se conoce que no deseas volver a tu extraordinario país». Ese hombre tiene planes siniestros. Si no hubieras estado aquí...

—Dame la carta para mostrársela al viejo.

—No le digas nada, que él es muy sabido. Comprende que Barrera es peligroso, y, para distraerlo, le entregó la torada que está en el corral; mas por que no pueda sacarla, mandó a esconder los cabayos. Apenas le dejó los peores en alquiler, después de enviar emisarios a todas partes con la noticia de que este año no le vendería ganados a nadie. Como Barrera se enteró de eyo, el viejo, para desmentirlo, hizo un simulacro de negocio con Fidel Franco, sin advertirle que era una simple treta contra el molesto huésped.

—¿De suerte que no nos venderá ganado ninguno?

—Parece que ha congeniado contigo.

—¿Cómo haré para ganarme su voluntad?

—Es muy senciyo. Soltar el ganado que le dio a Barrera. Con sólo asustarlo romperá los corrales.

—¿Me ayudarás esta noche en la empresa?

—Cuando te dé la gana. Bastará que yo, con este vestido blanco, me asome al tranquero para que la torada «barajuste». Lo importante es que no mueran atropeyados los peones que velan en contorno de los encierros. Afortunadamente, se retiran temprano.

—¿Y podrán descubrirnos?

—Absolutamente. Los pocos hombres y mujeres que no se han enganchado, se van a los toldos a jugar naipes, tan pronto el viejo se «encocina». Yo también iré, para alejar falsos testimonios; y cuando calcules que vuelvo, me esperas en el corredor con la piel de tigre que Zubieta tiene en la sala, bajo el chinchorro abandonado. La yevamos por la platanera y la sacudimos en el corral.

—Después, el que pudiera vernos pensaría: Esos se levantaron al fragor del tropel.

Sepulté en mi ánimo el ardid vengativo, como puede guardarse un alacrán en el seno: a cada instante se despertaba para clavarme el aguijón.

Ya cuando la tarde se reclinó en las praderas, regresaron los vaqueros con la torada numerosa. Habíanla llevado al pastoreo vespertino, de gramales profusos y charcas inmóviles, donde, al abrevarse, borraban con sus belfos la imagen de alguna estrella crepuscular. Venía adelante el rapaz que servía de puntero, acompasando al trotecito de su yegua la tonada pueril que amansa los ganados salvajes. Seguíanlo en grupos los toros de venerable testa y enormes cuernos, solemnes en la cautividad, hilando una espuma en la trompa, adormilados los ojos, que enrojece, con repentino fuego, la furia. Detrás, al paso de su rocines y entre el dejo de silbidos monótonos, avanzaban las filas de peones, a los flancos del «rodeo» formidable y letárgico.

Lo encerraron de nuevo, con maña paciente, cuidadosos de la dispersión. Oíase apenas el melancólico sonsonete del guía, más eficaz que el toque de cuerno en las majadas de mi tierra. Corrieron las trancas y las

liaron con «rejos» indóciles. Y cuando oscureció, encendieron alrededor del corral fogatas de boñiga seca, para
aquerenciar al rebaño, que absorto miraba las candelas
y el humo, con rumiar apacible, al amparo de las constelaciones.

Mientras tanto, yo meditaba en nuestro plan de la
medianoche, en pugna con el temor que me enfriaba las
sienes y me fruncía las cejas. Más la certidumbre de la
venganza, la posibilidad de causarle a mi enemigo algún
mal, ponía viveza en mis ojos, ingenio en mis palabras,
ardentía en mi decisión.

A eso de las ocho, el tuerto Mauco protestó contra
las hogueras porque le trasnochaban los gallos de riña.
Como nadie quiso apagarlas, los llevó a mi cuarto.

—Démelas posaíta, que los poyos son güenos. ¡Pero
si se desvelan, se vuelven náa!

Más tarde, el hato quedó en silencio. Sobre los pajonales vecinos tendían su raya luminosa las lámparas de
los toldos.

Clarita volvió casi ebria.

—¡Animo, chico, y sígueme!

Llegamos a la barda de los corrales por entre el platanal. Un vasto reposo adormecía a la manada. Afuera
estornudaban los caballos de los veladores. Entonces
Clarita, trepada en mi rodilla, sacudió la aurimanchada
piel.

Súbito, el ganado empezó a remolinear, entre espantado choque de cornamentas, apretándose contra la valla
del encierro, como vertiginosa marejada, con ímpetu
arrollador. Alguna res quebróse el pecho contra la puerta,
y murió al instante, pisoteada por el tumulto. Los vigías
empezaron a cantar, acudiendo con los caballos, y la
torada se contuvo; mas pronto volvió a remecerse en
aborrascadas ondas, crujió el tranquero, hubo berridos,
empujones, cornadas. Y así como el derrumbe descuaja
montes y rebota por el desfiladero satánico, rompió el
grupo mugiente los troncos de la prisión y se derramó

sobre la llanura, bajo la noche pávida, con un estruendo de cataclismo, con una convulsión de embravecido mar.

La peonada y el mujerío acudieron con lámparas, pidiendo socorro. Hasta Zubieta, siempre encerrado, averiguaba a gritos qué ocurría. Los perros persiguieron el barajuste, cloquearon las gallinas medrosas y los zamuros de la ceiba vecina hendieron la sombra con vuelos entorpecidos.

En los portillos de la corraleja quedaron aplastadas diez reses, y más lejos, cuatro caballos. Clarita vino con estos pormenores a encarecerme la reserva de nuestra complicidad.

Cuando coloqué en su antiguo sitio la piel de tigre, todavía retumbaba el desierto.

Al siguiente día me levanté después de los comentarios al suceso nocturno y de las bravatas del viejo, que disimulaba con blasfemias su regocijo interior. «¡Maldita sea! Yo no tengo la culpa de que el ganao barajustara. Díganle al Barrera que vaya a cogelo, si tiene bagajes pa remontá la gente. ¡Pero que me pague primero los cabayos que se malograron! ¡Maldita sea!»

—El señó Barrera quié vení pa acá a discutí con usté lo de anoche.

—Aquí no puée acercarse, porque el guate anda armao y no quero más disgustos en mis propiedades.

—Se me pone, observaba uno, que jué la ánima del dijunto Julián Hurtao la que se presentó en el corral, y por eso barajustó la torá. Alguno de los velaores vio una figura blanca sobre la cerca, del lao onde dicen que dejó el entierro.

—Puée ser verdá.

—Sí, porque ya otra noche se nos apareció, con una linternita en la mano, por la oriya de la sabana, caminando sin pisar el suelo.

—¿Y por qué no le preguntaron, de parte de Dios, qué quería?

—Porque apagó la lucecita y casi quedamos privaos.

—¡Bandíos!, rugió Zubieta: Ustedes jueron entonces los que tuvieron cavando entre las raíces del alga-
rrobo. ¡Ojalá los tope yo en esas vagabunderías pa
echales bala!

Cuando salí al patio, había mucha gente reunida, pero
Barrera no estaba allí. Dándolas de inocente, me asomé
al corral, donde varios hombres descuartizaban los toros
destripados.

—No valió, decía uno, que yo me le pusiera adelante al ganao, corriendo de estampía y cantándole en
la oscuridad pa vé si lo apaciguaba. Fui hasta muy lejos,
y, gracias a mi potro, no morí atropeyao.

Momentos después, al regresar a la casa, vi que Clarita les vendía ron, en un coquillo labrado, a los de la
junta. Había hombres desconocidos y debajo de los bayetones les cantaban los gallos. Quiénes discurrían cazando
apuestas «a la tapada», o les afilaban las espuelas a los
campeones, o con buches de aguardiente les rociaban el
costado, alzándoles el ala. Patiamarrados con cordeles,
escarbando el suelo, desafiábanse los rivales de plumajes
vistosos y cuellos congestionados. Por fin, Zubieta tomó
un carbón y trazó en el piso del caney un círculo irre-
gular. Colocóse en su asiento, recostándolo a una colum-
na, frecuentó la botella y con áspera risotada propuso:

—¡Voy cien toretes al «requemao» contra el «canaguay»!

Clarita, detrás del grupo, movió la cabeza para indi-
carme que no apostara. Pero yo, con insolvente arro-
gancia, avancé diciendo: ¡Escojo el pollo y voy las doscientas cincuenta reses que le gané a los dados!

El viejo «se corrió».

Entonces le dijo un sujeto, apretando el puño:

—Eche diez toros contra las libras que hay aquí, o
contra el resto que guardo en mi faja.

Zubieta tampoco aceptó. Pero el hombre replicaba
porfiado:

—¡Mire, patrón, son «aguilitas» y «reinitas» pa su
entierrito de la «topochera»!

—¡Mentís! Pero si el oro es legítimo, te lo cambio por monea papel.

—No «le jalo».

—Préstame una libra pa reconocerla.

Observóla el viejo por todas partes, con hambrientos ojos, palpó el grabado, hízola sonar y luego la llevó a los dientes. Satisfecho, gritó:

—¡Pago! ¡Tá ida la pelea contra el canaguay!

—Pero con la condición de que el tuerto Mauco se largue, porque púe rezarme el poyo.

—¡Yo qué rezo ni qué náa!

No obstante, lo hicieron salir del grupo, refunfuñando, y lo encerraron en la cocina.

Los careadores levantaron los gallos, y chupándoles los espolones, se los frotaron luego con limón, a contentamiento del público. Presto, a la voz del juez de pelea, los enfrentaron dentro del círculo.

El gallero gritaba, agachado sobre el palenque:

—¡Hurra, poyito! ¡Al ojo, que es rojo; a la pierna, que es tierna; al ala, que es rala; al pico, que es rico; al pescuezo, que es tieso; al codo, que es godo; a la muerte, que esa mi suerte!

Miráronse los contendores con ira, picoteando la arena, esponjando sobre el dorso rasurado y sanguíneo la gorguera de plumas tornasoladas y temblorosas. Con simultáneo revuelo, en azul resplandor, lancearon el vacío, por encima de sus cabezas, esquivas a la punzada y al aletazo. Rabiosos, entre el vocerío de los espectadores que ofrecían «gabelas», se acometieron una y otra vez, se cosían a puñaladas, se prendían jadeantes; y donde agarraba el pico, entraba la espuela, con tesón homicida, entre el centelleo de los plumajes, entre el salpique de la sangre ardorosa, entre el ruido de las monedas en el estadio, entre la ovación palmoteada que hizo la gente cuando vio rodar al canaguay con el cráneo abierto, sacudiéndose bajo la pata del vencedor, que, erguido sobre el moribundo, saludó la victoria con un clarineo triunfal.

En ese momento palidecí. Franco pasó al tranquero, seguido de varios jinetes.

Zubieta no se impresionó menos al ver a los recién llegados. Arrastrando el paso les salió al encuentro:

—¿Y ustées, camarás, pa ónde bueno caminan?

—Para aquí no más, dijo Franco apeándose.

Y me abrazó con efusión.

—De mi rancho, ¿qué noticias me tienes? ¿Qué te pasó en el brazo?

—¡Nada! ¿Acaso no vienes de La Maporita?

—Salimos directamente de Tame; pero desde ayer le ordené al mulato Correa que extraviara hacia mi casa y se viniera contigo, trayendo los cabayos. Este abrazo te lo manda don Rafael. Siguió su viaje sin complicaciones, gracias a Dios. ¿Dónde podemos desensiyar?

—Aquí, en el caney, rezongó Zubieta. Y les gritó a los jugadores: ¡Váyanse lejos con su vagabundería, porque «menesto» la ramáa!

Ellos, recogiendo sus gallos, salieron en dirección a los toldos, con jaleo de tiples y «maracas». Y los vaqueros desensillaron.

—¿Verdad que anoche hubo barajuste?

—¿Por qué lo decís?

—Desde esta mañana vimos partidas de ganado que corrían solas. Y pensamos: ¡o barajuste, o los indios! Pero ahora que pasamos por los corrales...

—¡Sí! Barrera me dejó ir el rodeo. No sé cómo remediará, sin cabayos...

—Nosotros nos comprometemos a cogerle las reses que quiera, según lo que él nos pague, repuso Franco.

—Yo no permito más correteos en mis sabanas, porque los bichos se «mañosean».

—Quería decir que como desde mañana empezaremos la cogienda de los toros que negociamos...

—¡Yo no he firmao documento con naide, ni recuerdo de trato ninguno!

Al repetir esto se golpeaba la pierna.

Cuando el viejo ocupó la hamaca, vino el gallero per-
didoso y nos dijo:

—Dispensen que los interrumpa.

—Echáme pa acá las libras que te gané.

—De eso quería tratarle: al canaguay lo volvieron
loco, al canaguay le dieron quinina, porque desde ayer
el tuerto Mauco mercó las pídoras en los toldos, y usté
mismo las revolvió con granos de maíz. El señor Barrera quiso que yo apostara contra usté, a pesar de lo
sucedío, po probarle que tampoco hace juego legal y
que no debe seguir desacreditándolo delante del señor
Cova.

—Eso lo arreglarán después, interrumpió Franco,
sacudiendo al amostazado vejete. ¡Lo importante es
que me aclare ahora mismo lo del negocio, porque usted
se equivoca si piensa que puede jugar conmigo!

—Franquito, ¿venís a matarme?

—Vengo a coger el ganado que me vendió, y para
eso traje vaqueros. ¡Lo cogeré, cueste lo que cueste!
¡Y si no, que nos yeve el judas!

Los vaqueros, ganosos de nuevo espectáculo, se agruparon alrededor del chinchorro. Al verlos, exclamó
Zubieta:

—Señores, sírvanme de testigos que me taba chan-
ceando.

Y cadavérico, porque Franco tenía revólver, se volvió
hacia mí con párpados húmedos:

—¡Guate, por Dios! ¡Yo te pago tus resecitas! ¡Franquito, no me hablés de ese modo, que me asustás!

El intruso que presumía de leguleyo, sentenció:

—¡La legalidá es pa tóos! ¡Páguele también al señor
Barrera y quedamos en paz. El ta de salía pal Vichada,
y usted es responsable de la demora y los perjuicios.

Con energúmena reprimenda estalló el anciano, colo-
cándose entre Fidel y yo:

—¡Juyero, juyero! ¿No sabés quénes tan aquí? ¿Querés que te saquemos a palos? ¿Por qué te mezclás con
estos cabayeros, que son mis clientes y amigos queríos?

¡Decíle a tu Barrera que «no me sobe», porque éstos me hacen respetá!

Y, apoyándose en nuestros hombros, le asestó un puntapié.

Cuando Franco me vio la herida y le conté lo sucedido, cogió el winchester para desafiar a Barrera y salió corriendo. Clarita lo contuvo en el patio.

—¿Qué vas a hacer? Nosotros tomamos ya venganza. Y le refirió lo del barajuste.

Al ver la decisión de aquel hombre leal que arriesgaba la vida por mí, sobrecogíme de remordimiento y quise confesarle lo sucedido en La Maporita, para que me matara.

—Franco, le dije: ¡Yo no soy digno de tu amistad! ¡Yo le pegué a la niña Griselda!

Desconcertado, se ahogó en estas voces: ¿Alguna falta que te cometió? ¿A tu señora? ¿A ti?

—¡No, no! Me emborraché y las ofendí a ambas, sin motivo alguno. ¡Hace ya siete días que las dejé solas! ¡Dispára contra mí esa carabina!

Tirándola al suelo, se echó en mis brazos: «Tú debes tener razón, y si no la tienes, te la concedo».

Y nos separamos sin decir una palabra más.

Entonces Clarita me estrechó la mano: ¿Por qué no me habías dicho que tienes señora?

—Porque de ella no debemos hablar los dos.

Quedóse pensativa, con la vista baja, volteando entre los dedos el cordón de una llave. Después me la ofreció diciendo:

—¡Ahí te queda tu oro!

—Yo te lo regalé, y si no lo aceptas como obsequio, déjalo en pago de tus solicitudes durante mi enfermedad.

—¡Ojalá que te hubieras muerto!

La vi alejarse hacia la cocina, donde los músicos bebían «guarapo». Desde allí, para que yo la oyera, acentuó:

—¡Díganle a Barrera que siempre me voy con él!

Y, despechada, empezó a bailotear un «bunde», alzándose el traje más arriba de las rodillas, entre cuchufletas y palmoteos.

Mi corazón, libertado del peso de la inquietud, comenzó a latir ágilmente. Ya no me quedaba otra congoja que la de haber ofendido a Alicia, pero cuán dulce era el pensamiento de la reconciliación, que se anunciaba como aroma de sementera, como lontananza del amanecer. De todo nuestro pretérito sólo quedaría perdurable la huella de los pesares, porque el alma es como el tronco del árbol que no guarda memoria de las floraciones pasadas sino de las heridas que le abrieron en la corteza. Pero, cuitados o dichosos, debíamos serlo en grado sumo, para que más tarde, si la fatalidad nos apartaba por diversos caminos, nos aproximara el recuerdo al hallar abrojos semejantes a los que un día nos sangraron, o perspectivas como las que otrora nos sonrieron, cuando teníamos la ilusión de que nos amábamos, de que nuestro amor era inmortal.

Hasta tuve deseos de confinarme para siempre en esas llanuras fascinadoras, viviendo con Alicia en una casa risueña, que levantaría con mis propias manos a la orilla de un caño de aguas opacas, o en cualquiera de aquellas colinas minúsculas y verdes donde hay un pozo glauco al lado de una palmera. Allí, de tarde se congregarían los ganados, y yo, fumando en el umbral, como un patriarca primitivo de pecho suavizado por la melancolía de los paisajes, vería las puestas de sol en el horizonte remoto donde nace la noche; y libre ya de las vanas aspiraciones, del engaño de los triunfos efímeros, limitaría mis anhelos a cuidar de la zona que abarcaran mis ojos, al goce de las faenas campesinas, a mi consonancia con la soledad.

¿Para qué las ciudades? Quizá mi fuente de poesía estaba en el secreto de los bosques intactos, en la caricia de las auras, en el idioma desconocido de las cosas; en cantar lo que dice al peñón la onda que se despide, el

arrebol a la ciénaga, la estrella a las inmensidades que
guardan el silencio de Dios. Allí en esos campos soñé
quedarme con Alicia, a envejecer entre la juventud de
nuestros hijos, a declinar ante los soles nacientes, a sentir fatigados nuestros corazones entre la savia vigorosa
de los vegetales centenarios, hasta que un día llorara yo
sobre su cadáver o ella sobre el mío.

Franco dispuso que yo no fuera a las sabanas porque
podía gangrenarse mi brazo si se enconaba la cicatriz.
Además, los potros escaseaban y era mejor destinarlos
a los vaqueros reconocidos. Este razonamiento me llenó
de amargura.

Salieron del hato quince jinetes a las dos de la madrugada, después de apurar el sorbo de café tinto tradicional. Al lado de las monturas, sobre el ijar derecho
de las caballerías, colgaban en rollo las sogas llaneras,
cuyo extremo se anudaba a la cola de cada trotón. Lucían
los vaqueros sendos bayetones, extendidos sobre los muslos, para defenderse del toro en los lances frecuentes,
y al cinto portaban el dentado cuchillo para descornar.
Franco me dio el revólver, pero colgó su winchester del
borrén de la silla.

Volvió luego a rendirme el sueño. ¡Ah, si hubiera
sentido lo que entonces debió de pasar!

A poco de salir el sol, llegó el mulato Correa trayendo reatados los caballos de don Rafael. Le salí al encuentro, por delante de los toldos, y vi que Barrera
estaba afeitándose. Clarita, sentada sobre un baúl, le sostenía el espejo con las manos. Sin contestarles el saludo,
me puse al estribo del mulato y entramos en la corraleja.

—¿Viste a Alicia, qué recado me traes?

—Con eya no pude verme porque taba yorando ence-
rráa. La niña Griselda les mandó esta maleta de ropa,
será pa que se le presenten mudaas. A tóo momento se
asoma, a vé si ustedes yegan. Taba arreglando petacas
y dijo que hoy se venían pa acá.

Esta noticia me tornó jovial. ¡Por fin mi compañera vendría a buscarme!

—¿Y llegarán en la curiara?

—La patrona hizo dejá tres cabayos.

—¿Y te preguntaron por mí?

—Mi máma me dijo que usté le iba a yená al hombre la cabeza de cuentos.

—¿Y sabían lo de mi brazo?

—¿Qué le pasó? ¿Lo tumbó alguna bestia?

—Una heridita, pero ya estoy bien.

—¿Y ónde me tiene mi «morocha»?

—¿Tu escopeta? Debe estar con mi montura en los toldos. Véte a reclamarlas.

Al quedar solo, una duda lancinante me conmovió: ¿Barrera habría vuelto a La Maporita? Yo lo hacía vigilar por Mauco a mañana y noche; ¿pero el tuerto me diría la verdad? Y pensé: puesto que Barrera se acicala, ha sabido ya que Alicia llega. Tal vez sí; tal vez no.

Pero Alicia sabría conducirse. Además, aquel hombre me tenía miedo. ¿Por qué no lo apartaba de mi pensamiento para hundirme en el augurio de la visita feliz? Si Alicia me buscaba, era obedeciendo al amor, y vendría a reconquistarme, a hacerme suyo para siempre, entre azorada y puntillosa. Con agravado acento, con tono de reconvención, me reprocharía mis faltas; y para hacérmelas mayores, se ayudaría de aquel gesto inolvidable y habitual con que sellaba su boca, contrayendo los labios para llenar de gracia los hoyuelos de las mejillas. Y queriendo perdonar, me repetiría que era imposible el perdón, aunque la enmienda, superara al propósito y a la súplica.

Por mi parte, pondría también en juego mi habilidad para retardarle el instante del beso gemebundo y conciliador. Desde la orilla del caño le alargaría la mano ceremoniosa para que saliera de la curiara, cuidando de que advirtiera el cabestrillo de mi brazo enfermo, y negándome después a la urgencia de sus preguntas:

—¿Estás herido? ¿Estás herido?

—No es nada grave, señora. ¡Me apena tu palidez!

Lo mismo haría al acercármele a su caballo, si venían por tierra.

Pensé exhibírmele cual no me vio entonces: con cierto descuido en el traje, los cabellos revueltos, el rostro ensombrecido de barba, aparentando el porte de un macho almizcloso y trabajador. Aunque Mauco solía desollarme la cara con su navaja de tajar correas, tomé la resolución de no ocuparlo aquel día, para distinguirme de mi rival.

¡Decidí luego irme del hato sin esperar a las mujeres, y aparecer una tarde, confundido con los vaqueros trayendo a la cola del potrejón algún toro iracundo, que me persiguiera bufando y me echara a tierra la cabalgadura, para que Alicia, desfallecida de pánico, me viera rendirlo con el bayetón y mancornarlo de un solo coleo, entre el anhelar de la peonada atónita!

El mulato volvió de los toldos con arma y montura.

—El señó Barrera quedó apenaísimo. Que no sabía que estas cosas taban ayá. Les entendí que mandarían gente a cogé los bichos dispersaos.

—Te prohibo esa compañía. Si no quieres ir solo, iré contigo.

—¿Onde le dijeron que anochecían?

—En Matanegra.

—Pero don Fidel me indicó la vega del Pauto. Me voy porque me coge la noche y se me riega la brigáa.

—Guarda esa ropa en aquel cuarto y tráeme la carabina. Vamos a cualquier parte. Yo te acompañaré.

Fui a la cocina a despedirme de Zubieta. Llamélo varias veces. Nadie respondió.

Cuando íbamos tan distantes del hato que sólo se advertían los airones de sus palmares, el mulato se desmontó a cargar la escopeta.

—Siempre es bueno andá prevenío. Pólvora poca y munición hasta la boca.

—¿A qué obedece tu precaución?

—Puée alcanzarnos la gente del hombre. Por eso repetí que íbamos a la vega del Pauto, pa que lo oyeran los «mucharejos» que componían las puertas del corral. Ora cogemos ponde dijo usté.

Habríamos caminado tres leguas más, cuando volvió a apartarme del pensamiento de Alicia.

—Yo quero consultarle mi caso, y perdone. La Clarita «me ha puesto el ojo».

—¿Estás enamorado de ella?

—Esa es la consulta. Hace quince días me echó este floreo: ¡Qué negrito tan bien jormao! ¡Asina me provoca uno!

—Y ¿qué respondiste?

—Me dio vergüenza...

—¿Y después?

—Eso también va con la consulta: me propuso que colgáramos al viejo Zubieta y nos juyéramos pa lejos.

—¿Y por qué? ¿Cómo? ¿Para qué?

—Pa que diga ónde tiée el oro enterrao.

—¡Imposible! ¡Imposible! Esa es una sugestión de Barrera.

—Cabalmente, porque él me dijo después: Si este mulatico se vistiera bien, cómo quedara de plantao y qué mujeres las que topara. Yo sé de una personita que lo quere mucho.

—¿Y qué respondiste?

—«¡Esa personita con usté duerme!» Asina se las eché, pero el maldito no se ofende por náa. Se puso a desbarrá contra Zubieta diciendo que no le pagaba al zambaje su trabajo; y que cuando se le ocurría darle a uno alguito, sacaba los daos pa descamisarlo al juego. Y ésa sí es la verdá.

Como me iba sofocando el calor, le ordené al mulato que me llevara a algún estero donde pudiera saciar la sed.

—Puaquí no topamos agua en ninguna parte. Onde hay un «jagüey» jamoso es al lao de aqueyos médanos.

Empezamos a atravesar unos terronales inmensos, de

tierra tan reseca y endurecida, que limaba los cascos de las cabalgaduras. Y era necesario avanzar por allí, pues los zurales laberínticos extendían a los lados sus redes de acequias exhaustas, conocidas sólo del tigre y de la serpiente.

El bebedero era una poceta de agua salobre y turbia, espesa como jarabe, ensuciada por los cuadrúpedos de la región. Al verla, sentí repugnancia instintiva, pero Correa me sedujo con el ejemplo. Agachóse sobre el estribo, y de entre las patas de los caballos sitibundos sacó su cuerno rebosante.

—Tápelo con el pañuelo pa que le sirva de cedazo.

Así lo hice varias veces, sacudiendo los animalillos que hervían pegados en el revés de la tela húmeda.

—Blanco, puaquí anda gente forastera. Aquí tá el rastro de una mula herráa, y eso no es de ley en estas sabanas, onde no hay piedra.

El mulato tenía razón, porque a poco trecho del pozo columbramos dos puntos que se movían a distancia.

—Esas son personas que andan perdías.

—Parece más bien ganado.

—Le apuesto a que son racionales.

Probablemente nos habrían visto, porque se enderezaron hacia nosotros. Ya percibíamos el paraguas rojo del que venía adelante, afligiendo a la mula con los estribos, envuelto en una sábana enorme, a la manera de las matronas rurales. Los esperamos bajo un moriche de egoísta sombra, con curiosidad y recelo.

Mientras Correa remudaba los bagajes, llegaron los sujetos desconocidos, saludándonos a grandes voces:

—¡Favor a la justicia, que anda extraviada!

—Ora y siempre, respondió el mulato ingenuo.

—Muéstrennos el camino de Hato Grande. ¡Este dotor es juez de Orocué, y yo, su secretario interino, por añadidura, baquiano!

Al oírlo, le averigüé si ese funcionario era el que firmaba José Isabel Rincón Hernández; e hice esta pregunta porque del tal yo sabía que de peoncejo de carretera ascendió a músico de banda municipal y luego a juez de circuito de Casanare, donde sus abusos lo hacían célebre.

—¡Sí!, respondió el emparaguado. Yo soy el doctor y éste que les habla es un simple escribiente.

El tísico rostro del señor juez era bilioso como sus espejuelos de celuloide y repulsivo como sus dientes llenos de sarro. Simiescamente risible, apoyaba en el hombro el quitasol para enjugarse el pescuezo con una toalla, maldiciendo los deberes de la justicia que le imponía tantos sacrificios, como el de viajar mal montado por tierras de salvajes, en inevitable comercio con gentes ignorantes y mal nacidas, dándose al riesgo de los indios y de las fieras.

—Llévennos ahora mismo, ordenó con acento declamador, resolviendo el «mulengue», al hato infernal donde un tal Cova comete crímenes cotidianos; donde mi amigo, el potentado Barrera, corre serios peligros en vida y hacienda; donde el prófugo Franco abusa de mi criterio tolerante, que sólo le exige conducta correcta y nada más. ¡Pónganse ustedes, incondicionalmente, al servicio de la justicia y cámbiennos estas bestias por otras mejores!

—Se equivoca usted, señor, tanto en sus conceptos, como en el camino que busca. Ni el hato queda por aquí, ni las personas que nombra son todas como usted piensa, ni mis caballos, bienes mostrencos.

—Sepa usted, irrespetuoso joven, replicóme airado, que por celo plausible nos aventuramos solos en estas pampas. El mensajero que me envió Zubieta clamando auxilio contra Barrera, fue seguido por otro de éste, para exigir caución al fascineroso Cova. Venimos a dispensar garantías, y ustedes se favorecen también con ellas, porque la justicia es como el cielo, que nos cubre a todos. Y si es verdad que el empíreo nos cobija de balde, no es menos cierto que las relaciones de los humanos hacen necesario el sostenimiento unánime del bien común. Toda contribución es legal y pertenece al dere-

cho público. Si no quieren ustedes servir de guías, enté-
renme una cuota equivalente a lo que un baquiano de
buena voluntad pidiera por su servicio.

—¿Nos decreta usted una multa?

—¡Irrevocable, sin apelación!, confirmó el secretario.
Considere que ahora no nos pagan los sueldos.

—Pues miren ustedes, repuse maleante: el hato está
cerca y nosotros vamos para Corozal. Descabecen aquella
sabana, orillen luego la mata de monte, crucen el caño,
«déjense ir» por el esterón y desde allí divisarán la casa
antes de media hora.

—¿Oyes?, regañó el juez. ¡Lo que yo te decía! Tú
me hiciste asolear por aquí, por rutas desacostumbra-
das, por pajonales trágicos, defraudando tus obligacio-
nes de conocedor. ¡Te impongo una multa de cinco
pesos!

Y después de reducirnos la nuestra al suministro de
tabacos y fósforos, entraron en el horizonte, con rumbo
contrario.

Correa me aclaró algunos detalles relativos al embro-
llo de Franco en Arauca. Un joven llamado Helí Mesa,
que «actualmente vivía como colono en el caño Caraca-
rate», vino una vez a La Maporita, y, mientras desyer-
baban el «conuco», le relató los sucesos como testigo
presencial. Franco era teniente de la guarnición y estableció su casa lejos del cuartel, a la orilla del río. El
capitán dio en perseguir a la niña Griselda, y, para cor-
tejarla a su antojo, dejaba en servicio al subalterno. Este,
enterado ya de los propósitos del jefe, abandonó el puesto
una noche y corrió a su habitación. Nadie ha sabido qué
pasaría a puerta cerrada. El capitán apareció con dos
puñaladas en el pecho, y, debilitado por el desangre,
murió de fiebres en la misma semana, después de hacerle
declaraciones a la justicia, favorables al acusado.

Ni el hombre ni su mujer fueron perseguidos jamás,
aunque desaparecieron la misma noche de la desgracia.
Sólo el Juez de Orocué les expedía de motu propio bo-

letas de comparendo, equivalentes a letras de cambio,
pues el oro corría a hablar por ellos, con tan descarada
costumbre, que ya las órdenes judiciales se limitaban a
decir: «Manden lo de este mes».

En tanto que departíamos por la estepa, un cefirillo
repentino y creciente empezó a alborotar las crines de
los caballos y a retozar con nuestros sombreros. A poco,
unas nubes endemoniadas se levantaron hacia el sol,
devorando la luz, y un cañoneo subterráneo estremecía
la tierra. Correa me advirtió que se avecinaba el chubasco, y abreviamos las planicies a golope tendido,
arreando la brigada, suelta, para que se defendiera con
libertad. Buscábamos el abrigo de los montes lontanos,
y salimos a una llanada donde gemían las palmeras, za-
randeadas por el brisote con tan poderosa insolencia,
que las hacía desaparecer del espacio, agachándolas sobre
el suelo, para que barrieran el polvo de los pastizales
crispados. En las rampas, con disciplinada premura con-
gregábanse los rebaños, presididos por toros mugientes,
de desviadas colas, que se imponían al vendabal agru-
pando a las hembras cobardes, y abriendo en contorno
una brecha categórica y defensiva. Las aguas corrían al
revés y las bandadas de patos volteaban en las alturas,
cual hojas dispersas. Súbito, cerrando las lejanías entre
cielo y tierra, descolgó sus telones el nublado terrible,
rasgado por centellas, aturdido por truenos, convulsio-
nado por borrascas que venían empujando a la oscuridad.

El huracán fue tan furibundo que casi nos desgajaba
de las monturas, y nuestros caballos detuviéronse, dando la grupa a la tormenta. Rápidamente nos desmonta-
mos, y, requiriendo los bayetones bajo el chaparrón, nos
tendimos de pecho entre el pajonal. Oscurecióse el ámbito que nos separaba de las palmeras, y sólo veíamos
una, de grueso tallo y luengas alas, que se erguía como
la bandera del viento y zumbaba al chispear cual una
yesca bajo el relámpago que la encendía; y era bello y
aterrador el espectáculo de aquella palmera heroica, que

agitaba alrededor del hendido tronco las fibras del penacho flamante y moría en su sitio, sin humillarse ni enmudecer.

Cuando pasó la tromba, advertimos que la brigada había desaparecido y cabalgamos para perseguirla. Calados, entre la ventolera procelosa, anduvimos leguas y leguas sin poder encontrarla, y caminando tras la nube que corría como negro muro, dimos con los peñones del desbordado Meta. Desde allí mirábamos hervir las revolucionadas ondas, en cuyos crestones mojábanse los rayos en culebreo implacable, mientras que los barrancos ribereños se desprendían con sus colonias de monte virgen, levantando altísimas columnas de agua. Y el estruendo de la caída era seguido por el traqueteo de los bejucos, hasta que al fin giraba el bosque en oleaje, como la balsa del espanto.

Después, entre yerbales llovidos donde las palmeras iban enderezándose con miedo, proseguimos la busca de la bestiada, y, ambulando siempre, cayó sobre nosotros la noche. Mohíno, trotaba en pos de Correa, al parpadeo de los postreros relámpagos, metiéndonos hasta la cincha en los inundados bajíos, cuando desde el comienzo de un ajarafe divisamos lejanas hogueras que parecían alegrar el monte. «¡Allí vivaquean nuestros compañeros, allí están!» Y alborozado, principié a gritarlos.

—¡Por Dios, por Dios, cierre la boca que son los indios!

Y otra vez nos alejamos por el desierto oscuro, donde comenzaban a himplar las panteras, sin resolvernos a descansar, sin abrigo, sin rumbo, hasta que la aurora tardía abrió su alcázar de oro a nuestra desfalleciente esperanza.

Apenas aclaró el día, vimos unos vaqueros que traían por delante la «madrina» de bueyes amaestrados, indispensable en toda faena, pues sirve para aquietar a los toros recién cogidos. Había salido el sol, y, sobre los grandes reflejos que extendía en la llanura, avanzaban las reses descopando la grama.

Entre los jinetes que nos saludaron no estaba Fidel, pero Correa los llamó por sus nombres, atropellándose en los detalles del repentino chubasco, de la desaparición de las bestias, del encuentro con los indígenas.

—Mano Ugenio, es la primera vez que me «embejuco» de noche en estas sabanas, y pa colmo, con este blanco tan resignao, que ni siquiera tiene los brazos güenos. Ya pensará que soy un zambo indecente.

—Eso nos pasa a tóos, mano Antuco: Yanero no bebe caldo ni pregunta por camino; pero con agua, trueno y relámpago, no se puée garantizá.

—¿Y ustées andaban de «ojeo»? ¿Cómo les jué?

—Cochinamente. Nos alegramos de que yoviera y nos vinimos por la tardecita. Toa la noche velamos sin ver ninguna «punta» porque el ganao se asustó con la tronamenta y no quiso dejá el monte. A la madrugáa salió una manchita de reses, pero no jué posible ojearla, aunque la madrina se portó rebién, convidándola con mugíos. Entonces resolvimos echarle los rangos encima, pa vé qué cogíamos: era puro «vacaje» viejo y se perdió la carrera. Tóos enlazamos sin provecho, menos aquel zambito del interió, que dejó esnucá el cabayo corriendo en la oscuridá. Por eso viene a pie, con la montura en las costiyas.

—Mano Tista, gritó Correa: venga móntese en este potro que yo deseo desentumirme.

Porque no se creyera que me acoquinaban las fatigas, invoqué el recuerdo de Alicia para avivarme, y dije:

—Mano Sidoro, ¿cuántas reses cogieron ayer a lazo?

—Como cincuenta. Pero por la tarde «burriaron» los pescozones y casi hay «vaina» entre Miyán y Fidel.

—¿Qué pasa? ¿Qué pasa?

—Que Miyán se apareció con una gente a decí que menestaba los corrales de Matanegra, pa meté los toros del barajuste, porque venían a cogelos de nuevo. Franco no quiso responderle ni jota, pero cuando vio que habían

tréido perraje, «le mentó la máma». Mientras tanto,
los otros, que andan por cierto mal montaos, se asomaron a la madrina y dijeron que los «orejanos», que taban
cogíos eran los mesmos que se le jueron a don Barrera,
y querían quitarlos por la juerza. Entonces nos prendi-
mos a «muecos» unos con otros, y Franco le tendió la
carabina a Miyán.

—¿Y dónde echa soga la gente de Barrera?

—Unos, se volvieron. Otros, andan por áhi enmache-
taos. Esto se pone feo. Y pa pior, ustées dejaron ir los
cabayos.

—Lo malo no es eso, exclamó uno a quien nombra-
ban mano Jabián; lo grave es que el juez tá en el hato,
según dijeron. Como que lo toparon «embarbascao», y
Miyán hizo que un vaquero lo encaminara hasta la vivienda. Y con la justicia no nos metemos, porque nos
coge sin plata. Nosotros queremos irnos.

—¡Compañeros, repuse, yo les responderé de que
nada pasa!

—¿Y quién responde por usté, que es al que busca
la autoridá?

Fidel no se amilanó por el contratiempo, ni le hizo
represiones al mulato; hasta se alegró de ver que mi
brazo herido podía regir las riendas. Era de opinión que
la brigada se había vuelto a los comederos acostumbrados y que en La Maporita la hallaríamos.

Lo noté reacio a referirme el altercado con Millán.
«Esa discusión no vale un comino. Además, en esta sabana caben muchísimas sepulturas; el cuidado está en
conseguir que otros hagan de muertos y nosotros de en-
terradores.» Así dijo sonriente; pero recibió sobresal-
tado la noticia de que los vaqueros querían dejarnos
solos. «De seguro se irán, porque todos tienen cuentas
con la justicia, porque todos roban ganado.»

—¿Y a qué hora seguirá la cogienda?, averigüéle,
devorando el almuerzo de carne tostada, que cortaba yo
mismo de la costilla chirriante al rescoldo.

—Sólo esperábamos la madrina. Fue un error yevarla al Guanapalo, sabiendo que por ahí ganadean los indios y que los rodeos se enmontan por eyo. Pero en este banco hay dos mil «cachones» a cuál mejor. Los cabayos resisten todavía dos carreras, o sean treinta toros cogidos, porque el jinete que pierde lazo paga multa.

—Y los enviados de Barrera, ¿dónde se hallan?

—Míralos: en aqueyos mogotes amanecieron. Esa gente no es del oficio, a excepción del Miyán, que «es una lanza» para el coleo. Ya les notifiqué personalmente que si el perraje me alborotaba la vaquería se encomendaran al diablo y le llevaran saludes nuestras, porque los mandaríamos al infierno.

Entre tanto, los de la madrina encaminábanla llanura abajo, y la dejaron en un estero, pastoreada por varios rapaces. Al límite opuesto de un morichal veíanse puntas de toros, pastando al descuido. Avanzamos abiertos en arco para caerles como turbión, cuando oyéramos el grito de los caporales; pero las reses nos ventearon y corrieron hacia los montes, quedando sólo algún macho desafiador que empinaba la cornamenta para amedrentar a la cabalgata.

Entonces lanzáronse los caballos sobre el desbande, por encima de jarales y comejeneras, con vertiginosa celeridad, y los fugitivos se fatigaron bajo el zumbido de las lazadas, que abiertas cruzaban el viento para caerles en los «cachos». Y cada vaquero enlazó su toro, desviándose a la izquierda, para que saltara lejos de la montura el resto de la soga enrollada y el potro resistiera el tirón en la cola, sin enredarse ni flaquear.

Brincaba en los matorrales la fiera indómita al sentirse cogida, y se aguijaba tras del jinete ladeando su media luna de puñales. Con frecuencia le empitonaba el rocín, que se enloquecía corcoveando para derribar al cabalgador sobre las astas enemigas. Entonces el bayetón prestaba ayuda: o caía extendido para que el toro lo corneara mientras el potro se contenía, o en manos del desmontado vaquero coloreaba como un capote, en suer-

tes desconcertantes, sin espectadores ni aplausos, hasta
que la res, coleada, cayera. Diestramente la maneaba, le
hendía la nariz con el cuchillo y por allí le pasaba la
soga, anudando las puntas a la crin trasera del potrajón,
para que el vacuno quedara sujeto por la ternilla en el
vibrante seno de la cuerda doble. Así era conducido a
la madrina, y cuando en ella se incorporaba, volvíase
el jinete sobre la grupa, soltaba un cabo del rejo brutal y lo hacía salir a tirones por la nariz atormentada
y sangrante.

Montaba yo, alegremente, un caballito coral, apasionado por las distancias, que al ver a sus compañeros
abalanzarse sobre la grey, disparóse a rienda tendida
tras de ellos, con tan ágil violencia, que en un instante
le pasó la llanura bajo los cascos. Adiestrado por la
costumbre, diose a perseguir a un toro barcino, y era
de verse con qué pujanza le hacía sonar el freno sobre
los lomos. Tiraba yo el lazo una y otra vez, con mano
inexperta; mas, de repente, el bicho, revolviéndose contra mí, le hundió a la cabalgadura ambos cuernos en
la verija. El jaco, desfondado, me descargó con rabioso
golpe y huyó enredándose en las entrañas, hasta que
el cornúpeto embravecido lo ultimó a pitonazos contra
la tierra.

Advertidos del trance en que me veía, desbocáronse
dos jinetes en mi demanda. Fugóse el animal por los
terronales. Correa me dio su potro, y al salir desalado
tras de Franco, vi que Millán, con emulador acelera-
miento tendía su caballo sobre la res; mas ésta, al
inclinarse el hombre para colearla, lo enganchó con
un cuerno por el oído, de parte a parte, desgajólo de
la montura, y llevándolo en alto como a un pelele, abría
con los muslos del infeliz una trocha profunda en el
pajonal. Sorda la bestia a nuestro clamor, trotaba con
el muerto de rastra, pero en horrible instante, pisán-
dolo, le arrancó la cabeza de un golpe, y, aventándola
lejos, empezó a defender el mútilo tronco a pezuña y a

cuerno, hasta que el winchester de Fidel, con doble balazo, le perforó la homicida testa.

Gritamos auxilio, y nadie venía; corrí a todas partes con la noticia y a nadie encontraba. Al fin topé unos vaqueros que tenían unidos caballo y toro a los extremos de cada soga. Al verme, las cortaron con sus cuchillos para acudir a mi llamamiento.

Y corríamos más pálidos que el cadáver.

Cuando llegamos al sitio de la tragedia, llevaban hacia el monte los despojos del victimado, en la hamaquilla de un bayetón sostenido por las cuatro puntas. Franco tenía la camisa llena de sangre y desfogaba a voces su agitación entre el grupo de peones silenciosos. El muerto yacía de espaldas sobre un moriche caído, y lo tenían cubierto con su propia ruana, en espera de la rigidez.

Entonces fuimos a buscar los restos de la cabeza entre las matujas atropelladas, y en parte ninguna los hallamos. Los perros, alrededor del toro yacente, le lamían la cornamenta.

A pleno sol regresamos al montezuelo. Correa, con una rama, le espantaba al muerto las moscas. Franco, en un esterito próximo, se limpiaba los cuajarones. Los compañeros de Millán hacían proyectos para bailar el «velorio».

—Lo que es yo, rezongaba uno, tuviera agradecío si dende ayer se hubieran descogotao en nuestra presencia. Pero esto de decir que lo mató el toro, cuando oímos claramente los tiros, poco me suena. No había pa qué arrastrarlo y descabezarlo. Esa crueldá sí ofende a Dios.

—¿No sabe usted cómo fue la desgracia?

—Sí, señó. El asesino, el toro; el muerto, Miyán; los cómplices nosotros, y los inocentes, ustées. ¡Por eso me voy adelante con el aviso, pa que abran el hoyo y alisten música y trago, y corten la mortaja pa quen la merece!

Así dijo, y mascullando amenazas, alejóse a escape.

Yo no quería ver al difunto. Sentía repugnancia al imaginar aquel cuerpo reventado, incompleto, lívido, que fue albergue de un alma enemiga y que mi mano castigó. Me perseguía el recuerdo de aquellos ojos colorados y rencorosos que me asaltaron por doquiera, calculando si en mi cintura iba el revólver. Aquellos ojos, ¿dónde cayeron? ¿Colgarían de alguna breña, adheridos al frontal roto, vaciados, repulsivos, goteantes? ¿Qué sería de aquella cabeza obtusa, centro de la malicia, filtro de la venganza, cubil de la maldad y del odio? Yo la sentí crujir al choque del cuerno curvo, que le asomó por la sien opuesta, mientras el sombrero embarboquejado saltaba en el aire; la vi cuando el toro, desgarrándola de la cerviz, la proyectó hacia arriba, cual greñudo balón. ¿Y qué se hizo? ¿Dónde sangraba? ¿La enterraría la fiera con sus pezuñas, cuando defendiendo el cadáver, trilló el barzal?

Lentamente, el desfile mortuorio pasó ante mí: un hombre de a pie cabestreaba el caballo fúnebre, y los taciturnos jinetes venían detrás. Aunque el asco me fruncía la piel, rendí mis pupilas sobre el despojo. Atravesado en la montura, con el vientre al sol, iba el cuerpo decapitado, entreabriendo las yerbas con los dedos rígidos, como para agarrarlas por última vez. Tintineando en los calcañares desnudos, pendían las espuelas que nadie se acordó de quitar, y del lado opuesto, entre el paréntesis de los brazos, destilaba aguasangre el muñón del cuello, rico de nervios amarillosos, como raicillas recién arrancadas. La bóveda del cráneo y la mandíbula que la sigue faltaban allí, y solamente el maxilar inferior reía ladeado, como burlándose de nosotros. Y esa risa sin rostro y sin alma, sin labios que la corrigieran, sin ojos que la humanizaran, me pareció vengativa, torturadora, y aun al través de los días que corren, me repite su mueca desde ultratumba y me estremece de pavor.

Más tarde, cuando la comitiva empezó a fumar y la charla se hizo ruidosa, propuso Franco:

—Pues que será preciso suspender la cogienda, mientras se normaliza la situación, conviene regresar en busca de las cabayerías. Los vaqueros mejor montados, vengan acá; los otros, yeven la madrina tras del muerto. Por ayá les caeremos al anochecer.

Sólo siete peones obedecieron. Antes de abandonar a los remisos, le rogué a un muchacho adelantarse con noticias nuestras, para prevenir el ánimo de Alicia cuando divisara el cortejo, que en aquel minuto entraba en el morichal de la lejanía, como entre las columnatas de una basílica descubierta. Los bueyes del madrineo alargaban la procesión.

Aunque el mulato me señalaba las sabanetas donde anochecimos la víspera, fueme imposible reconocerlas, por su semejanza con las demás; pero advertía el rastro del ventarrón en el desgreño de los ramajes, en los fulminados troncos de algunas palmeras, en el desgonce de los pastos vencidos. En tanto, el recuerdo del mutilado me acompañaba; y con angustia jamás padecida quise huir del llano bravío, donde se respira un calor guerrero y la muerte cabalga a la grupa de los cuartagos. Aquel ambiente de pesadilla me enflaquecía el corazón, y era preciso volver a las tierras civilizadas, al remanso de la molicie, al ensueño y a la quietud.

Destemplado por la zozobra, me atrasé de mis camaradas cuando nos alcanzaron los perros. De repente, la aulladora jauría, con la nariz en alto, circundó el perímetro de una laguna disimulada por elevados juncos. Mientras los jinetes corrían haciendo fuego, vi que una tropa de indios se dispersaba entre la maleza, fugándose en cuatro pies, con tan acelerada «vaquía», que apenas se adivinaba su derrotero por el temblor de los pajonales. Sin gritos ni lamentos, las mujeres se dejaban asesinar, y el varón que pretendiera vibrar el arco, caía bajo las balas, apedazado por los molosos. Mas con repentina resolución surgieron indígenas de todas partes y cerraron con los potros para desjarretarlos a macana y vencer cuerpo a cuerpo a los jinetes. Diezmados en las primeras

acometidas, desbandáronse a la carrera, en larga competencia con los caballos, hasta refugiarse en intrincados
montes.

«¡Aquí, *Dólar*, aquí, *Martel*!», gritaba yo de estampía,
defendiendo a un indio veloz que desconcertaba con sus
corvetas a dos perros feroces. Siguiéndolo siempre, para-
lelo a las curvas que describía, lo vi desandar la misma
huella, gateando mañosamente, sin abandonar su sarta
de pescados. Al toparme, se enmatorró, y yo, receloso de
sus arrestos, paré las riendas. Mas de rodillas abrió los
brazos: «¡Señor Intedente, señor Intendente! ¡Yo soy
el Pipa! ¡Piedad de mí!».

Y sin esperar que le respondiera, miedoso de la perra-
da, saltó a la grupa de mi alazán, abrazándome com-
pungido:

—¡Perdón, perdón! ¡Ahora le refiero lo del caballo!

Creyendo que el cuitado me maltrataba, acudieron los
hombres en mi socorro, y Correa lo tiró al suelo de un
culatazo; pero más se tardó en caer que en encaramarse
de nuevo, exclamando: ¡Nosotros somos amigos! ¡Yo
soy el paje de la señora!

—Miren a este come-ganao, capitán de la «guajibera»,
salteador de las fundaciones, a quien tantas veces hemos
corrío. ¡Ora me las pagás, de contao!

—¡Caballero, no se equivoque, no se precipite, no me
confunda; fue que los indios me aprehendieron, me «em-
pelotaron» y el señor Intendente me libertó. El me conoce mucho y su señora me necesita!

Como todos le achacaban los incendios en el Hatico,
fingía llorar a mares, consternado por la calumnia. Luego, aferrándose a mis cuadriles, alzó sus piernas sobre
las mías para que los perros no lo mordieran, simulando
vergüenza de verse desnudo. Y yo, que pasé de la sorpresa a la caridad, lo conduje en ancas con rumbo al
hato, entre la protesta de mis compañeros, que lo amenazaban con la castración en represalia de sus fechorías.

Apenas recobró la confianza, inició el cautivo su men-
doso discurso, que interrumpía para pedirme que les or-
denara a los vaqueros adelantarse. «¡No lo hago por mí,
decía, sino por usted: se les puede salir un tiro y nos
atraviesan las espaldas!»

Luego, en el tono del amante que convence al oído,
agregó:

—¿Cómo iba a ser posible que el señor Intendente
llegara a su capital sin que le hicieran digno recibimiento?
Estas minucias me desvelaban aquella noche, y monté
en su caballo para llevar la noticia al pueblo, tan decidido a regresar pronto, que le dejé a usted mi yegua en-
jalmada. Pero al saber las tropelías que iban a cometer-
le por la traída de la señora, eché cabeza de este modo:
Si lo encarcelan, nadie me libra de mi padrino; si le re-
gistran el equipaje, se quedan con todo; el caballo vale
más que la potrancona, pero ambos a dos se los quitarán,
y es preferible que yo dé mi trotadita por Casanare y
regrese al fin del verano a devolver todo, rango y montura. Mas al bajar por estas sabanas, me atajaron los vaqueros de un tal Barrera diciendo que yo andaba tras del
ganado, y querían llevarme preso para el Hatico, y me
robaron hasta el sombrero, y, por quedar a pie, me cau-
tivaron los guahibos. Pero olvidaba preguntarle por la
señora. ¿Cómo la tiene?

En cualquiera otra situación me habría divertido la
pintoresca trama de sus disculpas; pero entonces, casi al
anochecer, sólo quería alcanzar al muerto para impedir
que Alicia lo viera.

Por las llanuras, a media luz, iban dos jinetes, a paso
lento.

Cuando los alcanzamos, sus caras no se distinguían,
pero Franco los reconoció:

—¿Por dónde siguen los del cadáver?

—Los caporales resolvieron tirarlo al caño, porque no
se aguantaba la «jedentina». Después se jueron a sus
tierras, pues no querían trabajar má.

—Nosotros tampoco lo acompañamos, advirtieron unos.

—A mí no me gustan los sinvergüenza, y prefiero quedar solo. El que quiera sus jornales, véngase conmigo.

Ellos pronunciaron esta gran frase:

—«Nosotros preferimos la libertá».

—¿Pa qué lao cogieron los camaráas?

—Pa la costa del Guachiría.

—¡Adió, pué!

Y galoparon ante la noche.

Los cuatro restantes caminamos a toda prisa en busca del hato semiborroso, donde hacía guiños una candela. Aunque el Pipa clamaba amparo, lo forcé a que se apeara. Y zaguero, como oscuro fantasma, nos perseguía en la sobretarde.

Raro temor me escalofriaba cuando nos acercamos a los corrales. Desde allí percibimos que la ramada estaba en silencio y que un gran fogón esclarecía el patio. Miré hacia los toldos y ya no los vi. Con súbita carrera llegué al tranquero, y el potro, encandilado, se resistía a invadir la estancia. Mauco y unas mujeres acudieron: «¡Por Dios! ¡Vayánse presto, que los cogen!».

—¿Qué pasa? ¿Dónde está Alicia? ¿Dónde está Alicia?

—El viejo Zubieta duerme enterrao y tamos consolándonos con la candela.

—¿Qué ha sucedido? ¡Dilo pronto!

—Que esa «voláa» les salió mal.

Hubo que amenazarlo para que informara: se había cometido un crimen la víspera. Viendo que Zubieta no se levantaba, desquiciaron la puerta de la cocina. Colgado por las muñecas en el lazo del chinchorro, balanceábase el vejete, vivo todavía, sin quejarse ni articular, porque en la raíz de la lengua le amarraron un cáñamo. Barrera no quiso verlo; mas, cuando el juez llegó al hato, hizo contra nosotros imputaciones tremendas. Juró que en días anteriores habíamos amenazado al abuelo para que revelara el escondrijo de sus tesoros; que esa noche, apenas la gente se fue a los toldos a embriagarse, penetramos por la cumbrera y cometimos la atrocidad, distribuidos en grupos, para cavar simultáneamente en la topochera, en el cuartucho, en los corrales. El juez hizo firmar a todos la consabida declaración y regresó esa misma tarde, custodiado por Barrera y su personal; y el occiso fue sepultado en una de aquellas excavaciones, bajo el mango grande, quizás encima de las tinajas de morrocotas, sin ponerle alpargatas nuevas, sin que le ajustaran las quijadas con un pañuelo, ni le rezaran el Santo Dios, ni le bailaran las nueve noches. Y para mayor desgracia, tenían que cuidar ellos de que los marranos no revolcaran la sepultura, pues ya una vez habían desenterrado un brazo del muerto y se lo tragaron entre horribles gruñidos.

Tan aturdido estaba ya con tal historia, que no había reparado en que una de las mujeres era Bastiana. Al verla le grité con pávido acento:

—¿Dónde está Alicia? ¿Dónde está mi Alicia?
—¡Se jueron! ¡Se jueron y nos dejaron!
—¿Alicia? ¿Alicia? ¿Qué estás diciendo?
—¡Se la yevó la niña Griselda!

Apoyando en el tranquero los codos, comencé a llorar con llanto fácil, sin sollozos ni contorsiones; era que la fuente de la desgracia, vertiéndose de mis ojos, me aliviaba el corazón de tan desconocida manera, que permanecí un momento insensible a todo. Miré con cara aflictiva a mis compañeros, sin sentir pudor por mis lágrimas, y los veía consolarme, como en un sueño. Allí me rodeaban todos. El Pipa se había apropiado uno de mis vestidos, las mujeres asaban carne y Franco exigía que me acostara. Mas al decirme que Alicia y Griselda eran dos vagabundas y que con otras mejores las reemplazaríamos, estalló mi despecho como un volcán, y, saltando al potro, partí enloquecido para darles alcance y muerte. Y en el vértigo del escape me parecía ver a Barrera, descabezado como Millán, prendido por los talones a la cola de mi corcel, dispersando miembros en las malezas, hasta que, atomizado, se extinguía entre el polvo de los desiertos.

Tan cegado iba por la iracundia, que sólo tarde advertí que galopaba tras de Franco y que íbamos llegando a La Maporita. ¡Era verdad que Alicia no estaba allí! En la hamaca de mi rival se tendería libidinosa, mientras yo, desesperado, desvelaba a gritos la inmensidad.

Entonces fue cuando Franco le prendió fuego a su propia casa.

La lengua del fósforo hizo vibrar los flecos de la «palmicha», abriéndose en ola sonante que llenó la comarca de resplandores cárdenos. Al momento, el platanal chamuscado, aflojó las hojas y las chispas multiplicaron el estrago en la cocina y el caney. A la manera de la víbora mapanare, que vuelve los colmillos contra la cola, la llamarada se retorcía sobre sí misma, ahumando la limpidez de la noche, y empezó a disparar bombas en la llanura, donde el viento —aliado luciferino— le prestó sus alas a la candela.

Nuestros caballos, espantados, retrocedieron hacia el caño de aguas bermejas, y desde allí vi desplomarse la morada que brindó abrigo a mis sueños de riqueza y paternidad. Entre los muros de la alcoba que fue de Alicia se columpiaba el fuego como una cuna.

Idiotizado contemplaba el piélago asolador sin darme cuenta del peligro; mas cuando vi que Franco se alejaba de aquellos lares maldiciendo la vida, clamé que nos arrojáramos a las llamas. Alarmado por mi demencia, recordóme que era preciso perseguir a las fugitivas hasta vengar la ofensa increíble. Y corriendo, corriendo entre claridades desmesuradas, observamos que la casa del hato ardía también y que la gente daba alaridos en los montes.

La calurosa devastación campeaba en los pajonales de ambas orillas, culebreando en los bejuqueros, trepándose a los moriches, y reventándolos con retumbos de pirotecnia. Saltaban cohetes llameantes a grandes trechos, hurtándole combustible a la línea de retaguardia, que tendía hacia atrás sus melenas de humo, ávida de abarcar los límites de la tierra y batir sus confalones flamígeros en las nubes. La devoradora falange iba dejando fogatas en los llanos ennegrecidos, sobre cuerpos de animales achicharrados, y en toda la curva del horizonte los troncos de las palmeras ardían como cirios enormes.

El tranquido de los arbustos, el ululante coro de las sierpes y de las fieras, el tropel de los ganados pavóricos, el amargo olor a carnes quemadas, agasajáronme la soberbia; y sentí deleite por todo lo que moría a la zaga de mi ilusión, por ese océano purpúreo que me arrojaba contra la selva, aislándome del mundo que conocí, por el incendio que extendía su ceniza sobre mis pasos.

¿Qué restaba de mis esfuerzos, de mi ideal y mi ambición? ¿Qué había logrado mi perseverancia contra la suerte? ¡Dios me desamparaba y el amor huía!...

¡En medio de las llamas empecé a reír como Satanás!

Segunda parte

—¡Oh, selva, esposa del silencio, madre de la soledad y de la neblina! ¿Qué hado maligno me dejó prisionero en tu cárcel verde? Los pabellones de tus ramajes, como inmensa bóveda, siempre están sobre mi cabeza, entre mi aspiración y el cielo claro, que sólo entreveo cuando tus copas estremecidas mueven su oleaje, a la hora de tus crepúsculos angustiosos. ¿Dónde estará la estrella querida que de tarde pasea las lomas? ¿Aquellos celajes de oro y múrice con que se viste el ángel de los ponientes, por qué no tiemblan en tu dombo? ¡Cuántas veces suspiró mi alma adivinando al través de tus laberintos el reflejo del astro que empurpura las lejanías, hacia el lado de mi país, donde hay llanuras inolvidables y cumbres de corona blanca, desde cuyos picachos me vi a la altura de las cordilleras! ¿Sobre qué sitio erguirá la luna su apacible faro de plata? ¡Tú me robaste el ensueño del horizonte y sólo tienes para mis ojos la monotonía de un cenit, por donde pasa el plácido albor, que jamás alumbra las hojarascas de tus senos húmedos!

Tú eres la catedral de la pesadumbre, donde dioses desconocidos hablan a media voz, en el idioma de los

murmullos, prometiendo longevidad a los árboles impo-
nentes, contemporáneos del paraíso; que eran ya deca-
nos cuando las primeras tribus aparecieron y esperan
impasibles el hundimiento de los siglos venturos. Tus
vegetales forman sobre la tierra la poderosa familia que
no se traiciona nunca. El abrazo que no pueden darse
tus ramazones lo llevan las enredaderas y los bejucos, y
eres solidaria hasta en el dolor de la hoja que cae. Tus
multísonas voces forman un solo eco al llorar por los
troncos que se desploman, y en cada brecha los nuevos
gérmenes apresuran sus gestaciones. Tú tienes la adustez
de la fuerza cósmica y encarnas un misterio de la creación. No obstante, mi espíritu sólo se aviene con lo ines-
table, desde que soporta el peso de tu perpetuidad, y,
más que a la encina de fornido gajo, aprendió a amar
a la orquídea lánguida, porque es efímera como el hombre y marchitable como su ilusión.

¡Déjame huir, oh selva, de tus enfermizas penumbras,
formadas con el hálito de los seres que agonizaron en el
abandono de tu majestad! ¡Tú misma pareces un cemen-
terio enorme donde te pudres y resucitas! ¡Quiero volver
a las regiones donde el secreto no aterra a nadie, donde
es imposible la esclavitud, donde la vista no tiene obstáculos y se encumbra el espíritu en la luz libre! ¡Quiero
el calor de los arenales, el espejeo de las canículas, la vibración de las pampas abiertas! ¡Déjame tornar a la
tierra de donde vine, para desandar esa ruta de lágrimas
y sangre que recorrí en nefando día, cuando tras la
huella de una mujer me arrastré por montes y desiertos,
en busca de la Venganza, diosa implacable que sólo son-
ríe sobre las tumbas!

Olvidada sea la época miserable en que vagamos por
el desierto en cuadrilla prófuga, como salteadores. Sindi-
cados de un crimen ajeno, desafiamos a la injusticia y
erguimos la enseña de la rebelión. ¿Quién osó desafiar
el rencor bárbaro de mi pecho? ¿Quién habría podido
amansarnos? Las sendas múltiples de la pampa quedaron

chafadas en aquellos días al galope de nuestros potros, y no hubo noche que no prendiéramos en distinto paraje la fugitiva llamarada del vivac.

Después, bajo moriches inextricables, improvisamos un refugio. Allí amontonábanse los enseres que Mauco y Tiana salvaron de la ignición, y que pusieron en nuestras manos antes de irse a Orocué en misión de espionaje. Mas no sabíamos qué suerte hubieran corrido. Fidel y el mulato, el Pipa y yo nos turnábamos cada día en atalayar sobre una palmera la presencia de alguna gente en el horizonte o el triángulo de humo, convenido como señal.

—¡Nadie nos buscaba ni perseguía! ¡Nos habían olvidado todos!

Yo no era más que un residuo humano de fiebres y pesares. De noche, el hambre nos desvelaba como un vampiro, y porque ya venían las lluvias, concertamos la dispersión para asilarnos luego en Venezuela. Pensé entonces que don Rafo vendría de regreso a La Maporita, y que con él podríamos volver a Bogotá. Muchos días lo esperamos en las llanuras aledañas a Tame. Mas apenas declaró Franco que continuaría su vida nómada, no por recelo de la justicia ordinaria, sino por el peligro de que algún Consejo de Guerra lo castigara como a desertor, desistí de la idea del viaje para mancomunarnos en el destierro y afrontar vicisitudes iguales, ya que una misma desventura nos había unido y no teníamos otro futuro que el fracaso en cualquier país.

Y nos decidimos por el Vichada.

El Pipa nos condujo a los platanares silvestres de Macucuana, sobre la margen del túrbido Meta, después de la desembocadura del Guanapalo. Moraba en esos montes una tribu guahiba, semidomada, que convino en acogernos, a condición de que admitiéramos el «guayuco», respetáramos a las «pollonas» y les ordenáramos a los winchesters «no echar truenos».

Aparecióse una tarde el Pipa con cinco indígenas, que se resistían a acercarse mientras no amarráramos los dogos. Acurrucados en la maleza, erguíanse para observarnos, listos a fugarse al menor desliz, por lo cual el ladino intérprete fue conduciéndolos de la mano hasta nuestro grupo, donde recibían el advertido abrazo de paz con esta frase protocolaria: *«Cuñao, yo queriéndote mucho, perro no haciendo nada, corazón contento».*

Todos eran fornidos y jóvenes, de achocolatado cutis y hercúleas espaldas, cuya membratura se estremecía temerosa de los fusiles. Arcos y aljabas habíanlos dejado entre la canoa, que iba a mecernos sobre las aguas desconocidas de un río salvaje, hacia refugios recónditos y temibles, a donde un fátum implacable nos expatriaba, sin otro delito que el de ser rebeldes, sin otra mengua que la de ser infortunados.

Había llegado el momento de licenciar nuestros caballos, que nos dieron apoyo en la adversidad. Ellos recobraban la pampa virgen y nosotros perdíamos lo que gozosos recuperaban, la zona donde sufrimos y batallamos inútilmente, comprometiendo la esperanza y la juventud. Cuando mi alazán sudoroso se sacudió, libre de la montura, y galopó con relinchos trémulos en busca del bebedero lejano, me sentí indefenso y solo, y copié en mis ojos trites el confín, con la amargura del condenado a muerte que se resigna al sacrificio y ve sobre los paisajes de su niñez arrebolarse el último sol.

Al descender el barranco que nos separaba de la curiara, torné la cabeza hacia el límite de los llanos, perdidos en una nébula dulce, donde las palmeras me despedían. Aquellas inmensidades me hirieron, y, no obstante, quería abrazarlas. Ellas fueron decisivas en mi existencia y se injertaron en mi ser. Comprendo que en el instante de mi agonía se borrarán de mis pupilas vidriosas las imágenes más leales; pero en la atmósfera sempiterna por donde ascienda mi espíritu aleteando, estarán presentes las medias tintas de esos crepúsculos cariñosos, que, con sus pinceladas de ópalo y rosa, me indicaron

ya sobre el cielo amigo la senda que sigue el alma hacia
la suprema constelación.

La curiara, como un ataúd flotante, siguió agua abajo,
a la hora en que la tarde alarga las sombras. Desde el
dorso de la corriente columbrábanse las márgenes para-
lelas, de sombría vegetación y de plagas hostiles. Aquel
río, sin ondulaciones, sin espumas, era mudo, tétrica-
mente mudo como el presagio, y daba la impresión de
un camino oscuro que se moviera hacia el vórtice de
la nada.

Mientras proseguíamos silenciosos principió a lamentarse la tierra por el hundimiento del sol cuya vislumbre
palidecía sobre las playas. Los más ligeros ruidos reper-
cutieron en mi ser, consustanciado a tal punto con el
ambiente, que era mi propia alma la que gemía, y mi
tristeza la que, a semejanza de un lente opaco, apenum-
braba todas las cosas. Sobre el panorama crepuscular
fuese ampliando mi desconsuelo, como la noche, y lentamente una misma sombra borró los perfiles del bosque
extático, la línea del agua inmóvil, las siluetas de los
remeros...

Desembarcamos al comienzo de una barranca, suavi-
zada por escalones que descendían al puerto, en cuyo
remanso se agrupaban unas canoas. Por un sendero lleno
de barro que se perdía entre el gramalote, salimos a
una plazuela de árboles derribados, donde nos aguardaba
el rancho pajizo, tan solitario en aquel momento, que
vacilábamos en ocuparlo, sospechosos de alguna embos-
cada. El Pipa alegaba con los nativos que a semejante
vivienda nos condujeron, y nos trasmitía la traducción
de la jerigonza, según la cual los de la ramada se dispersaron al ver los mastines. Los bogas me pedían permiso
para dormir entre las curiaras.

Y cuando se fueron, Fidel le ordenó a Correa que
se acostara con el Pipa en la barbacoa, por si intentaba
traicionarnos esa noche; les quitó los collares a los

perros, y, a oscuras, les mudó el sitio a nuestras hamacas.

Ofreciéndole mi costado a la carabina, me entregué al sueño.

El Pipa solía hacerme protestas de adhesión incondicional, y acabó por relatarme la pavorosa serie de sus andanzas. Su mano sabía disparar la barbada flecha, en cuya punta iba ardiendo la pelota de «peramán», que cruzaba el aire como un cometa, con el aullido de la consternación y del incendio.

Muchas veces, para librarse del enemigo, se aplanó en el fondo de las lagunas como un caimán, y emergía sigiloso entre los juncales por renovar la respiración; y si los perros le nadaban sobre la cabeza, buscándolo, los destripaba y consumía, sin que los vaqueros pudieran ver otra cosa que el chapoteo de algunos juncos en el apartado centro de los charcones.

Adolescente apenas, vino a los Llanos cuando estaba en su auge el hato de San Emigdio y allí sirvió de «coquis» varios meses. Trabajaba todo el día con los llaneros, y por la noche agregábase a sus fatigas la de acopiar la leña y el agua, prender el fuego y asar carne. De madrugada lo despertaban los caporales a puntapiés para que recociera el café cerrero; y tras de tomarlo, se iban sin ayudarle a ensillar la mañosa bestia ni decirle hacia qué banco se dirigían. Y él, llevando de cabestro la mula de los calderos y los víveres, trotaba por las estepas oscurecidas, poniendo oído a las voces de los jinetes, hasta orientarse y seguir con ellos.

Para colmo, la cocinera de la ramada le exigía cooperar en sus menesteres, y él, tiznado y humilde como un guiñapo, se resignaba a su situación. Mas una vez, al vaciar el «cocido» en la barbacoa, sobre las hojas frescas que servían de manteles, atropáronse los peones con la presteza de buitres hambrientos, y él tendió, como todos, las desaseadas manos a la carne para trinchar algún trozo con su «belduque». El «arrimado» de la mari-

tornes, un abuelote de empaque torvo, que lo celaba
estúpidamente y que ya lo había vapulado con el cinturón, comenzó a vociferar, masticando, porque no se
repetía presto la calderada. Como el coquis no se afanó
por obedecerle, lo agarró de una oreja y le bañó la cara
en caldo caliente. El muchacho, enfurecido, le rasgó el
buche de un solo tajo, y la asadura del comilón se regó
humeando en la barbacoa, por entre las viandas.

El dueño del hato apresó al chicuelo, liándole garganta y brazos con un «mecate», y mandó dos hombres
a que lo mataran ese mismo día, abajo de las resacas
del Yaguarapo. Por fortuna, pescaban allí unos indios,
que destrizaron a los verdugos y le dieron al sentenciado la libertad, pero llevándoselo consigo.

Errante y desnudo vivió en las selvas más de veinte
años, como instructor militar de las grandes tribus, en
el Capanaparo y en el Vichada; y como cauchero, en
el Inírida y en el Vaupés, en el Orinoco y en el Guaviare,
con los piapocos y los guahibos, con los banivas y los
barés, con los cuivas, los carijonas y los huitotos. Pero
su mayor influencia la ejercía sobre los guahibos, a
quienes había perfeccionado en el arte de las guerrillas.
Con ellos asaltó siempre las rancherías de los sálivas
y las fundaciones que baña el Pauto. Cayó prisionero
en distintas épocas, cuando una «raya» le lanceó el pie,
o cuando las fiebres le consumían; pero, con riesgosa
suerte, se hizo pasar por vaquero cautivo de los hatos
de Venezuela, y conoció diferentes cárceles, donde observaba intachable conducta para volver pronto a la
inclemencia de los desiertos y al usufructo de las re-
voltosas capitanías.

—Yo, decía, seré su lucero en estos confines, si pone
a mi cuidado la expedición: conozco trochas, vaguadas,
caminos, y en algunos caños tengo amistades. Buscare-
mos a los caucheros por dondequiera, hasta el fin del
mundo; pero no vuelva a permitir que el mulato Correa
duerma conmigo, ni que me satirice con tanta roña. Eso
no es corriente entre cristianos y desanima a cualquier

hombre de sentimiento. ¡Algún día lo rasguño, y quedamos en paz!

Por ese tiempo me invadió la misantropía, ensombreciéndome las ideas y descoyuntándome la decisión. En el sonambulismo de la congoja devoraba mis propias hieles, inepto, adormilado, como la serpiente que muda escama.

Nadie había vuelto a nombrar a Alicia, por desterrarla de mi pensamiento; mas esa misma delicadeza sublevaba en mi corazón todos los odios reconcentrados, al comprender que me compadecían como a un vencido. Entonces las blasfemias sollamaban mis labios y un velo de sangre se reteñía sobre mis ojos.

¿Y a Fidel lo atormentaba el tenaz recuerdo? Sólo me parecía triste en sus confidencias, quizá por acoplarse con mi quebranto. Todo lo había perdido en hora impensada, y sin embargo daba a entender que desde ese instante se sintió más libre y poderoso, cual si el infortunio fuera simple sangría para su espíritu.

¿Y yo por qué me lamentaba como un eunuco? ¿Qué perdía en Alicia que no lo topara en otras hembras? Ella había sido un mero incidente en mi vida loca y tuvo el fin que debía tener. ¡Barrera merecía mi gratitud!

Además, la que fue mi querida tenía sus defectos: era ignorante, caprichosa y colérica. Su personalidad carecía de relieve: vista sin el lente de la pasión amorosa, aparecía la mujer común, la de encantos atribuidos por los admiradores que la persiguen. Sus cejas eran mezquinas, su cuello corto, la armonía de su perfil un poquillo convencional. Desconoció la ciencia del beso y sus manos fueron incapaces de inventar la menor caricia. Jamás escogió un perfume que la distinguiera; su juventud olía como la de todas.

¿Cuál era la razón de sufrir por ella? Había que olvidar, había que reír, había que empezar de nuevo. Mi destino así lo exigía, así lo deseaban, tácitos, mis camaradas. El Pipa, disfrazando la intención con el

disimulo, cantó cierta vez un «llorao» genial, a los com-
pases de las maracas, para infundirme la ironía confor-
tadora:

> El domingo la vi en misa,
> el lunes la enamoré,
> el martes ya le propuse,
> el miércoles me casé;
> el jueves me dejó solo,
> el viernes la suspiré;
> el sábado el desengaño...
> y el domigo a buscar otra
> porque solo no me amaño.

Mientras tanto, se iniciaba en mi voluntad una reacción casi dolorosa, en que colaboraron el rencor y el
escepticismo, la impenitencia y los propósitos de venganza. Me burlé del amor y de la virtud de las noches
bellas y de los días hermosos. No obstante, alguna
ráfaga del pasado volvía a refrescar mi ardido pecho,
nostálgico de ilusiones, de ternura y serenidad.

Los aborígenes del bohío eran mansos, astutos, pu-
silánimes, y se parecían como las frutas de un mismo
árbol. Llegaron desnudos, con sus dádivas de «cambures»
y «mañoco», acondicionadas en cestas de palmarito, y
las descargaron sobre el barbecho, en lugar visible. Dos
de los indios que manejaron la canoa, traían pescados
cocidos al humo.

Cuidadosos de que los perros no gruñeran, fuimos al
encuentro del arisco grupo, y después de una libre plá-
tica en gerundios y monosílabos castellanos, resolvieron
los visitantes ocupar un extremo de la vivienda, el inmediato a los montes y a la barranca.

Con indiscreta curiosidad les pregunté dónde habían
dejado a las mujeres, pues ninguna venía con ellos.
Apresuróse a explicarme el Pipa que era imprudencia
hacer tan desusadas indagaciones, so riesgo de que se
alarmaran los celosos indios, a cuyas «petrivas» les fue

negado, por tradicional experiencia, mostrar incautamente su desnudez a forasteros blancos, siempre lujuriosos y abusivos. Agregó que no tardarían en acercarse las indias viejas, para ir aquilatando nuestra conducta, hasta convencerse de que éramos varones morigerados y recomendables.

Dos días después apareciéronse las matronas, en traje de paraíso, seniles, repugnantes, batiendo al caminar los fláccidos senos, que les pendían como estropajos. Traían sobre la greña sendas «taparas» de chicha mordicante, cuyos rezumos pegajosos les goteaban por las arrugas de las mejillas, con apariencia de sudor ácido. Ofreciéronnos la bebida a pico de calabaza, imponiendo su hierático gesto, y luego rezongaron malhumoradas al ver que sólo el Pipa pudo saborear el cáustico brebaje.

Más tarde, cuando principió a resonar la lluvia, acurrucáronse junto al fogón, como gorilas momificadas, mientras los hombres enmudecían en los chinchorros, con el letargo de la desidia. Nosotros callábamos también en el tramo opuesto, viendo caer el agua en la extensión de la umbrosa vega, que oprimía el espíritu con sus neblinas y cerrazones.

—Es imperioso, prorrumpió Franco, decidir esta situación poniendo en práctica algún propósito. En la semana entrante dejaremos esta guarida.

—Ya las indias vinieron a prepararnos el bastimento, repuso el Pipa. Remontaremos el río, cruzándolo frente a Caviona, un poco más arriba de las lagunas. Por allí va una senda terrestre para el Vichada y en recorrerla se gastan siete días. Hay que llevar a cuestas el equipo, mas ninguno de estos «cuñaos» quiere ir de carguero. Yo estoy trabajando para decidirlos. Pero es urgente la compra de algunos «corotos» en Orocué.

—¿Y con qué dinero los adquirimos?, advertí alarmado.

—Eso corre de mi cuenta. Sólo pido que crean en mí y que sigan siendo afables con la tribu. Necesitamos sal, anzuelos, «guarales», tabacos, pólvora, fósforos, he-

rramientas y mosquiteros. Todo para ustedes porque a
mí nada me es indispensable. Y como nadie sabe qué
nos espera en esas lejanías...

—¿Será preciso vender las sillas y los aperos?

—¿Y quién los compra? ¿Y quién los vende sin que
lo apañen? Ya podemos irlos botando. De aquí en adelante no tendremos otro caballo que la canoa.

—¿Y en qué lugar escondes el oro para tus planes?

—En el garcero de Las Hermosas. Cuatro libras de
pluma fina, si mal nos va. Cada semana cambiaremos
un manojito por mercancías. Cuando les provoque, yo
soy baquiano, pero es muy lejos.

—¡Eso no importa! ¡Mañana mismo!

—¡Bendita sea la difícil landa que nos condujo a la
región de los revuelos y la albura! El inundado bosque
del garcero, millonario de garzas reales, parecía algodo-
nal de nutridos copos; y en la turquesa del cielo ondeaba,
perennemente, un desfile de remos cándidos, sobre los
cimborrios de los moriches, donde bullía la empelusada
muchedumbre de polluelos. A nuestro paso se encum-
braba en espiras la nívea flota, y, tras de girar con
insólito vocerío, se desbandaba por unidades que descendían al estero, entrecerrando las alas lentas, como un
velamen de seda albicante.

Pensativo, junto a las linfas, demoraba el «garzón sol-
dado», de rojo quepis, heroica altura y marcial talante,
cuyo ancho pico es prolongado como una espada; y a
su alrededor revoloteaba el mundo babélico de zancudas
y palmípedas, desde la «corocora» lacre, que humillaría
al ibis egipcio, hasta la azul cerceta de dorado moño y
el pato ilusionante de color de rosa, que en el rosicler
del alba llanera tiñe sus plumas. Y por encima de ese
alado tumulto volvía a girar la corona eucarística de
garzas, se despetalaba sobre la ciénaga, y mi espíritu
sentíase deslumbrado, como en los días de su candor, al
evocar las hostias divinas, los coros angelicales, los cirios
inmaculados.

Parecía imposible que pudiéramos arrimar al sitio de los nidos y las plumas. El transparente charco nos dejó ver un sumergido ejército de caimanes, en contorno de las palmeras, ocupados en recoger pichones y huevos, que caían cuando las garzas, entre algarabías y picotazos, desnivelaban con su peso las ramazones. Nadaba por dondequiera la innúmera banda de caribes, de vientre rojizo y escamas plúmbeas, que se devoran unos a otros y descarnan en un segundo a todo ser que cruce las ondas de su dominio, por lo cual hombres y cuadrúpedos se resisten a echarse a nado, y mucho más al sentirse heridos, que la sangre excita instantáneamente la voracidad del terrible pez. Veíase la traidora raya, de aletas gelatinosas y arpón venenoso que descansa en el fango como un escudo; la anguila eléctrica, que inmoviliza con sus descargas a quien la toca, la palometa de nácar y oro, semejante al disco lunar, que desciende al fondo y enturbia el agua para escaparse a las dentelladas de la tonina. Y todo el inmenso acuario se extendía hacia el horizonte, como un lago de peltre donde flotan las plumas ambicionadas.

Bogando en balsitas inverosímiles, nos distribuimos aquí y allí para recoger el caro tesoro. Los indios invadían a trechos las espesuras, hurgando en las tinieblas con las palancas, por miedo a güíos y caimanes, hasta completar su manojo blanco, que a veces cuesta la vida de muchos hombres, antes de ser llevado a las lejanas ciudades a exaltar la belleza de mujeres desconocidas.

Aquella tarde rendí mi ánimo a la tristeza y una emoción romántica me sorprendió con vagas caricias. ¿Por qué viviría siempre solo en el arte y en el amor? Y pensaba con dolorida inconformidad: «¡Si tuviera ahora a quién ofrecerle este armiñado ramillete de plumajes, que parecen espigas blancas! ¡Si alguien quisiera abanicarse con este alón de «codua» marina, donde va prisionero el iris! ¡Si hubiera hallado con quién contemplar el garcero nítido, primavera de aves y colores!».

Con humillada pena advertí luego que en el velo de mi ilusión se embozaba Alicia, y procuré manchar con realismo crudo el pensamiento donde la intrusa resurgía.

Afortunadamente, tras penoso viaje por cenagosas llanuras y hondos caños, dimos con el lugar donde habían quedado las canoas, y a palanca comenzamos a remontar los sinuosos ríos, hasta que entramos, a boca de noche, en el atracadero de la ramada.

Desde lejos nos llevó la brisa el llanto de un niño, y, cuando llegamos a la huta, salieron corriendo unas indias jóvenes, sin atender al Pipa, que en idioma terrígeno alcanzó a gritarles que éramos gente amiga. En soleras y horcones había chinchorros numerosísimos, y en el fogón, a medio rescoldo, gorgoreaba la olla de las infusiones.

Lentamente, apenas la candela irguió su lumbre, se nos fueron presentando los indios nuevos, acompañados de sus mujeres, que les ponían la mano derecha en el hombro izquierdo para advertirnos que eran casadas. Una que llegó sola, nos señalaba el chinchorro de su marido y se exprimía el lechoso seno, dando a entender que había dado a luz ese día. El Pipa, ante ella, comenzó a instruirnos en las costumbres que rigen la maternidad en dicha tribu: al presentir el alumbramiento, la parturienta toma el monte y vuelve ya lavada, a buscar a su hombre para entregarle la criatura. El padre, al punto, se encama a guardar dieta, mientras la mujer le prepara cocimientos contra las náuseas y los cefálicos.

Como si entendiera estas explicaciones, hacía la moza signos de aprobación a cuanto el Pipa refería; y el cónyuge follón, de cabeza vendada con hojas, se quejaba desde el chinchorro y pedía cocos de chicha para aliviar sus padecimientos.

Las indias que habían huido era las pollonas, y cada uno de nosotros podía escoger la que le placiera, cuando el jefe, un cacique matusalénico, recompensara de esa suerte nuestra adhesión. Mas sería candidez pensar

que con requiebros y sonrisitas aceptarían nuestro aga-
sajo. Era preciso atisbarlas como a gacelas y correr en
los bosques hasta rendirlas, pues la superioridad del
macho debe imponérseles por la fuerza, en cambio de
sumisión y de ternura.

Yo me sentía incapaz de toda ilusión.

El jefe de la familia me manifestaba cierta frialdad,
que se traducía en un silencio despectivo. Procuraba
yo halagarlo en distintas formas, por el deseo de que
me instruyera en sus tradiciones, en sus cantos guerre-
ros, en sus leyendas; inútiles fueron mis cortesías, porque
aquellas tribus rudimentarias y nómades no tienen dioses, ni héroes, ni patria, ni pretérito, ni futuro.

Aconteció que traje del garcero dos patos grises, pequeños como palomas, ocultos en una mochila. Hallé
uno muerto al día siguiente, y lo desplumé junto al fogón
para que mis perros se lo comieran. Mas, al verme, el
cacique tomó sus flechas y me amenazó con la macana,
dando alaridos y trenos, hasta que las mujeres, pavo-
ridas, recogieron las plumas y las soplaron en el aire de
la mañana.

Rodeáronme mis compañeros y me arrebataron la
carabina porque no amenazara al abuelo audaz. Este
arrojóse al suelo, cubriéndose la cara con las manos, se
retorcía en epilépticas convulsiones, empezó a dar sollozos de despedida, besaba la tierra y la manchaba con
espumarajos. Luego quedóse rígido, entre el espanto
del desnudo harén, pero el Pipa le echó rescoldo en las
orejas para que la muerte no le comunicara su fatal
secreto.

Entonces me advirtió nuestro intérprete que las almas
de aquellos bárbaros residen en distintos animales, y que
la del cacique se asemejaba a un pato gris. Probablemente moriría de sugestión por haber contemplado al
ave sin vida, y la tribu se vengaría de mi «homicidio».
Apresuréme a sacar el otro pato y lo dejé revolotear
entre la ramada; al verlo, el indio quedóse en éxtasis

ante el milagro y siguió los zig-zags del vuelo sobre la plenitud del inmediato río.

El pueril incidente bastó para acreditarme como ser sobrenatural, dueño de almas y destinos. Ningún aborigen se atrevía a mirarme, pero yo estaba presente en sus pensamientos, ejerciendo influencias desconocidas sobre sus esperanzas y sus pesadumbres. A mis pies cayeron dos muchachones, y se brindaron a completar nuestra expedición, sin que sus mujeres se resintieran. Nunca he podido recordar sus nombres vernáculos, y apenas sé que traducidos a buen romance querían decir, casi literalmente, «Pajarito del Monte» y «Cerrito de la Sabana». Abracélos en señal de que aceptaba su ofrecimiento, por lo cual descolgaron del techo las palancas, y les remudaron el fique de las horquetas, para que soportaran el impulso de la canoa al hincarse en los «carameros» de los charcos, o en los arrecifes costaneros.

A su vez, las indias viejas rallaban yuca para la preparación del «cazabe» que debía alimentarnos en el desierto. Echaban la mezcla acuosa en el «sebucán», ancho cilindro de hojas de palma retejidas, cuyo extremo inferior se retuerce con un tramojo, para exprimir el almidonoso jugo de la rallada. Otras, desnudas en contorno de la candela, recalentaban el «budare», tiesto redondo y plano, sobre cuya superficie iban extendiéndo la masa inmunda y la alisaban con los dedos ensalivados hasta que la torta endureciera. Quiénes torcían sobre los muslos las fibras sacadas del cogollo de los moriches, para tejer un chinchorro nuevo, digno de mi estatura y mi persona, mientras el cacique, gesticulando, me hacía entender que celebraría con baile pomposo el vasallaje debido a mi fortaleza y a mi autoridad.

Mi espíritu pregustaba el acre sabor de las próximas aventuras.

Los indios encargados de procurarnos la mercancía fueron estafados por los tenderos de Orocué. En cambio de los artículos que llevaron: «seje», chinchorros, «pendare» y plumas, recibieron baratijas que valían mil veces menos. Aunque el Pipa les enseñó cuidadosamente los precios razonables, sucumbieron a su ignorancia y la avilantez de los explotadores volvió a enriquecerse con el engaño. Unos paquetes de sal porosa, unos pañuelos azules y rojos y algunos cuchillos, fueron írrito pago de la remesa, y los emisarios tornaron felices de que, como otras veces, no los hubieran obligado a barrer las tiendas, cargar agua, desyerbar la calle, empacar cueros.

Fallida la esperanza de acrecentar los equipajes, nos consolamos con la certeza de que el viaje sería menos complicado. Y, por fin, una noche de plenilunio, quedó lista la gran curiara, que, con blando meneo, ofrecía conducirnos a Caviona.

Afluyeron al baile más de cincuenta indios, de todo sexo y edad, pintarrajeados y licenciosos, y fueron amojonándose en la abierta playa, con los calabazos de hervidora chicha. Desde por la tarde habían hecho acopio de «mojojoyes», gruesos gusanos de anillos peludos, que viven enroscados en los troncos podridos. Descabezábanlos con los dientes, como el fumador que despunta el cigarro, y sorbían el contenido mantequilloso, refregándose luego la vacía funda del animal en las cabelleras, para lustrarlas. Las de las pollonas, de altivos senos, resplandecían como el charol, bajo el nimbo de plumas de guacamayo y sobre los collares de corozos y cornalinas.

El cacique se había embijado el rostro con achiote y miel, y aspiraba el polvo del «yopo», introduciéndose en las narices sendos canutillos. Cual si lo hubiera atacado el «delirium tremens», bamboleábase embrutecido entre las muchachas, y las apretaba y perseguía, semejante a un cabrío rijoso, pero impotente. A veces, a media lengua, venía a felicitarme, porque según el Pipa, era yo, como él, enemigo de los vaqueros y les había quemado las fundaciones, cosas que me hacían digno de una macana fina y de un arco nuevo.

En medio de la orgiástica baraúnda prodigábase la chicha de fermento atroz, y las mujeres y los chicuelos irritaban con su vocerío la bacanal. Luego empezaron a girar sobre las arenas en moroso círculo, al compás de los fotutos y las cañas, sacudiendo el pie izquierdo a cada tres pasos, como lo manda el rigor del baile nativo. Parecía más bien la danza un tardo desfile de prisioneros, alrededor de inmensa argolla, obligados a repisar una sola huella, con la vista al suelo, gobernados por el quejido de la chirimía y el grave paloteo de los tamboriles. Ya no se oía más que el son de la música y el cálido resollar de los danzantes, tristes como la luna, mudos como el río que los consentía sobre sus playas. De pronto, las mujeres, que permanecían silenciosas dentro del círculo, abrazaron las cinturas de sus amantes, y trenzaban el mismo paso, inclinadas y entorpecidas, hasta que con súbito desahogo corearon todos los pechos ascendente alarido, que estremecía selvas y espacios como una campanada lúgubre: ¡Aaaaay... Ohé!...

Tendido de codos sobre el arenal, aurirrojizo por las luminarias, miraba yo la singular fiesta, complacido de que mis compañeros giraran ebrios en la danza. Así olvidarían sus pesadumbres y le sonreirían a la vida otra vez siquiera. Mas, a poco, advertí que gritaban como la tribu, y que su lamento acusaba la misma pena recóndita, cual si a todos les devorara el alma un solo dolor. Su queja tenía la desesperación de las razas vencidas, y era semejante a mi sollozo, ese sollozo de mis aflicciones que suele repercutir en mi corazón aunque lo disimulen los labios: ¡Aaaaaay... Ohé!...

Cuando me retiré a mi chinchorro, en la más completa desolación, siguieron mis pasos unas indias y se acurrucaron cerca de mí. Al principio conversaban a medio tono, pero más tarde atrevióse una a levantar la punta de mi mosquitero. Las otras, por sobre el hombro de su compañera, me atisbaban y sonreían. Cerrando los

ojos, rechacé la provocación amorosa, con profundo deseo
de libertarme de la lascivia y pedirle a la castidad su
refugio tranquilo y vigorizante.

Al amanecer regresaron a la ramada los juerguistas.
Tendidos en el piso, como cadáveres, disolvían en el
sueño la pesadilla de la embriaguez. Ninguno de mis
camaradas había vuelto, y sonreí al notar que faltaban
algunas pollonas. Mas cuando bajé al río para observar
el estado de la curiara, vi al Pipa, boca abajo en la arena,
exánime y desnudo al rayo del sol.

Cogiéndole por los brazos lo arrastré hacia la sombra,
disgustado por su prurito de desnudarse. Aquel hombre, vanidoso de sus tatuajes y cicatrices, prefería el
guayuco a la vestimenta, a pesar de mis represiones
y amenazas. Déjelo que dormitara la borrachera, y allí
permaneció hasta la noche. Rayó el día siguiente y ni
despertaba ni se movía.

Entonces, descolgando la carabina, cogí al cacique por
la melena y lo hinqué en la grava, mientras que Franco
hacía ademán de soltar los perros. Abrazóme el anciano
las pantorrillas trabajando una explicación: ¡Nada! ¡Nada! Tomando «yagé», tomando «yagé»...

Ya conocía las virtudes de aquella planta, que un
sabio de mi país llamó «telepatina». Su jugo hace ver en
sueños lo que está pasando en otros lugares. Recordé
que el Pipa me habló de ella, agradecido de que sirviera
para saber con seguridad a qué sabanas van los vaqueros
y en cuáles sitios abunda la caza. Habíale ofrecido a
Franco ingerirla para adivinar el punto preciso donde
estuviera el raptor de nuestras mujeres.

El visionario fue conducido en peso y recostado contra un estantillo. Su cara singular y barbilampiña había
tomado un color violáceo. A veces babeaba su propio
vientre, y, sin abrir los ojos, se quería coger los pies.
Entre el lelo corro de espectadores le sostuve la frente
con mis manos.

—Pipa, Pipa: ¿qué ves?, ¿qué ves?

Con angustioso pujo principió a quejarse y saboreaba

su lengua como un confite. Los indios afirmaron que
sólo hablaría cuando despertara.

Con descreída curiosidad nuevamente dije: ¿Qué ves?
¿Qué ves?

—Un... rí...o. Hom...bres, dos... hombres...

—¿Qué más? ¿Qué más?

—U...n...a... ca...no...a...

—¿Gente desconocida?

—Uuuh... Uuuuuuh... Uuuuh...

—Pipa, ¿te sientes mal? ¿Qué quieres? ¿Qué quieres?

—Dor...mir, dor...mir, dor...

Las visiones del soñador fueron estrafalarias: proce-
siones de caimanes y de tortugas, pantanos llenos de
gente, flores que daban gritos. Dijo que los árboles de
la selva eran gigantes paralizados y que de noche plati-
caban y se hacían señas. Tenían deseos de escaparse
con las nubes, pero la tierra los agarraba por los tobillos y les infundía la perpetua inmovilidad. Quejábanse
de la mano que los hería, del hacha que los derribaba,
siempre condenados a retoñar, a florecer, a gemir, a per-
petuar, sin fecundarse, su especie formidable, incom-
prendida. El Pipa les entendió sus airadas voces, según
las cuales debían ocupar barbechos, llanuras y ciudades,
hasta borrar de la tierra el rastro del hombre y mecer
un solo ramaje en urdimbre cerrada, cual en los mile-
nios del Génesis, cuando Dios flotaba todavía sobre el
espacio como una nebulosa de lágrimas.

¡Selva profética, selva enemiga! ¿Cuándo habrá de
cumplirse tu predicción?

Llegamos a las márgenes del río Vichada derrotados
por los zancudos. Durante la travesía los azuzó la muerte tras de nosotros y nos persiguieron día y noche, flo-
tando en halo fatídico y quejumbroso, trémulos como
una cuerda a medio vibrar. Eranos imposible mezquinar
nuestra sangre asténica, porque nos succionaban al través de sombrero y de ropa, inoculándonos el virus de la
fiebre y la pesadilla.

Las que enantes fueron sabanas úberes, se habían convertido en desoladas ciénagas; y con el agua a la cintura seguíamos el derrotero de los baquianos, bañada en sudor la frente y húmedas las maletas que portábamos a la espalda, famélicos, macilentos, pernoctando en altiplanos de breña inhóspita, sin hoguera, sin lecho, sin protección.

Aquellas latitudes son inmisericordes en la sequía y en el invierno. Cierta vez en La Maporita cuando Alicia me amaba aún, salí al desierto a coger para ella un venadillo recental. Calcinaba el verano la estepa tórrida, y las reses, en el fogaje del calor, trotaban por todas partes buscando agua. En los meandros de árido cauce escarbaban la tierra del bebedero unas vaquillonas, al lado de un caballejo que agonizaba con el hocico puesto sobre el barrizal. Una bandada de caricaris cogía culebras, ranas, lagartijas, que palpitaban locas de sed entre carroñas de «cachicamos» y «chigüires». El toro que presidía la grey repartía topes con protectora solicitud, por obligar a sus hembras a acompañarlo hacia otros parajes en busca de alguna charca, y mugía arreando a sus compañeras en medio del banco centelleante y pajonaloso.

Empero, una novilla recién parida, que se destapó las pezuñas cavando el secadal, regresó a buscar a su ternerillo por ofrecerle la ubre cuarteada. Echóse para lamerlo, y allí murió. Levanté la cría y expiró en mis brazos.

Mas luego, al caer de unas cuantas lluvias, invertía el territorio su hostilidad: por doquiera, encaramados sobre troncos, veíanse «lapas», zorros y conejos, sobreaguando en la inundación; y aunque las vacas pastaban en los esteros, con el agua sobre los lomos, perdían sus tetas en los dientes de los caribes.

Por aquellas intemperies atravesamos a pie desnudo, cual lo hicieron los legendarios hombres de la conquista. Cuando al octavo día me señalaron el monte del Vichada, sobrecogióme intenso temblor y me adelanté con el arma al brazo, esperando encontrar a Alicia y a Ba-

rrera en sensual coloquio, para caerles de sorpresa, como
el halcón sobre la nidada. Y jadeante y entigrecido me
agazapé sobre los barrancos de la orilla.

¡Nadie!, ¡nadie! El silencio, la inmensidad...

¿A quién podíamos preguntarle por los caucheros?
¿Para qué seguir caminando río arriba sobre la costa
desapacible? Era mejor renunciar a todo, tendernos en
cualquier sitio y pedirle a la fiebre que nos rematara.

El fantasma impávido del suicidio, que sigue esbo-
zándose en mi voluntad, me tendió sus brazos esa noche;
y permanecí entre el chinchorro, con la mandíbula puesta
sobre el cañón de la carabina. ¿Cómo iría a quedar mi
rostro? ¿Repetiría el espectáculo de Millán? Y este solo
pensamiento me acobardaba.

Lenta y oscuramente insistía en adueñarse de mi conciencia un demonio trágico. Pocas semanas antes, ya no
era así. Pero pronto los conceptos de crimen y los de
bondad se compensaban en mis ideas, y concebí el mor-
boso intento de asesinar a mis compañeros, movido por
la compasión. ¿Para qué la tortura inútil, cuando la
muerte era inevitable y el hambre andaría más lenta
que mi fusil? Quise libertarlos rápidamente y morir
luego. Con la siniestra mano entre el bolsillo, principié
a contar las cápsulas que tenía, escogiendo para mí la
más puntiaguda. ¿Y a cuál debía matar primero? Franco
estaba cerca de mí. En la noche lluviosa extendí el brazo
y le tenté la cabeza fabricitante.

—¿Qué quieres?, dijo. ¿Por qué le movías el ma-
nubrio al winchester? La fiebre me vuelve loco.

Y pulsándome la muñeca, repetía:

—¡Pobre!... La tuya tiene más de cuarenta grados.
Abrígate con mi ruana hasta que sudes. Esta noche será
interminable!

—Pronto saldrá el lucero de la madrugada. ¿Sabes,
agregó, que el mulatico puede «rasgarse»? ¿No has
sentido cómo se queja? Ha delirado con Sebastiana y

con los rodeos. Dice que tiene el hígado endurecido como piedra.

—Tuya es la culpa. No quisiste que se quedara. Ardías por verlo morir en el desamparo.

—Creí que su ansia de regreso obedecía a la aversión que siente por el Pipa.

—Yo los reconciliaré para siempre.

—Es que Correa le teme por la amenaza de que va a causarle maleficio. Ha dado en entristecerse cuando escucha cantar cierto pájaro.

Recordando los filtros de Sebastiana, repuse dudoso:

—¡Ignorancia, superstición!

—Ayer sacó el tiple para reponerle la clavija rota. Pero al tocarlo se puso a yorar.

—¿Dime, no habrá moronas de cazabe en tu maletera? Párate, acércate.

—¿Para qué? ¡Todo se acabó! ¡Cómo me duele que tengas hambre!

—¿Las pepas de este árbol serán venenosas?

—Probablemente. Pero los indios están pescando. Aguardemos hasta mañana.

Y con los ojos llenos de lágrimas, balbucí, desviando el calibre:

—¡Bueno, bueno! Hasta mañana...

Los perros comenzaron a manotear en mi mosquitero para que abandonáramos el playón. Evidentemente, seguía creciendo el río.

Cuando nos guarecimos en una laja del promontorio, había estrellas sobre los montes. Los perros ladraban desde los barrancos.

—Pipa, llama a esos cochorros, que aúllan como viendo al diablo.

Y los silbé lúgubremente.

Franco me aclaró que el Pipa andaba con los indígenas.

Entonces advertimos un reflejo como de linterna que, muy abajo, parecía surcar el agua. Con intermitencia alumbraba y se perdía, y al amanecer no lo vimos más.

Pajarito del Monte y Cerrito de la Sabana llegaron

fatigosos con esta noticia: «Falca» subiendo río. Compañero, siguiéndola por la orilla. Falca picureándose.

El Pipa nos trajo nuevos informes: Era una canoa ligera, con techo de palma entretejida. Al notar que en la sombra andaban indios, apagó el candil y sesgó rumbo. Debíamos acecharla, hacerle fuego.

Como a las once del día, remontó a palanca, sigilosamente escondiéndose en los rebalses, bajo los densos guamos. Se empeñaba en forzar un chorro, y, por escaparse al remolino, tocó la costa para que un hombre la remolcara al extremo de la cadena. Enderezamos hacia el boga la puntería, mientras que Franco le salió al encuentro con el machete en alto. Al instante, el que timoneaba la embarcación exclamó de pie: «¡Teniente! ¡Mi teniente!, ¡yo soy Helí Mesa!»

Y saltando a la orilla, se apretaron enternecidos.

Después, al ofrecernos la «yucuta» hecha de mañoco, el cual parecía salvado grueso, expuso Mesa, repitiéndonos la ración:

—¿Qué proyecto ocultan ustedes, que me preguntan por los caucheros? El tal Barrera se robó esa gente y se la lleva para el Brasil, a venderla en el río Guainía. A mí también me enganchó hace ya dos meses, pero me le fugué a la entrada del Orinoco, después de matarle a un capataz. Estos dos indios que me acompañan son de Maipures.

Miré estupefacto a mis camaradas, sintiendo un vértigo más horripilante que el de la fiebre. Callábamos cogitabundos, estremecidos. Mesa nos observaba con inquietud. Franco rompió el silencio.

—Dime, ¿con los caucheros va la Griselda?

—Sí, mi teniente.

—¿Y una muchacha llamada Alicia?, le pregunté con voz convulsa.

—¡También, también!...

Junto al fogón que fulgía en la arena, nos envolvíamos en el humo, para esquivar la plaga. Ya sería la media noche cuando Helí Mesa resumió su brutal relato, que encuchaba yo sentado en el suelo, hundida la cabeza entre las rodillas.

—Si ustedes hubieran visto el caño Muco el día del embarco, habrían pensado que aquella fiesta no tenía fin. Barrera prodigaba abrazos, sonrisas, enhorabuenas, satisfecho de la mesnada que iba a seguirlo. Los tiples y las maracas no descansaron, y, a falta de cohetes, disparábamos los revólveres. Hubo cantos, botellas, almuerzo a rodo. Luego, al sacar nuevas damajuanas de aguardiente, pronunció Barrera un falaz discurso, empalagoso de promesas y cariño, y nos suplicó que llevásemos nuestras armas a un solo bongo, no fuera que tanto júbilo provocara alguna desgracia. Todos le obedecimos sin protesta.

»Aunque muy bebido, me siguió la corazonada de que por aquí no hay monte apropiado para organizar caucherías, y estuve a punto de volverme a buscar mi rancho, a rejuntarme con la indiecita que dejé. Pero como hasta la niña Griselda hacía la burla a mis recelos, resolví gritar como todos al embarcarme: ¡Viva el progresista señor Barrera! ¡Viva nuestro empresario! ¡Viva la expedición!

»Ya les referí lo que aconteció después de una marcha de horas, apenas caímos al Vichada. El «Palomo» y el «Matacano» estaban acampados con quince hombres en un playón, y cuando arribábamos, nos intimaron requisa a todos, diciendo que habíamos invadido territorios venezolanos. Barrera, director de la jugada, nos ordenó: «Compatriotas queridos, hijos amados, no os resistáis. Dejad que estos señores esculquen bongo por bongo, para que se convenzan de que somos gente de paz».

»Aquellos hombres entraron pero no salieron: se quedaron en popa y en proa como centinelas. Seguros de que íbamos desarmados, nos mandaron permanecer en un solo sitio, o dispararían sobre nosotros. Y descalabraron a los cinco que se movieron.

»Entonces clamó Barrera que él seguiría adelante, hacia San Fernando del Atabapo, a protestar contra el abuso y a reclamar del coronel Funes una crecida indemnización. Iba en el mejor bongo, con las mujeres aludidas y con las armas y las provisiones. Y se fue, se fue, sordo a los llantos y a los reproches.

»Aprovechando la borrachera que nos vencía, nos filiaba el Palomo y nos amarraba de dos en dos. Desde ese día fuimos esclavos y en ninguna parte nos dejaban desembarcar. Tirábannos el mañoco en unas «coyabras», y, arrodillados, lo comíamos por parejas, como perros en yunta, metiendo la cara en las vasijas, porque nuestras manos iban atadas.

»En el bongo de las mujeres van los chicuelos, a pleno sol, mojándose las cabecitas para no morir carbonizados. Parten el alma con sus vagidos, tanto como las súplicas de las madres que piden ramas para taparlos. El día que salimos al Orinoco, un niño de pechos lloraba de hambre. El Matacano, al verlo lleno de llagas por las picaduras de los zancudos, dijo que se trataba de la viruela, y, tomándolo de los pies, volteólo en el aire y lo echó a las ondas. Al punto, un caimán lo atravesó en la jeta, y, poniéndose a flote, buscó la ribera para tragárselo. La enloquecida madre se lanzó al agua y tuvo igual suerte que la criaturilla. Mientras los centinelas aplaudían la diversión, logré zafarme las ligaduras, y, rapándole el grazt al que estaba cerca, le hundí al Matacano la bayoneta entre los riñones, lo dejé clavado contra la borda, y, en presencia de todos salté al río.

»Los cocodrilos se entretuvieron con la mujer. Ningún disparo hizo blanco en mí. ¡Dios premió mi venganza y aquí estoy!»

Las manos de Helí Mesa me reconfortaron. Estrechélas, ansioso, y me transmitían en sus pulsaciones la contracción con que le hincaron al capataz el temerario acero en su carne odiosa. Aquellas manos, que sabían amansar la selva, también desbravaban los ríos con el canalete o con la palanca, y estaban cubiertas de dorado vello como las mejillas del indomable joven.

—No me felicite usted, decía; ¡yo debí matarlos a todos!

—¿Entonces para qué mi viaje?, le repliqué.

—Tiene usted razón. A mí no me han robado mujer ninguna, pero un simple sentimiento de humanidad me enfurece el brazo. Bien sabe mi teniente, que seguiré siendo subalterno suyo, como en Arauca. Vamos, pues, a buscar a los forajidos, a libertar a los enganchados. Estarán en el río Guainía, en el «siringal» de Yaguanarí. Dejando el Orinoco, pasarían por el Casiquiare, y quién sabe qué dueño tengan ahora, porque allá dizque abundan los compradores de hombres y mujeres. El Palomo y el Matacano eran socios de Barrera en este comercio.

—¿Y tú crees que Alicia y Griselda vivan esclavas?

—Lo que sí garantizo es que valen algo, y que cualquier pudiente dará por una de ellas hasta diez quintales de goma. En eso las avaluaban los centinelas.

Me retiré por el arenal a mi chinchorro, sombrío de pesar y satisfacción. ¡Qué dicha que las fugitivas conocieran la esclavitud! ¡Qué vengador el latigazo que las hiriera! Andarían por los montes sórdidos, desgreñadas, enflaquecidas, portando en la cabeza los calderos llenos de goma, o el tercio de leña verde o los peroles de fumigar. La venenosa lengua del sobrestante las aguijaría con indecencias y no les daría respiro ni para gemir. De noche dormirían en el tambo oscuro con los peones en hedionda promiscuidad, defendiéndose de pellizcos y de manoseos, sin saber quiénes las forzaban y poseían, en tanto que la guardia pasaría número, como indicando el turno a la hombrada lúbrica: ¡Uno!... ¡Dos!... ¡Tres!...

De repente, con el augurio de tales visiones, el corazón empezó a crecerme dentro del pecho hasta postrarme en sofocadora impotencia. ¿Alicia llevaría en sus entrañas martirizadas a mi hijo? ¿Qué tormento más inhumano que mi tormento podía inventarse contra varón alguno? Y caí en un colapso sibilador y mi cabeza desangrábase bajo mis uñas.

Insensiblemente reaccioné de modo perverso. Barrera la habría reservado para su lecho y para su negocio, porque aquel miserable era capaz de tener concubina y vivir de ella. ¡Qué salaces depravaciones, qué voluptuosos refinamientos le habría enseñado! ¡Y de haberla vendido, bien, muy bien! ¡Diez quintales de caucho la repagaban! ¡Ella se entregaría por una sola libra!

Quizá no estaba de peona en los siringales, sino de reina en la entablada casa de algún empresario, vistiendo sedas costosas y finos encajes, humillando a sus siervas como Cleopatra, riéndose de la pobreza en que la tuve, sin poder procurarle otro goce que el de su cuerpo. Desde su mecedora de mimbres, en el corredor de olorosa sombra, suelta la cabellera, amplio el corpiño, vería desfilar a los cargadores con los bultos de caucho hacia las balandras, sudorosos y desgarrados, mientras que ella, ociosa y rica, entre los abanicos de las «iracas» apagaría sus ojos en el bochorno, al son de una vitrola de sedantes voces, satisfecha de ser hermosa, de ser deseada, de ser impura.

¡Pero yo era la muerte y estaba en marcha!...

En la ranchería autóctona de Ucuné nos regaló un cacique tortas de cazabe y discutió con el Pipa el derrotero que debíamos seguir: cruzar la estepa que va del Vichada al caño del Vúa, descender a las vegas del Guaviare, subir por el Inírida hasta el Papunagua, atravesar un istmo selvoso en busca del Isana bramador, y pedirles a sus corrientes que nos arrojaran al Guainía, de negras ondas.

Este trayecto, que implica una marcha de meses, resulta más corto que la ruta de los caucheros por el Orinoco y el Casiquiare. Carenamos la embarcación con «peramán», y nos dimos a navegar sobre las enlagunadas sabanetas, arrodillados en la canoa, en martirizadora incomodidad, con perros y víveres, sacando, por turnos, en una concha, el agua impertinente de las lluvias.

El mulato Correa seguía con fiebres, ovillado entre la curiara, bajo el bayetón llanero que otros días le sirvió para defenderse de los toros perseguidores. Cuando le oí decir que inclinaba la cabeza sobre el pecho para escuchar un tenaz gorgojo que le iba carcomiendo el corazón, lo abracé con lástima:

—¡Animo, ánimo! ¡No pareces el hombre que conocí!

—Blanco, esa es la verdá. El que yo era quedó en los yanos.

Quejóseme de que el Pipa le quería «apretar la maturranga», porque se resistió a prestarle el tiple. Llamé al marrullero y lo sacudí. «Si vuelves a asustar a este pobre muchacho con tantas mentiras, te amarraré desnudo en un hormiguero.»

—No me crea usted de tan pésima índole. Cierto que les apreté la maturranga a los fugitivos, pero a este socio se le ha encajao que el maleficio es para él. Convénzase de lo que oye (sacó de su mochila un manojo de paja liada con alambre por la mitad, como si fuera escoba inútil, y la desenrolló exponiendo): «Todas las noches la retorcía, pensando en el Barrera, para que sienta el estrangulamiento en la cintura y vaya trozándose hasta dividirse. ¡Ah, si yo le pudiera clavar las uñas! Conste, pues, que se salva por los miedos de este mulatico ignorante». Y diciendo esto, arrojó lejos la hechicería.

A veces llevábamos en «guando» la canoa, por las costas de los raudales, o la cargábamos en hombros, como si fuera la caja vacía de algún muerto incógnito a quien íbamos a buscar en remotas tierras.

—Esta curiara parece un féretro, dijo Fidel. Y el mulato sibilino respondió:

—Bien puée ser pa nosotros mesmos.

Aunque ignorados ríos nos ofrecían pródiga pesca, la falta de sal nos mermó el aliento y a los zancudos se sumaron los vampiros. Todas las noches agobiaban los mosquiteros, rechinando, y era indispensable tapar los

perros. Alrededor de la hoguera el tigre rugía, y hubo
momentos en que los tiros de nuestros fusiles alarmaron
las selvas, siempre interminables y agresivas.

Una tarde, casi al oscurecer, en las playas del río Guaviare advertí una huella humana. Alguien había estampado sobre la greda el contorno de un pie, enérgico y
diminuto, sin que su vestigio reapareciera por ninguna
parte. El Pipa, que cazaba peces con las flechas, acudió
a mi llamamiento, y en breve todos mis camaradas le
hicieron círculo a la señal, procurando indagar el rumbo
que hubiera seguido. Pero Helí Mesa interrumpió la
cavilación con esta noticia:

—¡He aquí el rastro de la indiecita Mapiripana!

Y esa noche, mientras volteaba una tortuga en el asador, remató sus polémicas con el Pipa: no sigas argu-
mentándome que ha sido «El Poira» el que anduvo anoche por estas playas. El Poira tiene pies torcidos, y como
carga en la cabeza un brasero ardiente que no se le apaga
ni al sumergirse en los remansos, se ve dondequiera el
hilo de ceniza indicadora. Tracemos en este arenal una
mariposa, con el dedo del corazón, como exvoto propicio
a la muerte y a los genios del bosque, pues voy a contar
la historia de la indiecita Mapiripana.

A excepción de los maipureños, todos obedecimos.

«La indiecita Mapiripana es la sacerdotisa de los silencios, la celadora de manantiales y lagunas. Vive en
el riñón de las selvas, exprimiendo las nubecillas, encau-
zando las filtraciones, buscando perlas de agua en la
felpa de los barrancos, para formar nuevas vertientes
que den su tesoro claro a los grandes ríos. Gracias a ella,
tienen tributarios el Orinoco y el Amazonas.

»Los indios de estas comarcas le temen, y a ella les
tolera la cacería a condición de no hacer ruido. Los que
la contrarían no cazan nada; y basta fijarse en la arcilla
húmeda para comprender que pasó asustando los animales y marcando la huella de un solo pie, con el talón
hacia adelante, como si caminara retrocediendo. Siempre

lleva en las manos una parásita y fue quien usó primero los abanicos de palmera. De noche se la siente gritar en las espesuras, y en los plenilunios costea las playas, navegando sobre una concha de tortuga, tirada por «bufeos», que mueven las aletas mientras ella canta.

»En otros tiempos vino a estas latitudes un misionero, que se emborrachaba con jugo de palmas y dormía en el arenal con indias impúberes. Como era enviado del cielo a derrotar la superstición, esperó a que la indiecita bajara cierta noche de los remansos del Chupave, para enlazarla con el cordón del hábito y quemarla viva, como a las brujas. En un recodo de estos playones, tal vez en esa arena donde ustedes están sentados, veíala robarse los huevos del «terecay», y advirtió al fulgor de la luna llena que tenía un vestido de telarañas y apariencias de viudita joven. Con lujurioso afán empezó a seguirla, mas se le escapaba en las tinieblas; llamábala con premura, y el eco engañoso respondía. Así lo fue internando en las soledades hasta dar con una caverna donde lo tuvo preso muchos años.

»Para castigarle el pecado de la lujuria, chupábale los labios hasta rendirlo, y el infeliz, perdiendo su sangre, cerraba los ojos para no verle el rostro, peludo como el de un mono orangután. Ella, a los pocos meses quedó encinta y tuvo dos mellizos aborrecibles: un vampiro y una lechuza. Desesperado el misionero porque engendraba tales seres, se fugó de la cueva, pero sus propios hijos lo persiguieron, y de noche, cuando se escondía, lo sangraba el vampiro y la lucífuga lo reflejaba, encendiendo sus ojos parpadeantes, como lamparillas de vidrio verde.

»Al amanecer proseguía la marcha, dando al flácido estómago alguna ración de frutas y "palmito". Y desde la que hoy se conoce con el nombre de Laguna Mapiripana, anduvo por tierra, salió al Guaviare, por aquí arriba, y, desorientado, remontólo en una canoa que halló clavada en un varadero; pero le fue imposible vencer el chorrerón de Mapiripán, donde la indiecita había enfurecido el agua, metiendo en la corriente enormes piedras. Descendió luego a la hoya del Orinoco y fue atajado por los raudales de Maipures, obra endemoniada de su enemiga, que hizo también los saltos del Isana, del Inírida y del Vaupés. Viendo perdida toda esperanza de salvación, regresó a la cueva, guiado por los foquillos de la lechuza, y al llegar vio que la indiecita le sonreía en su columpio de enredaderas florecidas. Postróse para pedirle que lo defendiera de su progenie, y cayó sin sentido al escuchar esta cruel amonestación: "¿Quién puede librar al hombre de sus propios remordimientos?"

»Desde entonces se entregó a la oración y a la penitencia y murió envejecido y demacrado. Antes de la agonía, en su lecho mísero de hojas y líquenes, lo halló la indiecita tendido de espaldas, agitando las manos en el delirio, como para coger en el aire a su propia alma; y al fenecer, quedó revolando entre la caverna una mariposa de alas azules, inmensa y luminosa como un arcángel, que es la visión final de los que mueren de fiebres en estas zonas.»

Nunca he conocido pavura igual a la del día que sorprendí a la alucinación en mi cerebro. Por más de una semana viví orgulloso de la lucidez de mi comprensión, de la sutileza de mis sentidos, de la finura de mis ideas: me sentía tan dueño de la vida y del destino, hallaba tan fáciles soluciones a sus problemas, que me creí predestinado a lo extraordinario. La noción del misterio surgió en mi ser. Gozábame en adiestrar la fantasía y me desvelaba noches enteras, queriendo saber qué cosa es el sueño y si está en la atmósfera o en las retinas.

Por primera vez mi desvío mental se hizo patente en el fosco Inírida, cuando oí a las arenas suplicarme: «No pises tan recio, que nos lastimas. Apiádate de nosotras y lánzanos a los vientos, que estamos cansadas de ser inmóviles».

Las agité con braceo febril, hasta provocar una tolvanera, y Franco tuvo que sujetarme por el vestido para que no me arrojara al agua al escuchar las voces de las corrientes: «¿Y para nosotras no hay campasión? Cógenos en tus manos, para olvidar este movimiento ya que la arena impía no nos detiene y le tenemos horror al mar».

Apenas toqué las ondas, se fugó la demencia, y comencé a sufrir la tortura de que mi propio ser me causara recelo.

A veces, por distraer la preocupación, empuñaba el remo hasta quedar exhausto, procurando indagar en las miradas de mis amigos el estado de mi salud. Con frecuencia los sorprendía haciéndose guiños de desconsuelo, pero me estimulaban así: «No te fatigues mucho: hay que saber lo que son las fiebres».

Sin embargo, yo comprendía que se trataba de algo más grave y hacía esfuerzos poderosos de sugestión para convencerme de mi normalidad. Enriquecía mis discursos con amenos temas, resucitaba en la memoria antiguos versos, complacido de la viveza de mi razón, y me hundía luego en lasitudes letárgicas, que terminaban de esta manera: «Franco, dime, por Dios, si me has oído algún disparate».

Poco a poco mis nervios se restauraron. Una mañana desperté alegre y me di a silbar un aire de amor. Más tarde me tendí sobre las raíces de una caoba, y, de cara a los grumos me burlé de la enfermedad, achacando a la neurastenia mis aprensiones pretéritas. Mas de pronto empecé a sentir que estaba muriéndome de catalepsia. En el vahído de la agonía me convencí de que no soñaba. ¡Era lo fatal, lo irremediable! Quería quejarme, quería moverme, quería gritar, pero la rigidez me tenía cogido y sólo mis cabellos se alborotaban con la premura de las banderas durante el naufragio. El hielo me penetró por las uñas de los pies, y ascendía progresivamente, como el agua que invade un terrón de azúcar; mis nervios se iban cristalizando, retumbaba mi corazón en su caja vítrea y el globo de mi pupila relampagueó al endurecerse.

Aterrado, aturdido, comprendí que mis clamores no herían el aire; eran ecos mentales que se apagaban en mi cerebro, sin emitirse, como si estuviera reflexionando. Mientras tanto, proseguía la lucha tremenda de mi voluntad con el cuerpo inmoble. A mi lado empuñaba una sombra la guadaña y principió a esgrimirla en el viento, sobre mi cabeza. Despavorido esperaba el golpe, mas la muerte se mantenía irresoluta, hasta que, levantando un poco el astil, lo descargó a plomo en mi cráneo. La bóveda parietal, a semejanza de un vidrio ligero, tintineó al resquebrajarse y sus fragmentos resonaron en lo interior, como las monedas entre la alcancía.

Entonces la caoba meció sus ramas y escuché en sus rumores estos anatemas:

«Picadlo, picadlo con vuestro hierro, para que experimente lo que es el hacha en la carne viva. ¡Picadlo aunque esté indefenso, pues él también destruyó los árboles y es justo que conozca nuestro martirio!».

Por si el bosque entendía mis pensamientos, le dirigí esta meditación: «¡Mátame, si quieres, que estoy vivo aún!».

Y una charca podrida me replicó: «¿Y mis vapores? ¿Acaso están ociosos?».

Pasos indiferentes avanzaron en la hojarasca. Franco acercóse sonriendo y con la yema de su dedo índice me tentó la pupila estática: «¡Estoy vivo, estoy vivo!, le gritaba dentro de mí». Pon el oído sobre mi pecho y escucharás las pulsaciones.

Extraño a mis súplicas mudas, llamó a mis compañeros, para decirles, sin una lágrima: «Abrid la sepultura, que está muerto. Era lo mejor que podía sucederle». Y sentí con angustia desesperada los golpes de la pica en el arenal.

Entonces, en un esfuerzo superhumano, pensé al morir:

«¡Maldita sea mi estrella aciaga, que ni en vida ni en muerte se dieron cuenta de que yo tenía corazón!».

Moví los ojos. Resucité. Franco me sacudía:

—No vuelvas a dormir sobre el lado izquierdo, que das alaridos pavorosos.

¡Pero yo no estaba dormido! ¡No estaba dormido!

Los maipureños que vinieron del Vichada con Helí Mesa parecían mudos. Adivinar su edad, era empresa tan aleatoria como calcularles los años a los «careyes». Ni el hambre, ni la fatiga, ni las contrariedades alteraron el pasivo ceño de su indolencia. A semejanza de los ánades pescadores, que exhiben en la playa su pareja gris, acordes en el vuelo y en el descanso, siempre juntos, señeros y tristes, convivían aquellos indígenas, entendiéndose a medias voces y apartándose de nosotros en las quedadas, para acomodarse en mellizo grupo a sorber el pocillo de yucuta, después de encender las fogatas, de recoger las puyas de pescar, y de fornir anzuelos y guarales.

Nunca los vi mezclarse con los guahibos de Macucuana ni celebrarle al Pipa sus anécdotas y carantoñas. Ni pedían ni daban nada. El Catire Mesa era su intermediario y con él sostenían lacónicos diálogos, exigiendo la entrega de la curiara —que era su única hacienda— pues ansiaban tornar a su río.

—Ustedes deben acompañarnos hasta el Isana.

—No podemos.

—Sepan entonces que no entregamos la canoa.

—No podemos.

—Cuando entrábamos al Inírida, el mayor de ellos me encareció, en tono mixto de súplica y amenaza: «Déjanos regresar al Orinoco. No remontes estas aguas que son malditas. Arriba, caucherías y guarniciones. Trabajo duro, gente maluca, matan los indios».

Esto me confirmaba viejos informes que el Pipa nos dio para que desistiéramos de acercarnos a las barrancas del Guaracú.

Por la tarde, hice que Franco los interrogara más ampliamente, y, aunque remisos al cuestionario, dijeron que en el istmo de Papunagua vivía una tribu cosmopolita, formada por prófugos de siringales desconocidos, hasta del Putumayo y del Ajajú, del Apoporis y del Macaya, del Vaupés y del Papurí, del Ti-Paraná (río de la sangre), del Tui-Paraná (río de la espuma), y tenían correderos entre la selva, para cuando fueran patrullas armadas a perseguirlos; que, desde años atrás, unos guayaneses de poca monta establecieron un fábrico cerca al Isana, para ir avasallando a los fugitivos, y lo administraba un corso llamado «El Cayeno»; que debíamos torcer rumbo, porque si dábamos con los prófugos nos tratarían como a enemigos; y si con las barracas, nos pondrían a trabajar por el resto de nuestra vida.

Destiñóse en las aguas el postrer lampo. Oscureció. Encontradas preocupaciones me combatían con el desvelo. Aquella noticia, verídica o falsa, me puso triste. En los montes se espesaba la oscuridad. ¿Qué acontecimientos se cumplirían con mi presencia más allá de esas sombras?

Hacía la media noche, sentí ladridos y palabras de gresca. Frente a la canoa se destacaba el corrillo discutidor.

—¡Mátalo! ¡Mátalo!, decía Mesa. Franco me llamó a gritos. Acudí presuroso, revólver en mano.

—Estos bandidos iban a largarse con la canoa. ¡Querer botarnos en estas selvas, a morir de hambre! ¡Dicen que el Pipa los aconsejó!

—¿Quién me calumnia? ¡Eso no es posible! ¿Seré yo capaz de malos consejos?

Los maipureños le argumentaron tímidos:

—Nos rogaste embarcar tu cama y dos carabinas.

—¡Confusión lamentable! Yo les propuse que se fugaran, por conocer sus intenciones. Dijeron que no. Resulta que sí. ¡No haberlos denunciado de cualquier modo! ¡No poder clavarles las uñas!

Cortando la discusión, decidí flagelar al Pipa y encomendé tal faena a sus cómplices. Culebreábase más que los látigos, imploraba clemencia entre plañidos y hasta llegó a invocar el nombre de Alicia. Por eso, cuando le saltó la primera sangre, lo amenacé con tirárselo a los caribes. Entonces aparentó que se desmayaba, ante el pasmo angustioso de maipureños y guahibos, a quienes advertí, enfáticamente, que en lo sucesivo dispararía sobre cualquiera que se levantara del chinchorro sin dar el aviso reglamentario.

Las semanas siguientes las malgastamos en domeñar raudales tronitosos. Mas cuando creíamos escaladas todas las torrenteras, nos trajo el eco del monte el fragor de otro rápido turbulento, que batía a lo lejos su espuma brava como un gallardete sobre el peñascal. En zumbadora rapidez enarcábase el agua, provocando una ventolina que remecía las guedejas de los bambúes y hacía vacilar el iris ingrávido, con un bamboleo de arcada móvil entre la niebla de los hervideros.

A lo largo de ambas orillas erguía sus fragmentos el basalto roto por el río —tormentoso torrente en estrecha gorja— y a la derecha, como un brazo que el cerro les tendía a los vórtices, sobreaguaba la hilera de rocas máximas con su serie de cascadas fulgentes. Era preciso forzar el paso de la izquierda porque los cantiles no permitían sacar en vilo la curiara. Acostumbrados a vencer en estas maniobras, la sirgábamos con la cornisa de un voladero, pero al dar con el triángulo de los arrecifes, resistióse a bandazos y cabezadas en el torbellino ensordecedor, falta de lastre y de timonel. Helí Mesa, que dirigía el trajín titánico, montó el revólver al ordenarles a los maipureños que descendieran por una laja y ganaran de un salto la embarcación para palanquearla de popa y de proa. Los briosos nativos obedecieron, y dentro del leño resbaladizo, que zigzagueaba sobre las espumas, forcejearon por impelerlo hacia la chorrera; mas de repente, al reventarse las amarras, la canoa retrocedió sobre el tumbo rugiente, y antes que pudiéramos lanzar un grito, el embudo trágico los sorbió a todos.

Los sombreros de los dos náufragos quedaron girando en el remolino, bajo el iris que abría sus pétalos como la mariposa de la indiecita Mapiripana.

La visión frenética del naufragio me sacudió con una ráfaga de belleza. El espectáculo fue magnífico. La muerte había escogido una forma nueva contra sus víctimas, y era de agradecerles que nos devorara sin verter sangre, sin dar a sus cadáveres livores repulsivos. ¡Bello morir el de aquellos hombres, cuya existencia apagóse de pronto, como una brasa entre las espumas, al través de las cuales subió el espíritu haciéndolas hervir de júbilo!

Mientras corríamos por el peñasco a tirar el cable de salvamento, en el ímpetu de una ayuda tardía, pensaba yo que cualquier maniobra que acometiéramos aplebeyaría la imponente catástrofe; y, fijos los ojos en la escollera, sentía el dañino temor de que los náufragos sobreaguaran, hinchados, a mezclarse en la danza de los sombreros. Mas ya el borbotón espumante había borrado con oleadas definitivas las huellas últimas de la desgracia.

Impaciente por la insistencia de mis compañeros, que rondaban de piedra en piedra, grité:

—¡Franco, tú eres un necio! ¿Cómo pretendes salvar a quienes perecieron súbitamente? ¿Qué beneficio les brindarías si resucitaran? ¡Déjalos ahí, y envidiemos su muerte!

Franco, que recogía desde la margen tablones rotos de la embarcación, se armó con uno de ellos para golpearme: «¿Nada te importan tus amigos? ¿Así nos pagas? ¡Jamás te creí tan inhumano, tan detestable!».

Yo, en el estallido de su cólera, permanecía perplejo. Tuve vagas nociones del deber y busqué con la mirada mi carabina. Por sobre el eco de los torrentes me herían las palabras de la agresión, que Franco seguía emitiendo a gritos, a la par que manoteaba ante mi rostro. Jamás había conocido yo una iracundia tan elocuente y tumultuosa. Habló de su vida sacrificada por mi capricho, habló de mi ingratitud, de mi carácter voluntarioso, de mi rencor. Ni siquiera había sido leal con él cuando pretendí disfrazarle mi condición en La Maporita; decirle que era hombre rico, cuando la penuria me denun-

ciaba como un herrete; decirle que era casado, cuando
Alicia revelaba en sus actitudes la indecisión de la concubina. Y celarla como a una virgen después de haberla
encanallado y pervertido. ¡Y desgañitarme porque otro
se la llevaba, cuando yo al raptarla, la había iniciado
en la perfidia! ¡Y seguirla buscando por el desierto, cuando en las ciudades vivían aburridas de su virtud solícitas
mujeres de índole dócil y de hermosa estampa! ¡Y arras-
trarlos a ellos en la aventura de un viaje mortífero, para
alegrarme de que perecieran trágicamente! ¡Todo por ser
yo un desequilibrado tan impulsivo como teatral!

Esta última frase me cayó como un martillazo. ¡Yo
desequilibrado! ¿Por qué? ¿Por qué? Apresuréme a
devolver el golpe, y fue feliz mi acometida.

—¡So estúpido! ¿En dónde está mi desequilibrio? ¡Lo
que voy haciendo por Alicia lo hiciste ya por la Griselda!
¿Crees que no lo sabía? ¡Por ella asesinaste a tu capitán!

Y para ofenderlo con mayor ahínco, agregué, paro-
diando un concepto célebre: ¡no está lo malo en tener
querida, sino en casarse con ella!

Mientras lo hería con risotadas de sarcasmo, apoyóse
en la roca enhiesta. Hubo un instante en que creí que
fuera a caer. Mi voz lo había traspasado como una lanza.
Entonces escuché revelaciones abrumadoras:

—Yo no le di muerte a mi Capitán. Lo apuñaló la
Griselda misma. Aquí está el «Catire» Mesa, que fue a
darme el aviso. Es verdad que en la sala oscura hice
tiros, sin saber cómo. La mujer me quitó el revólver y
encendió luz, advirtiéndome con frase heroica: «Este
apagó la vela para venírseme por las malas, y aquí lo
tienes». ¡Estaba revolcándose en su propia sangre!

«La Griselda, por culpable que resultara, se había re-
dimido con su bravura. Le quité el puñal y me di preso,
declarando ser autor de todo. Pero el Capitán evitó el
escándalo. ¡No acusó a nadie!

»Digan estos que me oyen, cómo me expoliaba el Juez
de Orocúe. Quiso sumariar mi amancebamiento, pero

vaciló ante la idea de que pudiéramos ser casados. Por
eso la Griselda, que es mujer vivaz, no perdía ocasión
de predicar nuestro matrimonio. En esa mentira se
apoyaba nuestra conveniencia. ¡Juro que he dicho la
verdad!»

Tanta sorpresa me causaron aquellos hechos, que sentía un mareo de confusión e incertidumbre. Fidel seguía
desnudando su corazón y descubriendo dramas íntimos,
penas de hogar, hastíos de convivencia con la homicida,
proyectos de anhelada separación. Todos los días cultivó
el deseo de que la mujer lo abandonara, ahorrándole así
la vergüenza de repudiarla sin motivo justificable. Mas
ella, por desgracia, no le había sido infiel, y de tal manera se dio a considerarlo y atenderlo, que lo ligó indes-
tructiblemente con una lástima cariñosa, superior al más
grave desvío. Para ella había organizado, a fuerza de
sudores, la fundación de La Maporita. Quería dejarle
un pasar mediano, mientras prescribía la deserción, para
después volverse a Antioquía. Mas cuando se dio cuenta
de que Barrera la anhelaba, se encendió en celos. Tal
vez sin mi ejemplo pernicioso, se hubiera resignado a
dejarla libre; pero yo le contagié mi furor nefario y
ahora seguía mis pasos hacia el desastre. Y ya era imposible la reflexión. ¡No podía volver atrás! ¡Ni viva ni
muerta admitiría a la desertora; pero tampoco iba a
causarle daño! ¡En verdad no sabía qué hacer!

No guardo otra memoria de su discurso: aunque lo
oía, no lo escuchaba. El velo del pasado se descorrió
a mis ojos. Olvidados detalles se esclarecieron y me di
cuenta de inadvertidas circunstancias. ¡Con razón la niña
Griselda quería emigrar! ¡Por algo elevó sus alaridos
de consternada el día que empuñé mi cuchillo contra
Millán para impedir que arrebatara la mercancía de don
Rafael! El relampagueo del arma lúcida le representaría
la escena terrible, cuando sobre la sangre del seductor
encendió la vela, señalándolo: «Quiso venírseme por
las malas, y aquí lo tienes». Recordé así mismo sus
sentencias contra los hombres y hasta el estribillo con

que morigeraba mis atrevimientos: «¡Si no has de yevarme, no seas indino! ¿Qué tás pensando? ¡Con vos he
sido mujer chancera, pero con otros... me hice valé!».
Y, estremecida, descargaba el puño sobre mi pecho como
para clavarme el hierro vengador.

Y de esa mujer sonriente y salvaje había hecho Alicia
su asesora, su confidente. En su alma reconcentrada e
inexperta iba desarrollándose un carácter nuevo, bajo
la influencia peligrosa de la amiga. Pensando tal vez que
yo la repudiaría en cualquier momento, puso su esperanza en el amparo de la patrona, a quien imitaba hasta
en sus defectos, sin admitir mis reconvenciones para
darme a entender que no estaba sola y que podía ya
abandonarla cuando quisiera.

Cierta vez la niña Griselda, ausente yo, le daba clases
de tiro al blanco. Sorprendílas con el revólver humeante,
y permanecieron impasibles, como si estuvieran con la
costura.

—¿Qué es esto, Alicia? ¿A tal punto has perdido la
timidez?

Sin responderme, encogióse de hombros, pero su compañera dictaminó sonriendo:

—¡Es que las mujeres debemos saber de tóo! Ya no
hay garantía ni con los maríos.

Helí Mesa vino a interrumpir mi meditación con esta
súplica: ¡Una amistad como la de ustedes resiste cho-
ques! Este altercado no tiene importancia. Las manos
del Teniente no se han manchado. Puede estrecharlas.

Mientras oprimía las de Fidel, le ordené al Catire:

—¡Dame también las tuyas, que por justicieras se
mancharon!

El Pipa y los guahibos se fugaron aquella noche.

«Amigos míos, faltaría a mi conciencia y a mi lealtad
si no declarara en este momento, como anoche, que sois
libres de seguir vuestra propia estrella, sin que mi suerte
os detenga el paso. Más que en mi vida pensad en la
vuestra. Dejadme solo, que mi destino desarrollará su

trayectoria. Aún es tiempo de regresar a donde queráis. El que siga mi ruta, va con la muerte.

»Si insistís en acompañarme, que sea corriendo el mundo por cuenta propia. Seremos solidarios por la amistad y el provecho común; pero cada cual afrontará por separado su destino. De otra manera, no aceptaré vuestra compañía.

»Decís que desde la boca de esta corriente en el Guaviare sólo se gasta media jornada en bajar al pueblo de San Fernando. Si no teméis que el coronel Funes pueda prenderos como sospechosos, desandad las orillas de estos rápidos, haceos una balsa de platanillos y dejadla rodar hacia el Atabapo. Vuestra despensa está en los montes: leche de seje, tallos de «manaca».

»Por mi parte, sólo os demando que me ayudéis a ganar la opuesta margen. Aseveraban los maipureños, que el Papunagua abre su delta a pocos kilómetros de este salto y que allí moran los indios «puinaves». Con ellos quiero atreverme hasta el Guainía. Y ya sabéis lo que pretendo, aunque parezcan cosas de loco.»

Así amonesté a mis compañeros la mañana que amanecimos en el Inírida abandonados sobre unas rocas.

El Catire Mesa respondió por todos:

—Los cuatro formaremos un solo hombre. No hemos nacido para reliquias. ¡A lo hecho, pecho!

Y me precedió por la orilla abrupta, buscando el punto mejor para aventurarnos en la travesía, sin llevar otro equipo que los chinchorros y las armas.

Claramente, desde aquel día tuve el presentimiento de lo fatal. Todas las desgracias que han sucedido se me anunciaron en ese momento. Sin embargo, avancé indomable por la playa arriba, mirando a veces, con íntimo afán, la contraria costa, seguro de que mis plantas no volverían a hollar nunca el suelo que invadían. Cuando mis ojos encontraban los de Fidel, sonreíamos silenciosos.

—Mejor que el Pipa se picuriara, exclamó Correa. Ese bandío endemoniao y repelente, era peligroso. ¡Có-

mo fregó con la cantaleta de que saliéramos al Guainía
por el arrastraero del caño Nauquén! ¡Tóos estos montes
le metían mieos! Pero más el coronel Funes.

—Dices bien, le repuse. Siempre temía que en cualquier raudal saliera a atacarnos la indiada prófuga que
se guarece en este desierto, donde son sus defensas chorros y espesuras.

—Y dále que dále con la «fregancia» de que veía humos en los riscos. Y no admitía que eran vapores de
otras cascáas.

—Pero es innegable que ha andado gente por aquí,
observó Mesa. Miren la poyata del remanso: espinas
de pescado, fogones, cáscaras.

—Algo más raro aún, agregó Franco. Latas de sal-
món, botellas vacías. No se trata de indios solamente.
Estos son gomeros recién entrados.

Al escuchar tales palabras pensé en Barrera, mas afirmó el Catire, cual si adivinara mis cavilaciones:

—Tengo plena evidencia de que nuestra gente está
en el Guainía. Por lo demás, los rastros son pocos. No
han pisoteado el arenal veinte personas, y todas las
huellas son de pies grandes. Estos han sido venezolanos.
Conviene tirarnos a la otra orilla para buscar más señas.
En la línea oscura de aquellos montes se ve un claro.
Tal vez el estuario del río Papunagua.

Y aquella tarde, tendidos de pecho en una balsa y bra-
ceando en la espuma por falta de remos, pasamos a la
opuesta riba, sobre la onda apacible que ensangrentaba
el sol.

Mi dureza contra el vigía fue bestial. Lo hubiera matado al menor intento de resistencia. Cuando bajaba con
trémulos pies los escalones del palo oblicuo que servía
de escalera al zarzo, lo empujé para que cayera; y al
mirarlo de bruces, inofensivo, atolondrado, lo agarré
por el pelo para verle la cara. Era un anciano de elevada
estatura, que me miraba con tímidos ojos y erguía los
brazos sobre la cabeza por impedir que lo macheteara.

Sus labios se estremecían con suplicantes balbuceos: ¡Por Dios! ¡No me mate usted, no me mate usted!

Al escuchar tal imploración, percibiendo la semejanza que la ancianidad venerable da a los hombres, me acordé de mi anciano padre, y, con alma angustiada, abracé al cautivo para levantarlo del suelo en que yacía. En mi propio sombrero le ofrecí agua. Perdóneme, le dije; no me había dado cuenta de su vejez.

Mientras tanto mis compañeros, que sitiaban el barracón para garantizar mi acometida, saquearon el zarzo, antes que pudiera contenerlos. Persona alguna hallábase en él. Bajaron con la carabina del prisionero.

—¿De quién es este máuser?, le gritó Franco.

—Mío, señor, dijo el aludido con voz agitada.

—¿Y qué hace usted aquí armado de máuser?

—Me dejaron enfermo hace días...

—¡Usted es centinela de los raudales! ¡Y si lo niega, lo fusilamos!

El hombre, vuelto hacia Franco, quería postrarse:

—¡Por Dios, no me mate! ¡Piedad de mí!

—¿Dónde están, pregunté, las personas que lo dejaron?

—Se fueron antier para el alto Inírida.

—¿Qué cadáveres han guindado sobre los peñascos cimeros del río?

—¿Cadáveres?

—¡Sí, señor; sí, señor! Los encontramos esta mañana porque los zamuros los denunciaron. Cuelgan de unas palmeras, desnudos, amarrados con alambres por las mandíbulas.

—Es que el coronel Funes vive en guerra con el Cayeno. Hace una semana que los vigías vieron remontar una embarcación. Y como el Cayeno tiene correos, le llegó el aviso al día siguiente. Trajo desde el Isana veinticinco hombres y asaltó a los navegantes.

—Esa embarcación, repuso el Catire, fue la de las huellas en los playones. Esos eran los humos que observaba el Pipa.

—Díganos usted qué gente era ésa.

—Unos secuaces del Coronel que venían de San Fernando a robar caucho y cazar indios. Todos murieron. Y es costumbre colgarlos para escarmiento de los demás.

—¿Y el Cayeno dónde se halla?

—Hace lo que los otros venían a hacer.

El viejo agregó después de una pausa:

—¿Y la tropa de ustedes, dónde está? ¿Por dónde vino sin que la vieran?

—Una parte esculca los montes; otra, ya remonta el Papunagua. El Cayeno asesinó nuestra descubierta mientras forzábamos los raudales.

—Señor, dígale a su gente que si da con tambos desiertos no utilice el mañoco que en ellos encuentre. Ese mañoco tiene veneno.

—¿También los mapires que están aquí?

—También. El mañoco que sirve lo tenemos oculto.

—Tráigalo, y coma usted en nuestra presencia.

Cuando el anciano se movió para obedecerme, le miré las canillas llenas de úlceras. Diose cuenta de mis miradas y con acento humilde encareció: Abran ustedes mismos el «mapire». Verdaderamente, provoco asco.

Y al recibir la afrechosa harina que le ofreció el mulato en una totuma, empezó a ingerirla, sin velar sus lágrimas.

Por reanimarlo, le dije solícito: No se aflija usted si la vida es dura. Déjenos saborear sus provisiones. ¡Usted es alguien! Ya seremos buenos amigos.

Aquella noche incendiaban la sombra los relámpagos y la selva crujía con rumores tétricos. Hasta cuando el viento lluvioso apagó la hoguera, estuve escuchando la conversación de mis camaradas con el inválido; pero me vencía pesado sueño y perdí la ilación de la conferencia. El viejo se llamaba Clemente Silva y decía ser pastuso. Dieciséis años había vagado por los montes, trabajando como cauchero, y no tenía ni un solo centavo.

En un momento que desperté, exponía en el tono explícito de quien hace constar un favor:

—Yo vi las avanzadas de ustedes. Tres nadadores cruzaban el río. Temeroso de que el Cayeno regresara, callé. Y hoy cuando había resuelto coger la trocha...

—Hola, interrumpí, enderezándome en el chinchorro. ¿Cuántas personas vio usted? ¿Y cuándo?

—Tengo seguridad de lo que digo: Tres nadadores, hace dos días. Serían las siete de la mañana. Por más señas, traían sus ropas amarradas en la cabeza. Ha sido milagro que el Cayeno no los capturara. Pasan tantas cosas en este infierno...

—Buenas noches. Sé quiénes son. No conversemos más.

Así dije, para evitar posibles indiscreciones de mis compañeros. Pero ya no pude dormir, pensando en el Pipa y los indígenas. Ante los peligros que nos rodeaban me sentía nervioso, alicaído; mas formé la resolución de acabar con aquella vida de sobresaltos, sucumbiendo de cualquier modo, con mis rencores y caprichos, antes que cejar en mis propósitos. ¿Por qué don Clemente Silva no me descerrajó un tiro, si con esa ilusión lo asalté? ¿Por qué se retardaba el Cayeno con las cadenas y los suplicios? ¡Ojalá me guindara de un árbol, donde el sol pudriera mis carnes y el viento me agitara como un péndulo!

—¿Dónde está don Clemente Silva?, le pregunté al Catire Mesa cuando amaneció.

—Lavándose la cara en la zanjita.

—¿Y por qué lo dejaron solo? Si se fugara...

—No hay ningún temor: Franco anda con él. Toda la madrugada estuvo quejándose de la pierna.

—¿Y tú qué opinas de ese pobre viejo?

—Es nuestro paisano y no lo sabe. Creo que se le debe confesar todo y pedirle ayuda.

Cuando bajé a la fuente, me enternecí al ver que Fidel le lavaba las llagas al afligido. Este, al sentir mis pasos, avergonzóse de su miseria y alargó hasta el tobillo el pantalón. Con turbado acento me contestó los buenos días.

—¿Esas lacraduras de qué provienen?

—Ay, señor, parece increíble. Son picaduras de sanguijuelas. Por vivir en las ciénagas picando goma, esa maldita plaga nos atosiga, y mientras el cauchero sangra los árboles, las sanguijuelas lo sangran a él. La selva se defiende de sus verdugos, y al fin el hombre resulta vencido.

—A juzgar por usted, el duelo es a muerte.

—Eso sin contar los zancudos y las hormigas. Está la «veinticuatro», está la «tambocha», venenosas como escorpiones. Algo peor todavía: la selva trastorna al hombre, desarrollándose los instintos más inhumanos: la crueldad invade las almas como intrincado espino, y la codicia quema como fiebre. El ansia de riquezas convalece al cuerpo ya desfallecido, y el olor del caucho produce la locura de los millones. El peón sufre y trabaja con deseo de ser empresario que pueda salir un día a las capitales a derrochar la goma que lleva, a gozar de mujeres blancas y a emborracharse meses enteros, sostenido por la evidencia de que en los montes hay mil esclavos que dan sus vidas por procurarle esos placeres, como él lo hizo para su amo anteriormente. Sólo que la realidad anda más despacio que la ambición y el beriberi es mal amigo. En el desamparo de vegas y estradas, muchos sucumben de calentura, abrazados al árbol que mana leche, pegando a la corteza sus ávidas bocas, para calmar, a falta de agua, la sed de la fiebre con caucho líquido; y allí se pudren como las hojas, roídos por ratas y hormigas, únicos millones que les llegaron, al morir.

El destino de otros es menos precario: a fuerza de ser crueles ascienden a capataces, y esperan cada noche, con libreta en mano, a que entreguen los trabajadores la goma extraída para sentar su precio en la cuenta. Nunca quedan contentos con el trabajo y el rebenque mide su disgusto. Al que trajo diez litros le abonan sólo la mitad, y con el resto enriquecen ellos su contrabando, que venden en reserva al empresario de otra región, o que entierran para cambiarlo por licores y mercancías al primer «chuchero» que visite los siringales. Por su parte, algunos peones hacen lo propio. La selva los arma para destruirlos, y se roban y se asesinan, a favor del secreto y la impunidad, pues no hay noticia de que los árboles hablen de las tragedias que provocan.

—¿Y usted, por qué soporta tantas desdichas?, repliqué indignado.

—Ay, señor, la desgracia lo anula a uno.

—¿Y por qué no se vuelve a su tierra? ¿Qué podemos hacer para libertarlo?

—Gracias, señor.

—Por ahora es preciso curar sus llagas. Permítame que le haga remedios.

Y aunque el viejo, asombrado, se resistía, remanguéle hasta la corva el pantalón, y me arrodillé para examinarlo.

—Fidel, ¿estás ciego? ¡En estas úlceras hay gusanos!

—¡Gusanos! ¡Gusanos!

—Sí, hay que buscar «otoba» para matárselos.

El viejo comentaba, quejándose:

—¿Será posible? ¡Qué humillación! ¡Gusanos, gusanos! Y fue que un día me quedé dormido y me sorprendieron los moscones!

Cuando lo condujimos a la barraca, repetía:

—¡Engusanado, engusanado y estando vivo!

—Sepa usted, le dije esa tarde, que soy por idiosincrasia el amigo de los débiles y de los tristes. Aunque supiera que usted iba a traicionarnos mañana mismo, sería respetada su invalidez de hoy. No sé si tengan crédito mis palabras, pero piense que podríamos ultimarlo, sólo por ser cómplice de un bandido como el Cayeno. Me ruega usted que le diga a dónde queremos conducirlo preso y si le permito lavar sus trapos para morir con ropa limpia; pues bien, ni lo mataremos ni lo apresamos. Antes, le pido que se encargue de nuestra suerte, porque somos paisanos suyos y venimos solos.

El anciano púsose en pie para convencerse de que

no soñaba. Sus ojos incrédulos nos medían con insistencia, y tendiendo los brazos hacia nosotros, exclamó:

—¡Sois colombianos! ¡Sois colombianos!

—Como lo oye, y amigos suyos.

Paternalmente nos fue estrechando contra su pecho, sacudido por la emoción. Después quiso hacernos preguntas promiscuas, acerca de la patria, de nuestro viaje, de nuestros nombres. Mas yo le interrumpí de esta manera:

—Ante todo, jure usted que contaremos con su lealtad.

—¡Lo juro por Dios y por su justicia!

—Muy bien. ¿Pero qué piensa hacer con nosotros? ¿Cree usted que el Cayeno nos matará? ¿Será necesario matarlo a él?

Y agregué para ayudarlo en su desconcierto:

—O mejor: ¿El Cayeno puede volver aquí?

—No lo creo. Se fue para Caño Grande a robar caucho y cazar indios. No tiene interés ninguno en regresar pronto a sus barracones del Guaracú, donde está la «madona» que ha venido a cobrarle.

—¿Quién es esa madona de que habla?

—Es la turca Zoraida Ayram, que anda por estos ríos negociando corotos con los «siringueros» y tiene en Manaos una pulpería de renombre.

—Oiga usted. Es indispensable que nos conduzca al Guaracú, para hablar con la señora Zoraida Ayram, antes que regrese el Cayeno.

—La conozco mucho y fui su sirviente. Ella me trajo al Río Negro desde el Putumayo. Me trataban allí tan mal, que me eché a sus pies rogándole que me comprara. Mi deuda valía dos mil soles; la pagó con mercaderías, me llevó a Manaos y a Iquitos, sin reconocerme jornal ninguno, y luego me vendió por seis contos de reis a su compatriota Miguel Pezil, para los gomales de Naranjal y Yaguanarí.

—Hola, ¿qué dice usted? ¿Conoce el siringal de Yaguanarí?

Franco, el Catire y el Mulato prorrumpieron:

—¡Yaguanarí!... ¡Yaguanarí! ¡Para allá vamos!

—¡Sí, señores! Y, según decía la madona, llegaron hace un mes a dicho lugar veinte colombianos y varias mujeres a picar goma.

—¡Veinte! ¡Tan sólo veinte! ¡Si eran setenta y dos!

Hubo un grave silencio de indecisión. Nos mirábamos unos a otros, fríos y pálidos. Y repetíamos inconscientes:

—¡Yaguanarí! ¡Yaguanarí!

«Como ya les dije, agregó don Clemente Silva, después que le relatamos nuestra odisea, no puedo suministrar otros informes. Conozco a Barrera de oídas, pero sé que tiene negocios con Pezil y con el Cayeno y que tratan de liquidar la compañía porque la madona reclama el pago de un dinero y se niega a conceder más prórrogas. Entiendo que Barrera se había obligado a sacar de Colombia un personal de doscientos hombres; mas se apareció con número exiguo, pues ha venido abonando a sus acreedores deudas viejas con caucheros de los que trae. Por lo demás, los colombianos no tenemos precio en estas comarcas: dicen que somos insurrectos y volvedores.

»Comprendo perfectamente el deseo de ponerse al habla con la madona; pero es preciso tener paciencia. Mi turno de vigía sólo se vence el sábado próximo.»

—Y si su relevo nos sorprendiera, ¿qué diría?

—No hay cuidado. El bajará por el Papunagua y nosotros regresaremos por la «pica» nueva, dejándole un fogón prendido para que vea que estuve aquí. Desde este zarzo se domina el río y se divisan los navegantes. No comprendo cómo me capturaron ustedes.

—Veníamos perdidos por esta ribera. Y como los perros encontraron huellas humanas... Mas ese detalle poco importa. ¿Conque será preciso esperar?

—Y aparecer en las barracas a la hora que el «Váquiro» esté ausente, inspeccionando en las estradas a los

caucheros. Ese capataz es muy malgeniado. Cuando yo
les señale los caneyes, se presentan ustedes, solos, a quejarse de que traían para vender, mañoco fresco y unos
gendarmes se lo arrebataron. (Allá se sabe ya que esos
gendarmes eran de Funes y que el Cayeno los acuchi-
lló.) Agreguen que les «trambucaron» en los raudales la
curiara y tuvieron ustedes que venirse por las orillas y
los montes, hasta que yo les puse la mano. Adviertan
que, como venían a pedir auxilio, los llevé a la trocha
del Guaracú, y que ustedes llegan, acatando mis instrucciones, a implorar garantías. Este discurso le agradará
porque aumenta el crédito de la empresa y desmiente
a sus detractores.

—Cuente usted con que la novela tendrá más éxito
que la historia.

—Yo llegaré luego para hacer resaltar la circunstancia
de que ustedes se fueron solos y no desconfiaron.

—¿Y si nos ponen a trabajá?, observó Correa.

—Mulato, sentencié: no tengas miedo. ¡Venimos a
jugar la vida!

—En cuanto a eso, no sabría qué aconsejarles. El
Cayeno es cauteloso y cruel como un cazador. Cierto
que ustedes nada le deben y que van de paso hacia el
Brasil. Pero si se le antoja decir que se picurearon de
otras barracas...

—Explique, don Clemente. Poco sabemos de estas
costumbres.

«Cada empresario de caucherías tiene caneyes, que
sirven de viviendas y bodegas. Ya conocerán los del
Guaracú. Esos depósitos o barracas jamás están solos,
porque en ellos se guarda el caucho con las mercancías
y las provisiones y moran allí los capataces y sus barra-
ganas.

»El personal de trabajadores está compuesto, en su
mayor parte, de indígenas y enganchados, quienes, según las leyes de la región, no pueden cambiar de dueño
antes de dos años. Cada individuo tiene una cuenta en

la que se le cargan las baratijas que le avanzan, las
herramientas, los alimentos, y se le abona el caucho a
un precio irrisorio que el amo señala. Jamás cauchero
alguno sabe cuánto le cuesta lo que recibe ni cuánto
le abonan por lo que entrega, pues la mira del empresario está en guardar el modo de ser siempre acreedor.
Esta nueva especie de esclavitud vence la vida de los
hombres y es transmisible a sus herederos.

»Por su lado, los capataces inventan diversas formas
de expoliación: les roban el caucho a los siringueros,
arrebátanles hijas y esposas, los mandan a trabajar a
caños pobrísimos, donde no pueden sacar la goma exi-
gida, y esto da motivo a insultos y a latigazos, cuando
no a balas de winchester. Y con decir que fulano se
picureó o que murió de fiebres, se arregla el cuento.

»Mas no es justo olvidar la traición y el dolo. No
todos los peones son palomas blancas: algunos solicitan
enganche sólo para robarse lo que reciben, o salir a la
selva para matar a algún enemigo o sonsacar a sus compañeros para venderlos en otras barracas.

»Esto dio pie a un convenio riguroso, por el cual se
comprometen los empresarios a prender a todo individuo que no justifique su procedencia o que presente
el pasaporte sin la constancia de que pagó lo que debía
y fue dado libre por su patrón. A su vez, las guarniciones de cada río cuidan de que tal requisito se cumpla
inexorablemente.

»Mas esta medida es fuente inexhausta de abusos y
secuestros. ¿Si el amo se niega a expedir el salvoconducto? ¿Si el capturador despoja de él a quien lo presenta? Réstame aún advertir a ustedes que es frecuen-
tísimo el último caso. El cautivo pasa a poder de quien
lo cogió, y éste lo encierra en sus siringales a trabajar
como preso prófugo, mientras se averigua «lo conve-
niente». Y corren años y años, y la esclavitud nunca
termina. ¡Esto es lo que me pasa con el Cayeno!

»¡Y he trabajado dieciséis años! ¡Dieciséis años de
miseria! ¡Mas poseo un tesoro que vale un mundo, que

no pueden robarme, que llevaré a mi tierra si llego a ser libre: un cajoncito lleno de huesos!

»Para poder contarles mi historia —nos dijo esa tarde— tendría que perder el pudor de mis desventuras. En el fondo de cada alma hay algún episodio íntimo, que constituye su vergüenza. El mío es una mácula de familia: ¡mi hija María Gertrudis "dio su brazo a torcer"!»

Había tal dolor en las palabras de don Clemente, que nosotros aparentábamos no comprender. Franco se cortaba las uñas con la navaja. Helí Mesa escarbaba el suelo con un palillo, yo hacía coronas con el humo del cigarro. Tan sólo el mulato parecía envaído en la punzante narración.

»Sí, amigos míos, continuó el anciano: El miserable que la engañaba con promesa de matrimonio, la sedujo en mi ausencia. Mi pequeño Luciano abandonó la escuela y fue a buscarme al pueblo vecino, donde yo ejercía un modesto empleo, para contarme que los novios hablaban de noche por el solar y que su madre lo había reñido cuando le dio noticia de ello. Al oír su relato perdí el aplomo, regañélo por calumniador, le exalté la virtud de María Gertrudis y le prohibí que siguiera oponiéndose con celos y malquerencias al matrimonio de los jóvenes, que ya habían cambiado argollas. Desesperado, el pequeñuelo empezó a llorar y me declaró que estaba resuelto a perder la tierra antes que la deshonra de la familia lo hiciera sonrojarse ante sus compañeros de escuela primaria.

»Montado en una borrica, se lo envié a mi esposa con un peón, que llevaba cartas para ésta y María Gertrudis, llenas de admoniciones y consejos. ¡Ya María Gertrudis no era hija mía!

»Calculen ustedes cuál sería mi pena en presencia de mi deshonor. Medio loco, olvidé el hogar por perseguir a la fugitiva. Acudí a las autoridades, imploré el apoyo de mis amigos, la protección de los influyentes; todos

me hacían tragar las lágrimas obligándome a referir detalles pérfidos, y, al final, con gestos de lástima, me
recriminaban así: *"La responsabilidad es de los padres.
Hay que saber educar a los hijos"*.

»Cuando humillado por la tortura volví a casa, me
esperaba un nuevo dolor: la pizarra de Lucianito pendía
del muro, cerca del pupitre donde la brisa agitaba las
páginas de un libro descuadernado; en el cajón vi los
premios y los juguetes: la cachucha que le bordó la
hermana, el reloj que le regalé, la medallita de la mamá.
Reteñidas en la pizarra, bajo una cruz, leí estas palabras: *"¡Adiós, adiós!"*.

»Más que la parálisis, mató la pena a mi pobre esposa.
Sentado a la orilla del lecho, la veía empapar en llanto
la almohada, procurando infundirle el consuelo que no
he conocido jamás. A veces, me agarraba del brazo y
lanzaba su grito demente: ¡Dame mis hijos! ¡Dame mis
hijos! Por aliviarla acudí al engaño: invéntele que había
logrado hacer casar a María Gertrudis y que Lucianito
estaba interno en el Instituto. Saboreando su pesadumbre
la encontró la muerte.

»Un día, viendo que nadie, ni parientes ni amigos,
me acompañaba, llamé por el cercado a mi vecina para
que viniera a cuidar a la enferma, mientras me ausen-
taba en busca del médico. Cuando regresé, vi que mi
esposa tenía en las manos la pizarra de Lucianito y que
la remiraba, convencida de que era el retrato del pequeñuelo. ¡Así acabó! Al colocarla en el ataúd sollocé esta
frase: *"¡Juro por Dios y por su justicia que traeré a
Luciano, vivo o muerto, a que acompañe tu sepultura!"*.
Le besé la frente y puse sobre el pecho de la infeliz la
pizarra yerta, para que llevara a la eternidad la cruz que
su propio hijo había estampado.»

—Don Clemente: no resucite esos recuerdos que hacen
daño. Procure omitir en su narración todo lo sagrado
y lo sentimental. Háblenos de sus éxodos en la selva.

Por un momento estrechó mi mano, murmurando:

—Es cierto. Hay que ser avaros con el dolor.

»Pues bien: seguí las huellas de Lucianito hacia el Putumayo. Fue en Sibundoy donde me dijeron que había bajado con unos hombres un muchachito pálido, de calzón corto, que no representaba más de doce años, sin otro equipaje que un pañuelo con ropa. Negóse a decir quién era, ni de dónde venía, pero sus compañeros predicaban con regocijo que iban buscando las caucherías de Larrañaga, ese pastuso sin corazón, socio de Arana y otros peruanos, que en la hoya amazónica han esclavizado más de treinta mil indios.

»En Mocoa sentí la primera vacilación: los viajeros habían pasado, pero nadie pudo decir qué senda del cuadrivio siguieron. Era posible que hubieran ido por tierra al Caño Guineo, para salir al Putumayo, un poco arriba del puerto de San José, y bajar el río hasta encontrar el Igaraparaná; tampoco era improbable que hubieran tomado la trocha de Mocoa a Puerto Limón, sobre el Caquetá, para descender por esa arteria al Amazonas y remontar éste y el Putumayo en busca de los cauchales de «La Chorrera». Yo me decidí por la última vía.

Por fortuna en Mocoa me ofreció curiara y protección un colombiano de amables prendas, el señor Custodio Morales, que era colono del río Cuimañí. Indicóme el peligro de acometer los rápidos de Araracuara, y me dejó en Puerto Pizarro para que siguiera al través de los grandes bosques, por el rumbo que va al puerto de la Florida, en el Caraparaná, donde los peruanos tenían barracas.

»Solo y enfermo, emprendí ese viaje. Al llegar, solicité enganche y abrí una cuenta. Ya me habían dicho que a mi pequeño no se le conocía en la región; pero quise convencerme y salí a trabajar goma.

»Era en verdad que en mi cuadrilla no estaba el niño, pero podía hallarse en otras. Ningún cauchero oyó jamás su nombre. A veces, se alegraba mi reflexión al considerar que Lucianito no había palpado la bruta inmoralidad de esas costumbres; mas ¡cuán poco me duraba el

consuelo! Era seguro que se encontraba en remotos
cauchales, bajo otros amos, educándose en la crueldad
y la villanía, enloquecido de humillación y de miseria.
Mi capataz principió a quejarse de mi trabajo. Un día
me cruzó la cara de un latigazo y me envió preso al
barracón. Toda la noche estuve en el cepo, y, en la siguiente, me mandaron para ''El Encanto''. Había logrado
lo que pretendía: buscar a Lucianito en otros gomales.»

Don Clemente Silva enmudeció. Tocábase la frente
con las manos estremecidas, como si aún sintiera en su
rostro el culebreo del látigo infame. Y agregó después:

—Amigos, esta pausa abarca dos años. De allí me
picurié para La Chorrera.

«Recuerdo que la noche de mi llegada celebraban el
carnaval. Frente a los barandales del corredor discurría
borracha una muchedumbre clamorosa. Indios de varias
tribus, blancos de Colombia, Venezuela, Perú y Brasil,
negros de las Antillas, vociferaban pidiendo alcohol,
pidiendo mujeres y chucherías. Entonces desde una trastienda, aventábanles triquitraques, botones, potes de
atún, cajas de galletas, tabaco de mascar, alpargatas, fra-
nelas, cigarros. Los que no podían recoger nada, empujaban, por diversión, a sus compañeros sobre el objeto
que caía, y encima de él arracimábase el tumulto, entre
risotadas y pataleos. Del otro lado, junto a las lámparas
humeantes, había grupos nostálgicos, escuchando a los
cantadores que entonaban aires de sus tierras: el bam-
buco, el joropo, la ''cumbia-cumbia''. De repente, un
capataz velludo y bilioso se encaramó sobre una tarima
y disparó al viento su winchester. Expectante silencio.
Todas las caras se volvieron al orador. Caucheros, exclamó éste, ya conocéis la munificencia del nuevo propie-
tario. El señor Arana ha formado una compañía que
es dueña de los cauchales de La Chorrera y los de El
Encanto. ¡Hay que trabajar, hay que ser sumisos, hay
que obedecer! Ya nada queda en la pulpería para rega-
laros. Los que no hayan podido recoger ropa, tengan

paciencia. Los que están pidiendo mujeres, sepan que en las próximas lanchas vendrán cuarenta, oídlo bien, cuarenta, para repartirlas de tiempo en tiempo entre los trabajadores que se distingan. Además saldrá pronto una expedición a someter a las tribus "andoques" y lleva encargo de recoger "guarichas" donde las haya. Ahora, prestadme todos atención: cualquier indio que tenga mujer o hija debe presentarla en este establecimiento para saber qué se hace con ella.

»Inmediatamente otros capataces tradujeron el discurso a la lengua de cada tribu, y la fiesta siguió como antes, coreada por exclamaciones y aplausos.

»Yo me escurría por entre la gente, temeroso de hallar a mi hijo. Fue la primera vez que no quise verlo. Sin embargo, miraba a todas partes y resolví preguntar por él: señor, ¿usted conoce a Luciano Silva? Dígame, ¿entre esta gente habrá algún pastuso? ¿Sabe usted por casualidad, si Larrañaga o Juanchito Vega viven aquí?

»Como mis preguntas producían hilaridad, me atreví a penetrar en el corredor. Los centinelas me rechazaron. Un hombre vino a advertirme que el aguardiente lo repartían en las barracas. Y era verdad: por allí desfilaba la multitud presentando jarros y totumas al vigilante que hacía la distribución. Un cuadrillero venático quería chancearse: vertió petróleo en una ponchera y lo ofreció a unos indios. Como ninguno aceptó el engaño, les tiró encima la vasija llena. No sé quién "rastrilló" sus fósforos; pero al momento una llamarada crepitante achicharró a los indígenas, que se abalanzaron sobre el tumulto, con alarida loca, coronados de fuego lívido, abriéndose paso hacia las corrientes, donde se sumergieron agonizando.

»Los empresarios de La Chorrera, asomaron a la baranda, con los naipes de póker en las manos. ¿Qué es esto? ¿Qué es esto? repetían. El judío Barchillón tomó la palabra: ¡Hola muchachos, no sean patanes! ¡Van a quemarnos el "ensoropado" de los caneyes! Larrañaga calcó la orden de Juancho Vega: ¡No más diversión! ¡No más diversión!

»Y al sentir el hedor de la grasa humana, escupieron sobre la gente y se encerraron impasibles.

»Así como el caballo entra en los corrales y a coces y mordiscos aparta las hembras de su rodeo, integraron los capataces sus cuadrillas a culatazos y las empujaron a cada barraca, en medio de un bullicio atormentador.

»Yo alcancé a gritar con toda la fuerza de mis pulmones: ¡Luciano! ¡Lucianito, aquí está tu padre!»

«Al día siguiente, mi paciencia se puso a prueba. Eran casi las dos y los empresarios continuaban durmiendo. Por la mañana, cuando las cuadrillas salieron a los trabajos, se me presentó un negrote de Martinica, afilando en la vaina de su machete la hoja terrible. ''¡Hola!, me dijo, ¿vos por qué te quedás aquí?''

»—Porque soy ''rumbero'' y voy a salir a exploración.

»—Vos parecés picure. Vos estabas en El Encanto.

»—Y aunque así fuera, ¿no son de un solo dueño ambas regiones?

»—Vos eras el sinvergüenza que escribía letreros en los árboles. Agradecé que te perdonaban.

»Púsele fin al riesgoso diálogo porque vi al Tenedor de Libros abriendo la puerta de la oficina. Ni siquiera volvió a mirarme cuando le di el saludo, pero avancé hasta el mostrador.

»—Señor Loaiza, le dije con miedosa lengua, quiero saber, si fuere posible, cuánto vale la cuenta de un hijo mío.

»—¿Un hijo tuyo? ¿Querés comprarlo? ¿Te dijeron ya que lo vendían?

»—Para hacer mis cálculos… Se llama Luciano Silva.

»El hombre plegó un gran libro y tomando su lápiz hizo números. Las rodillas me temblaban por la emoción: ¡al fin encontraba el paradero de Lucianito!

»—Dos mil doscientos soles, afirmó Loaiza. ¿Qué recargo te piden sobre esa suma?

»—¿Recargo?... ¿Recargo?

»—Naturalmente. No estamos para vender el personal. Por el contrario: la empresa busca gente.

»—¿Podría decirme usted dónde está ahora?

»—¿Tu muchacho? Fíjate con quién tratás. Eso se les pregunta a los cuadrilleros.

»Por desgracia mía, el negrote entró en ese instante.

»—Señor Loaiza, exclamó, no pierda palabras con este viejo. Es un picure del Encanto y de La Florida, flojo y destornillado, que en vez de picar los árboles, grababa letreros en las cortezas con la punta del cuchillo. Vaya usted a los siringales y se convencerá. Por todas las estradas la misma cosa: *"Aquí estuvo Clemente Silva en busca de su querido hijo Luciano".* ¿Ha visto usted vagabundería?

»Yo, como un acusado, bajé los ojos.

»—¡Hombres, prorrumpí, bien se conoce que ustedes nunca han sido padres!

»—¿Qué opinan de este viejo tan descocado? ¡Cómo habrá sido de mujeriego cuando hace gala de reproductor!

»Así me respondieron, desenfrenando carcajadas; pero yo me erguí como un mástil y mi mano debilitada abofeteó al contabilista. El negro, de un puntapié, me tiró boca abajo contra la puerta. ¡Al levantarme, lloré de orgullo y satisfacción!»

«En la pieza vecina se alzó una voz trasnochada y amenazante. No tardó en asomar, abotonándose la piyama, un hombre gordote y abotagado, pechudo como una hembra, amarillento como la envidia. Antes que hablara, apresuróse el contabilista a informarle lo sucedido:

»—¡Señor Arana, voy a morir de pena! ¡Perdone usted! Este hombre que está presente vino a pedirme un extracto de lo que está debiéndole a la compañía;

mas apenas le enuncié el saldo, se lanzó a romper el libro, lo trató a usted de ladrón y me amenazó con apuñalarnos.

»El negro hizo señas de asentimiento; permanecí aturullado de indignación; Arana enmudecía más. Pero con mirada desmentidora consternó a los dos infames, y me preguntó, poniéndome sus manos en los hombros:

»—¿Cuántos años tiene Luciano Silva, el hijo de usted?

»—No ha cumplido los quince.

»—¿Usted está dispuesto a comprarme la cuenta suya y la de su hijo? ¿Cuánto debe usted? ¿Qué abonos le han hecho por su trabajo?

»—Lo ignoro, señor.

»—¿Quiere darme por las dos cuentas cinco mil soles?

»—Sí, sí, pero aquí no tengo dinero. Si usted quisiera la casita que poseo en Pasto... Larrañaga y Vega son paisanos míos. Ellos podrían darle informes, ellos fueron mis condiscípulos.

»—No le aconsejo ni saludarlos. Ahora no quieren amigos pobres. Dígame, agregó sacándome al patio, ¿usted no tiene goma con qué pagar?

»—No, señor.

»—¿Ni sabe cuáles son los caucheros que me la roban? Si me denuncia algún escondite, nos dividiremos la que allí haya.

»—No, señor.

»—¿Usted no podría conseguirla en el Caquetá? Yo le daría compañerazos para que asaltara barracones.

»Disimulando la repulsión que me producían aquellas maquinaciones rapaces, pasé de la astucia a la doblez. Aparenté quedar pensativo. Mi sobornador estrechó el asedio:

»—Me valgo de usted porque comprendo que es honrado y que sabrá guardarme la reserva. Su misma cara le hace el proceso. De no ser así, lo trataría como a picure, me negaría a venderle a su hijo y a uno y a

otro los enterraría en los siringales. Recuerde que no
tienen con qué pagarme y que yo mismo le doy a usted
los medios de quedar libres.

»—Es verdad señor. Mas eso mismo obliga mi fe de
hombre reconocido. No quisiera comprometerme sin tener la seguridad de cumplir. Me gustaría ir al Caquetá,
por lo pronto, como rumbero, mientras estudio la región
y abro alguna trocha estratégica.

»—Muy bien pensado, y así será. Eso queda al cuidado
suyo, y el hijo de usted a mi cuidado. Pida un winchester, víveres, una brújula, y llévese un indio como
carguero.

»—Gracias, señor, pero mi cuenta se aumentaría.

»—Eso lo pago yo, ése es mi regalo de carnaval.»

«El pasaporte que me dio el amo hacía rabiar de envidia a los capataces. Podía yo transitar por donde quisiera y ellos debían facilitarme lo necesario. Mis facultades me autorizaban para escoger hasta treinta hombres
y tomarlos de las cuadrillas que me placieran, en cualquier tiempo. En vez de dirigirme hacia el Caquetá,
resolví desviarme por la hoya del Putumayo. Un vigilante de las estradas del caño Eré, a quien llamaban "El
Pantero", por sobrenombre, me puso preso y envió en
consulta el salvoconducto. La respuesta fue favorable,
pero me reformaron la atribución: en ningún caso podía
escoger a Luciano Silva.

»La citada orden echó por tierra mis planes, porque
yo buscaba a mi hijo para llevármelo. Muchas veces, al
sentir el estruendo de los cauchales derribados por las
peonadas, pensaba que mi chicuelo andaría con ellas y
que podía aplastarlo alguna rama. Por entonces se trabajaba el caucho negro tanto como el "siringa", llamado
"goma borracha" por los brasileños; para sacar éste, se
hacen incisiones en la corteza, se recoge la leche en
petaquillas y se cuaja al humo; la extracción de aquél
exigía tumbar el árbol, hacerle lacraduras de cuarta en
cuarta, recoger el jugo y depositarlo en hoyos ventila-

dos, donde lentamente se coagulaba. Por eso era tan fácil que los ladrones lo traspusieran.

»Cierto día sorprendí a un peón tapando su depósito con tierra y hojas. Circulaba ya la falsa especie de que yo ejercía fiscalización por cuenta del amo, leyenda que me puso en grandes peligros porque me granjeó muchas odiosidades. El sorprendido cogió el machete para destroncarme, pero yo le tendí mi winchester, advirtiéndole: Te voy a probar que no soy espía. No contaré nada. Pero si mi silencio te hace algún bien, dime dónde está Luciano Silva.

»—¡Ah!... ¿Silvita?... ¿Silvita?... Trabaja en Capalurco, sobre el río Napo, con la peonada de Juan Muñeiro.

»Esa misma tarde principié a picar la trocha que va desde el caño Eré hasta el Tamboriaco. En esa travesía gasté seis meses: tuve que comer yuca silvestre, a falta de mañoco. ¡Qué tan grande sería mi extenuación, cuando decidí descansar un tiempo, en el abandono y la soledad!

»En el Tamboriaco encontré peones de la cuadrilla que residía en un lugar llamado "El Pensamiento". El capataz me invitó a remontar el caño, so pretexto de que visitara el barracón, donde me daría víveres y curiara. Esa noche, apenas quedamos solos, me preguntó:

»—¿Y qué dicen los empresarios contra Muñeiro? ¿Lo perseguirán?

»—Acaso Muñeiro...

»—Se fugó con peones y caucho, hace cinco meses. ¡Noventa quintales y trece hombres!

»—¡Cómo! ¡Cómo! ¿Pero es posible?

»—Trabajaron últimamente cerca de la laguna de Cuyabeno, volvieron a Capalurco, se escurrieron por el Napo, saldrían al Amazonas, y estarán en el extranjero. Muñeiro me había propuesto que tiráramos esa parada; pero yo tuve mi recelillo, porque está de moda entre los sagaces picurearse con los caucheros, prometiéndoles realizar la goma que llevan, prorratearles el valor y dejarlos libres. Con esta ilusión se los cargan para otros ríos y se los venden a nuevos patrones. ¡Y ese Muñeiro es tan faramallero! Y como hay un resguardo en la boca del río Mazán...

»Al oír esta declaración me descoyunté. El resto de mi vida estaba de sobra. Un consuelo triste me reconfortó: con tal que mi hijo residiera en país extraño, yo, para los días que me quedaban, arrastraría gustoso la esclavitud en mi propia patria.

»—Pero, prosiguió mi interlocutor, también se rumora que ese personal no se ha picureado. Piensan que usted lo llevó consigo a no sé qué punto.

»—¡Si ni siquiera he visto el río Napo!

»—Eso es lo curioso. Usted sabe muy bien que una cuadrilla cela a la otra y que hay obligación de contarle al dueño común lo bueno y lo malo. Envié posta al Encanto con este aviso: "Muñeiro no parece". Me contestaron que averiguara si usted se lo había llevado con su gente para el Caquetá, y que, en todo caso, por precaución, remitiera preso a Luciano Silva. A usted lo esperan hace tiempos y varias comisiones lo andan buscando. Yo le aconsejaría que se volviera a poner en claro estas cosas. Dígales allá que no tengo víveres y que mi personal está muriéndose de calenturas.

»Quince días más tarde regresé al Encanto, a darme preso. Ocho meses antes había salido a la exploración. Aunque aseveré haber descubierto caños de mucha goma y ser inocente de la fuga de Juan Muñeiro y su grupo, me decretaron una novena de veinte azotes por día y sobre las heridas y desgarrones me rociaban sal. A la quinta flagelación no podía levantarme; pero me arrastraban en una estera sobre un hormiguero de "congas", y tenía que salir corriendo. Esto divirtió de lo lindo a mis victimarios.

»De nuevo volví a ser el cauchero Clemente Silva, decrépito y lamentable.

»Sobre mis esperanzas pasaron los tiempos.

»Lucianito debía tener diecinueve años.»

«Por esa época hubo para mi vida un suceso trascendental: un señor francés, a quien llamábamos el "mosiú", llegó a las caucherías como explorador y naturalista. Al principio se susurró en los barracones que venía por cuenta de un gran museo y de no sé qué sociedad geográfica; luego se dijo que los amos de los gomales le costeaban la expedición.

Y así sería, porque Larrañaga le entregó víveres y peones. Como yo era el rumbero de mayor pericia, me retiraron de la tropa trabajadora en el río Cahuinarí para que lo guiara por donde él quisiera.

»Al través de las espesuras iba mi machete abriendo la trocha, y detrás de mí desfilaba el sabio con sus cargueros, observando plantas, insectos, resinas. De noche, en playones solemnes, apuntaba a los cielos su teodolito y se ponía a coger estrellas, mientras que yo, cerca del aparato, le iluminaba el lente con un foco eléctrico. En lengua enrevesada solía decirme:

»—Mañana te orientarás en la dirección de aquellos luceros. Fíjate bien de qué lado brillan y recuerda que el sol sale por aquí.

»Y yo le respondía regocijado:

»—Desde ayer hice el cálculo de ese rumbo, por puro instinto.

»El francés, aunque reservado, era bondadoso. Es cierto que el idioma le oponía complicaciones; pero conmigo se mostró siempre afable y cordial. Admirábase de verme pisar el monte con pies descalzos, y me dio botas; dolíase de que las plagas me persiguieran, de que las fiebres me achajuanaran, y me puso inyecciones de varias clases, sin olvidarse nunca de dejarme en su vaso un sorbo de vino y consolar mis noches con algún cigarro.

»Hasta entonces parecía no haberse enterado de la condición esclava de los caucheros. ¿Cómo pensar que nos apalearan, nos persiguieran, nos mutilaran aquellos señores de servil ceño y melosa charla que salieron a recibirlo en La Chorrera y en El Encanto? Mas cierto día que vagábamos en una vega del Yacuruma, por donde pasa un viejo camino que une barracones abandonados en la soledad de esas montañas, se detuvo el francés a mirar un árbol. Acerquéme por alistarle, según costumbre, la cámara fotográfica y esperar órdenes. El árbol castrado antiguamente por los gomeros, era un "siringo" enorme, cuya corteza quedó llena de cicatrices, gruesas, protuberantes, tumefactas, como lobanillos apretujados.

»—¿El señor desea tomar alguna fotografía?, le pregunté.

»—Sí. Estoy observando unos jeroglíficos.

»—¿Serán amenazas puestas por los caucheros?

»Evidentemente: aquí hay algo como una cruz.

»Me acerqué congojoso, reconociendo mi obra de antaño, desfigurada por los repliegues de la corteza: *"Aquí estuvo Clemente Silva"*. Del otro lado, las palabras de Lucianito: *"Adiós, adiós..."*.

»—¡Ay, mosiú, murmuré, esto lo hice yo!

»Y, apoyado en el tronco, me puse a llorar.»

«Desde aquel instante tuve, por vez primera, un amigo y un protector. Compadecióse el sabio de mis desgracias y ofreció libertarme de mis patrones, comprando mi cuenta y la de mi hijo, si aún era esclavo. Le referí la vida horrible de los caucheros, le enumeré los tormentos que soportábamos, y, porque no dudara, lo convencí objetivamente:

»—Señor, diga si mi espalda ha sufrido menos que ese árbol.

»Y levantándome la camisa, le enseñé mis carnes laceradas.

»Momentos después, el árbol y yo perpetuamos en la Kodak nuestras heridas, que vertieron para igual amo distintos jugos: siringa y sangre.

»De allí en adelante, el lente fotográfico se dio a funcionar entre las peonadas, reproduciendo fases de la tortura, sin tregua ni disimulo, abochornando a los capataces, aunque mis advertencias no cesaban de predicarle al naturalista el grave peligro de que mis amos lo supieran. El sabio seguía impertérrito, fotografiando mutilaciones y cicatrices. ''Estos crímenes, que avergüenzan a la especie humana —solía decirme— deben ser conocidos en todo el mundo para que los gobiernos se apresuren a remediarlos''. Envió notas a Londres, París y Lima, acompañando vistas de sus denuncios, y pasaron tiempos sin que se notara ningún remedio. Entonces decidió quejarse a los empresarios, adujo documentos y me envió con cartas a La Chorrera.

»Sólo Barchilón se encontraba allí. Apenas leyó el abultado pliego, hizo que me llevaran a su oficina.

»—¿Dónde conseguiste botas de ''soche''?, gruñó al mirarme.

»—El mosiú me las dio con este vestido.

»—¿Y dónde ha quedado ese vagabundo?

»—Entre el caño Campuya y Lagarto-cocha, afirmé mintiendo. Poco más o menos a treinta días.

»—¿Por qué pretende ese aventurero ponerle pauta a nuestro negocio? ¿Quién le otorgó permiso para darlas de retratistas? ¿Por qué diablos vive alzaprimándome los peones?

»—Lo ignoro, señor. Casi no habla con nadie y cuando lo hace, poco se le entiende...

»—¿Y por qué nos propone que te vendamos?

»—Cosas de él...

»El furioso judío salió a la puerta y examinaba contra la luz algunas postales de la Kodak.

»—¡Miserable! ¿Este espinazo no es el tuyo?

»—¡No señor, no señor!

»—¡Pélate medio cuerpo, inmediatamente!

»Y me arrancó a tirones, blusa y franela. Tal temblor me agitaba, que, por fortuna, la confrontación resultó imposible. El hombre requirió la pluma de su escritorio, y, tirándomela de lejos, me la clavó en el homóplato. Todo el cuadril se me tiñó de rojo.

»—Puerco, quita de aquí, que me ensangrientas el entablado.

»Me precipitó contra la baranda y tocó un silbato. Un capataz, a quien le decíamos ''El Culebrón'', acudió solícito. Me preguntaron sobre mil cosas y las contesté equivocadamente. El amo ordenó al entrar:

»—Ajústale las botas con un par de grillos, porque de seguro, le quedan grandes.

»Así se hizo.

»El Culebrón se puso en marcha con cuatro hombres, a llevar la respuesta, según se decía.

»¡El infeliz francés no salió jamás!»

«El año siguiente fue para los caucheros muy fecundo en expectativas. No sé cómo, empezó a circular subrepticiamente en gomales y barracones un ejemplar del diario ''La Felpa'', que dirigía en Iquitos el periodista Saldaña Roca. Sus columnas clamaban contra los crímenes que se cometían en el Putumayo y pedían justicia para nosotros. Recuerdo que la hoja estaba maltrecha, a fuerza de ser leída, y que en el siringal del caño Algodón, la remendamos con caucho tibio, para que pudiera viajar de estrada en estrada, oculta entre un cilindro de bambú, que parecía cabo de hachuela.

»A pesar de nuestro recato, un gomero del Ecuador a quien llamábamos ''El Presbítero'', le sopló al vigilante lo que ocurría, y sorprendieron cierta mañana, entre unos palmares de ''chiquichiqui'', a un lector descuidado y a sus oyentes, tan distraídos en la lectura, que no se dieron cuenta del nuevo público que tenían. Al lector le cosieron los párpados con fibras de ''cumare'' y a los demás les echaron en los oídos cera caliente.

»El capataz decidió regresar al Encanto para mostrar la hoja; y como no tenía curiara, me ordenó que lo condujera por entre el monte. Una nueva sorpresa me esperaba: había llegado un Visitador y en la propia casa recibía declaraciones.

»Al darle mi nombre, comenzó a filiarme y en presencia de todos me preguntó: ¿usted quiere seguir trabajando aquí?

»Aunque he tenido la desgracia de ser tímido, alarmé a la gente con mi respuesta:

»—¡No señor, no señor!

»El letrado acentuó con voz enérgica:

»—Puede marcharse cuando le plazca, por orden mía. ¿Cuáles son sus señales particulares?

»—Estas, afirmé desnudando mi espalda.

»El público estaba pálido. El Visitador me acercaba sus espejuelos. Sin preguntarme nada, repitió:

»—¡Puede marcharse mañana mismo!

»Y mis amos dijeron sumisamente:

»—¡Señor Visitador, mande Su Señoría!

»Uno de ellos, con el desparpajo de quien recita un discurso aprendido, agregó ante el funcionario:

»—Curiosas cicatrices las de este hombre, ¿verdad? ¡Tiene tantos secretos la botánica, particularmente en estas regiones! No sé si Su Señoría habrá oído hablar de un árbol maligno, llamado "mariquita", por los gomeros. El sabio francés, a petición nuestra, se interesó por estudiarlo. Dicho árbol, a semejanza de las mujeres de mal vivir, brinda una sombra perfumada; ¡mas ay! del que no resista a la tentación; su cuerpo sale de allí veteado de rojo, con una comezón desesperante, y van apareciendo lamparones que se supuran y luego cicatrizan arrugando la piel. Como este pobre viejo que está presente, muchos siringueros han sucumbido a la inexperiencia.

»—Señor..., iba a insinuar; pero el hombre siguió tan cínico:

»—¿Y quién creerá que este insignificante detalle le origina complicaciones a la empresa? Tiene tantas rémoras este negocio, exige tal patriotismo y perseverancia, que si el gobierno nos desatiende quedarán sin soberanía estos grandes bosques, dentro del propio límite de la patria. Pues bien: ya Su Señoría nos hizo el honor de averiguar en cada cuadrilla cuáles son las violencias, los azotes, los suplicios a que sometemos las peonadas, según el decir de nuestros vecinos, envidiosos y despechados, que buscan mil maneras de impedir que nuestra nación recupere sus territorios y que haya peruanos en estas lindes, para cuyo intento no faltan nunca ciertos escritorcillos asalariados.

»Ahora retrocedo al tema inicial: La empresa abre sus brazos a quien necesite de recursos y quiera enaltecerse mediante el esfuerzo. Aquí hay trabajadores de muchos lugares, buenos, malos, díscolos, perezosos. Disparidad de caracteres y de costumbres, indisciplina, amoralidad, todo eso ha encontrado en la mariquita un cómplice cómodo; porque algunos —principalmente los colombianos— cuando riñen y se golpean o padecen "el mal del árbol", se vengan de la empresa que los corrige, desacreditando a los vigilantes, a quienes achacan toda lesión, toda cicatriz, desde las picaduras de los mosquitos hasta la más parva rasguñadura.

»Así dijo, y volviéndose a los del grupo, les preguntó:

»—¿Es verdad que en estas regiones abunda la mariquita? ¿Es cierto que produce pústulas y nacidos?

»Y todos respondieron con grito unánime:

»—¡Sí señor, sí señor!

»—Afortunadamente, agregó el bellaco, el Perú atenderá nuestra iniciativa patriótica: le hemos pedido a la autoridad que nos militarice las cuadrillas, mediante la dirección de oficiales y sargentos, a quienes pagaremos con mano pródiga su permanencia en estos confines, con tal que sirvan a un mismo tiempo de fiscales para la empresa y de vigilantes en las estradas. De esta suerte el Gobierno tendrá soldados, los trabajadores garantías innegables y los empresarios estímulo, protección y paz.

»El Visitador hizo un signo de complacencia.»

«Un abuelo, Balbino Jácome, nativo de Garzón, a quien se le secó la pierna derecha por la mordedura de una tarántula, fue a visitarme al anochecer; y recostando sus muletas bajo el alero de la barraca donde mi chinchorro pendía, dijo quedo:

»—Paisano, cuando pise tierra cristiana pague una misa por mi intención.

»—¿En premio de que confirma las desvergüenzas de los empresarios?

»—No. En memoria de la esperanza que hemos perdido.

»—Sepa y entienda, le repuse, que usted no debe valerse de mi persona. Usted ha sido el más abyecto de los "lambones", el favorito de Juancho Vega, a quien superó en renegar de nuestro país y en desacreditar a los colombianos.

»—Sin embargo, replicó, mis compatriotas algo me deben. Pues que usted se va, puedo hablarle claro: he tenido la diplomacia de enamorar a los enemigos, aparentando esgrimir el rebenque para que hubiera un verdugo menos. He desempeñado el puesto de espía porque no pusieran a otros, de verdaderas capacidades. No hice más que amoldarme al medio y jugar al tute escogiendo las cartas. ¿Que era necesario atajar un chisme? Yo lo sabía y lo tergiversaba. ¿Que a un tal lo maltrataron en la cuadrilla? Aplaudía el maltratamiento, ya inevitable, y luego me vengaba del esbirro. ¿Por qué los vigilantes me miman tanto? Porque soy el hombre de las influencias y de la confianza. Oye, le digo a uno: Los amos han sabido cierta cosita... Y éste se me postra, prorrumpiendo en explicaciones. Entonces consigo lo que nadie obtendría: ¡No me les pegues a mis paisanos; si aprietas allá, te remacho aquí!

»De esta manera practico el bien, sin escrúpulos, sin gloria, y con sacrificios que nadie agradece. Siendo una escoria andante, hago lo que puedo como buen patriota, disfrazado de mercenario. Usted mismo se irá muy pronto, odiándome, maldiciéndome, y al pisar su valle, fértil como el mío, sentirá alegría de que yo sufra en tierra de salvajes la expiación de pecados que son virtudes.

»Confiéselo, paisano: ¿cuando su viaje al Caquetá no le rogué que se picureara? ¿No le pinté, para decidirlo, el caso de Julio Sánchez, que en una canoa se fugó con la esposa encinta, por toda la vena del Putumayo, sin sal ni fuego, perseguido por lanchas y guarniciones, guareciéndose en los rebalses, remontando tan sólo en noches oscuras, y en tan largo tiempo, que al salir a Mocoa la mujer penetró en la iglesia llevando de la mano a su muchachito, nacido en la curiara?

»Mas usted despreció muchas facilidades. ¡Si yo las hubiera tenido, si no me maneara esta invalidez! Cuantos se fugan, por consejos míos, me prometieron venir por mí y llevarme en hombros; pero se largan sin avisarme, y si los prenden, cargo la culpa, y vienen a decir que fui su cómplice, por lo cual tengo que exigir que les echen palo, para recuperar así mi influencia mermada. ¿Quién le rogó al francés que pidiera de rumbero a Clemente Silva? ¿Qué mejor coyuntura para un picure? ¡Y usted, lejos de agradecer mis sugestiones, me trató mal! Y en vez de impedir que el sabio se metiera en tantos peligros, lo dejó solo, y tuvo la ocurrencia de venir con esas cartas donde el patrón, para que sucediera lo que ha sucedido. ¡A ahora quiere que me ponga a contradecir lo que dicen los amos, cuando nos ha perdido el Visitador!

»—Hola, paisano, explíqueme eso!

»—No, porque nos oyen en la cocina. Si quiere, más tardecito nos vemos en la curiara, con el pretexto de pescar.

»Así lo hicimos.»

«En el puerto había diversas embarcaciones. Mi compañero se detuvo a hablar con un boga que dormía a bordo de una gran lancha. Ya me impacientaba la demora cuando oí que se despidieron. El marinero prendió el motor y encendióse la luz eléctrica. Sobre la bombilla de mayor volumen comenzó a zumbar el ventilador.

»Entonces, por un tablón que servía de puente, pasaron a la barca varias personas, de vestidos almidonados, y entre ellas una dama llena de joyas, y arandelas, que se reía con risa de rico. Mi compañero se me acercó. "Mire, dijo en voz baja, los señores amos están de té. Esa hermosura a quien le da la mano Su Señoría es la madona Zoraida Ayram."

»Nos metimos en la curiara, y, a poco de bogar, la amarramos en un remanso, desde donde veíamos luces de focos reflejadas en la corriente. Balbino Jácome dio principio a su exposición:

»"Según me contaba Juanchito Vega, las cartas que el sabio mandó al exterior produjeron alarmas muy graves. A esto se agrega que el francés desapareció, como desaparecen aquí los hombres. Pero Arana vive en Iquitos y su dinero está en todas partes. Hace como seis meses empezó a mandar los periódicos enemigos para que la empresa los conociera y tomar con tiempo precauciones.

»Al principio, ni siquiera me los mostraban; después me preguntaron si podían contar conmigo y me gratificaron con la administración de la pulpería.

»Cierta vez que los empresarios se trasladaron a La Chorrera, unos cuadrilleros pidieron quinina y pólvora. Como bien conozco qué capataces no deletrean, hice paquetes en esos periódicos y los despaché a los barracones y a los siringales, por si algún día, al quedar por ahí volteando, daban con un lector que los aprovechara.

»—Paisano, exclamé, ahora sí le creo. Entre nosotros circuló uno. ¡Por causa de él vine a dar aquí, a encontrar salvación! ¡Gracias a usted! ¡Gracias a usted!

»—No se alegre, paisano: ¡Estamos perdidos!

»—¿Por qué? ¿Por qué?

»—¡Por la venida de este maldito Visitador! ¡Por este Visitador que al fin no hizo nada! Mire usted: quitaron el cepo, el día que llegó, y pusiéronselo de puente al desembarcar, sin que se le ocurriera reparar en los agujeros que tiene, o en las manchas de sangre que lo vetean; fuimos al patio, al lugar donde estuvo puesta esa máquina de tormento, y no advirtió los trillados que dejaron los prisioneros al debatirse, pidiendo agua, pidiendo sombra. Por burlarse de él, olvidaron en la baranda un rebenque de seis puntas, y preguntó el muy simple si estaba hecho de verga de toro. Y Macedo, con gran descaro, le dijo riéndose: "Su Señoría es hombre sagaz. Quiere saber si comemos carne vacuna. Evidentemente, aunque el ganado cuesta carísimo, en aquel botalón apegamos las 'resecitas'."

»—Me consta, le argüí, que el Visitador es hombre enérgico.

»—Pero sin malicia ni observación. Es como un toro ciego que sólo le embiste al que le haga ruido. ¡Y aquí nadie se atreve a hablar! Aquí ya estaba todo muy bien arreglado y las cuadrillas reorganizadas: a los peones descontentos o resentidos los concentraron quién sabe en dónde, y los indios que no entienden el español ocuparon los caños próximos. Las visitas del funcionario se limitaron a reconocer algunas cuadrillas, de las ciento y tantas que trabajan en estos ríos y en muchos otros inexplorados, de suerte que en recorrerlas e interrogarlas nadie gastaría menos de cinco meses. Aún no hace una semana que llegó el Visitador y ya está de vuelta.

»Su Señoría se contentará con decir que estuvo en la calumniada selva del crimen, les habló de *habeas corpus* a los gomeros, oyó sus quejas, impuso su autoridad y los dejó en condiciones inmejorables, facultados para el regreso al hogar lejano. Y de aquí en adelante nadie prestará crédito a las torturas y a las expoliaciones, y sucumbiremos irredentos, porque el informe que presente Su Señoría será respuesta obligada a todo reclamo, si quedan personas cándidas que se atrevan a insistir sobre asuntos ya desmentidos oficialmente.

»Paisano, no se sorprenda al escucharme estos razonamientos, en los cuales no tengo parte. Es que se los he oído a los empresarios. Ellos temblaron ante la idea de salir de aquí con la soga al cuello; y hoy se ríen del temor pretérito porque aseguraron el porvenir. Cuando el Visitador se movía para tal caño, en ejercicio de sus funciones, quedábamos en casa sin más distracción que la de apostar a que no pasarían de tres los gomeros que se atrevieran a dar denuncios, y a que Su Señoría tendría para todos idéntica frase: "Usted puede irse cuando le plazca".

»—Paisano, ¡si estamos libres! ¡Si nos han dado libertad!

»—No, compañero, ni se lo sueñe. Quizás algunos podrían marcharse, pero pagando, y no tienen medios. No saben el por dónde, el cómo, ni el cuándo. "Mañana mismo." ¡Ese es un adverbio que suena bien! ¿Y el saldo y la embarcación, y el camino y las guarniciones? Salir de aquí por quedar allá, no es negocio que pague los gastos, muy menos hoy que los intereses sólo se abonan a látigo y sangre.

»—¡Yo me olvidaba de esa verdad! ¡Me voy a hablarle al Visitador!

»—¡Cómo! ¿A interrumpir sus coloquios con la madona?

»—¡A pedirle que me lleve de cualquier modo!

»—No se afane, que mañana será otro día. El boga con quien hablé al venir aquí, dañará el motor de la lancha esta misma noche y durará el daño hasta que yo quiera. Para eso está en mis manos la pulpería. Ya ve que los lambones de algo servimos.

»—¡Perdéneme, perdóneme! ¿Qué debo hacer?

»—Lo que manda Dios: confiar y esperar. ¡Y lo que yo mando: seguir oyendo!

»Sin hacer caso de mi angustia, Balbino Jácome prosiguió:

»—Su Señoría no se lleva ni un solo preso, aunque se le hubieran dado algunitos, por peligrosos; no a los que matan o a los que hieren, sino a los que roban. Pero el Visitador no pudo hacer más. Antes que llegara, fueron espías a las barracas a secretear el chisme de que la empresa quería cerciorarse de cuáles eran los servidores de mala índole, para ahorcarlos a todos, con cuyo fin les tomaría declaraciones cierto socio extranjero, que se haría pasar por Juez de Instrucción. Esta medida tuvo un éxito completísimo: Su Señoría halló

por doquiera gentes felices y agradecidas, que nunca
oyeron decir de asesinatos ni de vejámenes.

»Mas el crimen perpetuo no está en las selvas, sino
en dos libros: en el Diario y en el Mayor. Si Su Señoría
los conociera, encontraría más lectura en el DEBE que
en el HABER, ya que a muchos hombres se les lleva la
cuenta por simple cálculo, según lo que informan los
capataces. Con todo, hallaría datos inicuos: peones que
entregan kilos de goma a cinco centavos y reciben fra-
nelas a veinte pesos; indios que trabajan hace seis años,
y aparecen debiendo aún el mañoco del primer mes;
niños que heredan deudas enormes, procedentes del
padre que les mataron, de la madre que les forzaron,
hasta de las hermanas que les violaron, y que no cu-
brirían en toda su vida, porque cuando conozcan la
pubertad, los solos gastos de su niñez les darán medio
siglo de esclavitud.

»Mi compañero hizo una pausa, mientras me ofrecía
su tabaquera. Yo, aunque consternado por tanta igno-
minia, quise defender al Visitador:

»—Probablemente Su Señoría no tendrá orden judicial
para ver esos libros.

»—Aunque la tuviera. Están bien guardados.

»—¿Y será posible que Su Señoría no lleve pruebas de
tantos atropellos que fueron públicos? ¿Se estará haciendo el disimulado?

»—Aunque así fuera. ¿Qué ganaríamos con la evidencia de que fulano mató a zutano, robó a mengano,
hirió a Perensejo? Eso, como dice Juanchito Vega, pasa
en Iquitos y en donde quiera que existan hombres: cuanto más aquí en una selva sin policía ni autoridades.
Líbrenos Dios de que se compruebe crimen alguno,
porque los patrones lograrían realizar su mayor deseo:
la creación de Alcaldías y de Panópticos, o mejor, la
iniquidad dirigida por ellos mismos. Recuerde usted que
aspiran a militarizar a los trabajadores, a tiempo que en
Colombia pasan cosillas reveladoras de algo muy grave,
de subterránea complicidad, según frase de Larrañaga.

¿Los colonos colombianos no están vendiendo a esta empresa sus fundaciones, forzados por falta de garantías? Ahí están Calderón, Hipólito Pérez y muchos otros, que reciben lo que les dan, creyéndose bien pagados con no perderlo todo y poder escurrir el bulto. ¿Y Arana, que es el despojador, no sigue siendo prácticamente Cónsul nuestro en Iquitos? ¿Y el Presidente de la República no dizque envió al general Velazco a licenciar tropas y resguardos en el Putumayo y en el Caquetá, como respuesta muda a la demanda de protección que los colonizadores de nuestros ríos le hacían a diario? ¡Paisano, paisanito, estamos perdidos! ¡Y el Putumayo y el Caquetá se pierden también!

»Oigame este consejo: ¡no diga nada! Dicen que el que habla yerra, pero el que hable de estos secretos errará más. Vaya, predíquelos en Lima o en Bogotá, si quiere que lo tengan por mendaz y calumniador. Si le preguntan por el francés, diga que la empresa lo envió a explorar lo desconocido; si le averiguan la especie aquella de que "El Culebrón" mostró cierto día el reloj del sabio, adviértales que eso fue con ocasión de una borrachera, y que por siempre está durmiéndola. Al que lo interrogue por "El Chispita", respóndale que era un capataz bastante ilustrado en lenguas nativas: yeral, carijona, huitoto, muinane; y si usted, por adobar la conversación, tiene que referir algún episodio, no cuente que esa paloma les robaba los guayucos a los indígenas para tener pretexto de castigarlos por inmorales, ni que los obligaba a enterrar la goma, sólo por esperar a que llegara el amo y descubrirle ocasionalmente los escondites, con lo cual sostenía su fama de adivino honrado y vivaz; hable de sus uñazas, afiladas como lancetas, que podían matar al indio más fuerte con imperceptible rasguñaduras, no por ser mágicas ni enconosas sino por el veneno de "curare" que las teñía.

»—¡Paisano, exclamé: usted me habla de Lima y de Bogotá, como si estuviera seguro de que puedo salir de aquí!

»—Sí señor. Tengo quien lo compre y quien se lo lleve: ¡la madona Zoraida Ayram!

»—¿De veras? ¿De veras?

»—Como ser de noche. Esta mañana cuando Su Señoría lo mandó llamar para interrogarlo, la madona lo veía desde la baranda, con el binóculo: y cuando usted declaró en alta voz que no quería trabajar más, ella pareció muy complacida por tal insolencia. ¿Quién es, me preguntó, ese viejo tan arriesgado? Y yo respondí: nada menos que el hombre que le conviene: es el rumbero llamado "El Brújulo", a quien le recomiendo como letrado, ducho en números y facturas, perito en tratos de goma, conocedor de barracas y de siringales, avispado en lances de contrabando, buen mercader, buen boga, buen pendolista, a quien su hermosura puede adquirir por muy poca cosa. Si lo hubiera tenido cuando el asunto de Juan Muñeiro, no me contaría complicaciones.

»—¿Asunto de Juan Muñeiro? ¿Complicaciones?

»—Sí, descuidillos que pasaron ya. La madona les compró el caucho a los picures de Capalurco, y en Iquitos querían decomisárselo. Pero ella triunfó. ¡Para eso es hermosa! Les habían prohibido a las guarniciones que la dejaran subir estos ríos, y ya ve usted que el Visitador le compuso todo, y hasta de balde. Sin embargo: la mujer cuando da, pide; y el hombre pide cuando da.

»—¡Compañero, la madona tendrá noticias de Lucianito! ¡Voy a hablar con ella! ¡Aunque no me compre!

»Veinte días después estaba en Iquitos.»

«La lancha de la madona remolcaba un bongo de cien quintales, en cuya popa gobernaba yo la "espadilla", sufriendo sol. Frecuentemente atracábamos en bohíos del Amazonas, para realizar la corotería aunque fuera permutándola por productos de la región, "jebe", castañas, "pirarucú", ya que hasta entonces la agricultura no había conocido adictos en tan dilatados territorios. Doña Zoraida misma pactaba las permutas con los "colonos", y era tal su labia de mercachifle, que siempre al reembarcarse tuvo el placer de verme inscribir en el Diario las cicateras utilidades obtenidas.

»No tardé en convencerme de que mi ama era de carácter insoportable, tan atrabiliaria como un canónigo. Negóse a creerme que era el padre de Lucianito, habló despectivamente de Muñeiro, y a fuerza de humillaciones pude saber que los prófugos, tras de engañarla con un siringa, que "era robado y de ínfima clase", burlaron las guarniciones del Amazonas y remontaron el Caquetá hasta la confluencia del Apoporis, por donde subieron en busca del río Taraira, que tiene una trocha para el Vaupés, a cuyas márgenes fue a buscarlos para que la indemnizaran de los perjuicios, sin lograr más que decepciones y hasta calumnias contra su decoro de mujer virgen, pues hubo deslenguados que se atrevieron a inventar un drama de amor.

»—¡No olvides, viejo, gritóme un día, tu vil condición de criado mendigo! No tolero que me interrogues familiarmente sobre puntos que apenas serían pasables en conversaciones de camaradas. Basta de preguntarme si Lucianito es mozo apuesto, si tiene bozo, buena salud y modales nobles. ¿Qué me importan a mí semejantes cosas? ¿Ando tras los hombres para inventariarles sus lindas caras? ¿Está mi negocio en preferir los clientes gallardos? ¡Sigue, pues, de atrevido y necio y venderé tu cuenta a quien me la compre!

»—¡Madona, no me trate así, que ya no estamos en los siringales! ¡Harto estoy de sufrir por hijos ingratos! ¡Ocho años llevo de buscar al que se me vino, y él, quizá, mientras yo lo anhelo, nunca habrá pensado en hallarme a mí! ¡El dolor de esta idea es suficiente para abreviar mi pesadumbre, porque soy capaz, en cualquier instante, de soltar el timón del bongo y lanzarme al agua! ¡Sólo quiero saber si Luciano ignora que lo busco; si topaba mis señas en los troncos y en los caminos; si se acordaba de su mamá!

»—¡Ay, arrojarte al agua! ¡Arrojarte al agua! ¿Será

posible? ¿Y mis dos mil soles? ¿Mis dos mil soles?
¿Quién me paga mis dos mil soles?

»—¿Ya no tengo derecho ni a morir?

»—¡Eso sería un fraude!

»—¿Pero cree usted que mi cuenta es justa? ¿Quién
no cubre en ocho años de labor continua lo que se
come? ¿Estos harapos que envilecen mi cuerpo no están gritando la miseria en que viví siempre?

»—Y el robo de tu hijo...

»—¡Mi hijo no roba! ¡Aunque haya crecido entre ban-
doleros! No lo confunda con los demás. ¡El no le ha
vendido caucho ninguno! Usted hizo el trato con Juan
Muñeiro, recibió la goma y se la debe en parte. ¡He
revisado ya los libros!

»—¡Ay, este hombre es espía! ¡Me engañaron los de
El Encanto! ¡Traición del viejo Balbino Jácome! ¡Pero
de mí no te burlarás! ¡Cuando desembarquemos, te
haré prender!

»—¡Sí, que me entreguen al juez, Valcárcel para quien
llevo graves revelaciones!

»—¡Alá! ¿Piensas meterme en nuevos embrollos?

»—¡Pierda cuidado! No seré delator cuando he sido
víctima.

»—Yo arreglo eso. ¡Me echarás encima el odio de
Arana!

»—No mentaré lo de Juan Muñeiro.

»—¡Vas a crearte enemigos muy poderosos! ¡En Manaos te dejaré libre! ¡Irás al Vaupés y abrazarás a Luciano Silva, a tu hijo querido, quien de seguro anda
buscándote!

»—No desistiré de hablar con mi Cónsul. ¡Colombia
necesita de mis secretos! ¡Aunque muriera inmediatamente! ¡Ahí le queda mi hijo para luchar!

»Horas después, desembarcamos.»

«El altercado con la madona me enalteció. A las últimas frases, me troqué en amo, temido por mi dueña,
mirado con respeto por la servidumbre de lancha y

de bongo. El motorista y el timonel, que en días anteriores me obligaban a lavar sus ropas, no sabían qué hacer con el "señor Silva". Al saltar a tierra, uno de ellos, me ofreció cigarrillos, mientras que el otro me alargaba la yesca de su eslabón, sombrero en mano.

»—¡Señor Silva, usted nos ha vengado de muchas afrentas!

»La mestiza de Parintins, camarera de la madona, pidió a los hombres, desde la lancha, que descorrieran las cortinas de a bordo.

»—Pronto, que la señora tiene cefálicos. Ya se ha tomado dos aspirinas. ¡Es urgente guindarle la hamaca!

»Mientras los marineros obedecían, medité mis planes: ir al Consulado de mi país, exigirle al Cónsul que me asesorara en la Prefectura o en el Juzgado, denunciar los crímenes de la selva, referir cuanto me constaba sobre la expedición del sabio francés, solicitar mi repatriación, la libertad de los caucheros esclavizados, la revisión de libros y cuentas en La Chorrera y en El Encanto, la redención de miles de indígenas, el amparo de los colonos, el libre comercio en caños y ríos. Todo, después de haber conseguido la orden de amparo a mi autoridad de padre legítimo, sobre mi hijo menor de edad, para llevármelo, aun por la fuerza, de cualquier cuadrilla, barraca o monte.

»La camarera se me acercó:

»—Señor Silva, nuestra señora ruega a usted que ordene sacar del bongo lo que allí venga, y que haga en la Aduana las gestiones indispensables, como cosa propia, por ser usted el hombre de confianza.

»—Dígale que me voy para el Consulado.

»—¡Pobrecita, cómo ha llorado al pensar en "Lú"!

»—¿Quién es ese "Lú"?

»—Lucianito. Así le decía cuando anduvieron juntos en el Vaupés.

»—¡Juntos!

»—¡Sí, señor, como beso y boca. Era muy generoso, le conseguía lotes de caucho. La que tiene detalles ciertos es mi hermana mayor, que actualmente está en el Río Negro, como querida de un capataz del turco Pezil, y fue primero que yo camarera de la madona.

»Al escuchar esta confidencia temblé de amargura y resentimiento. Volví el rostro hacia la ciudad, disimulando mi indignación. Ignoro en qué momento me puse en marcha. Atravesé corrillos de marineros, filas de cargadores, grupos del resguardo. Un hombre me detuvo para que le mostrara el pasaporte. Otro me preguntó de dónde venía, y si en mi canoa quedaban legumbres para vender. No sé cómo recorrí calles, suburbios, atracaderos. En una plaza me detuve frente a un portón que tenía un escudo. Llamé.

»—¿El Cónsul de Colombia se encuentra aquí?

»—¿Qué Cónsul es ése?, preguntó una dama.

»—El de Colombia.

»—¡Ja, ja!

»En una esquina vi sobre el balcón el asta de una bandera. Entré.

»—Perdone, señor. ¿El Consulado de la República de Colombia?

»—Este no es.

»Y seguí caminando de ceca en meca, hasta la noche.

»—Caballero, le dije a un nadie: ¿dónde reside el Cónsul de Francia?

»Inmediatamente me dio las señas. La oficina estaba cerrada. En la placa de cobre leí: Horas de despacho, de nueve a once.»

«Pasada la primera nerviosidad me sentí tan acobardado, que eché de menos la salvajez de los siringales. Siquiera allá tenía "conocidos" y para mi chinchorro no faltaba un lugar; mis costumbres estaban hechas, sabía desde por la noche la tarea del día siguiente y hasta los sufrimientos me venían reglamentados. Pero en la ciudad advertí que me faltaba el hábito de las risas, del albedrío, del bienestar. Vagaba por las aceras con el temor de ser importuno, con la melancolía de ser extranjero. Me parecía que alguien iba a preguntarme por qué andaba ocioso, por qué no seguía fumigando goma, por qué había desertado de mi barraca. Donde hablaban recio, mis espaldas se estremecían; donde hallaba luces, encandilábanse mis ojos, habituados a la penumbra. La libertad me desconocía, porque no era libre: tenía un amo, el acreedor; tenía un grillo, la deuda, y me faltaban la ocupación, el techo y el pan.

»Varias veces había recorrido el pueblo, sin comprender que no era grande. Al fin, me di cata de que los edificios se repetían. En uno de ellos desocupábanse los vehículos. Adentro, aplausos y músicas. La madona bajó de un coche, en compañía de un caballero gordo, cuyos bigotes eran gruesos y retorcidos como cables. Quise volver al puerto y vi en una tienda al motorista y al timonel.

»—Señor Silva, estamos aquí porque no hay cuidado en la embarcación. Ya entregamos todo. Mañana, a las doce en punto, sale el vapor de línea que entra en el Río Negro. La madona compró pasaje. Pero los tres viajaremos en nuestra lancha. Saldremos cuando usted lo ordene. Le aconsejaríamos dejar sus secretos para Manaos. Aquí no le oyen. ¿Qué esperanzas le dio su Cónsul?

»—Ni siquiera sé dónde vive.

»—¿Podrían decirme, les preguntó el timonel a los parroquianos, si el Consulado de Colombia tiene oficina?

»—No sabemos.

»—Creo que donde Arana, Vega y Compañía, insinuó el motorista. Yo conocí de Cónsul a don Juancho Vega.

»La ventera, que lavaba las copas en un caldero, advirtió a sus clientes:

»—El latonero de la vecindad me ha contado que a su patrón lo llaman el Cónsul. Pueden indagar si alguno de ellos es colombiano.

»Yo, por honor del nombre, rechacé la burla:

»—¡Ustedes no sospechan por quién les pregunto!

»Sin embargo, al amanecer tuve el pensamiento de visitar la latonería y pasé varias veces por la acera opuesta, con actitudes de observador, mientras llegaba la hora de presentarme al Cónsul de Francia. La gente del barrio era madrugadora. No tardó en abrirse la indicada puerta. Un hombre, que tenía delantal azul, soplaba fuera del quicio, con grandes fuelles, un brasero metálico. Cuando llegué, comenzó a soldar el cuello de un alambique. En los estantes se alineaba una profusa cacharrería.

»—Señor, ¿Colombia tiene Cónsul en este pueblo?

»—Aquí vive, y ahora saldrá.

»Y salió en mangas de camisa, sorbiendo su pocillo de chocolate. El tal no era un ogro, ni muchos menos. Al verlo, aventuré mi campechanada:

»—¡Paisano, paisano! ¡Vengo a pedir mi repatriación!

»—Yo no soy de Colombia, ni me pagan sueldo. Su país no repatria a nadie. El pasaporte vale cincuenta soles.

»—Vengo del Putumayo, y esto lo compruebo con la miseria de mis "chanchiras", con las cicatrices de los azotes, con la amarillez de mi rostro enfermo. Lléveme al Juzgado a denunciar crímenes.

»—Ni soy abogado ni sé de leyes. Si no puede pagar a un procurador...

»—Tengo revelaciones sobre la exploración del sabio francés.

»—Pues que las oiga el Cónsul de Francia.

»—A un hijo mío, menor de edad, me lo secuestraron en esos ríos.

»—Eso se debe tratar en Lima. ¿Cómo se llama el hijo de usted?

»—¡Luciano Silva! ¡Luciano Silva!

»—¡Oh, oh, oh! Le aconsejo callar. El Cónsul de Francia tiene noticias. Ese apellido no le será grato. Un tal Silva fue a La Chorrera, después que el sabio desapareció, usando los vestidos de éste. La orden de cap-

tura no tardará. ¿Conoce usted al rumbero apodado El
Brújulo? ¿Cuáles van a ser sus revelaciones?

»—Versarán sobre cosas que me refirieron.

»—Las sabrá de seguro el señor Arana, quien se inte-
resa por ese asunto; pero cuénteselas usted y pídale trabajo de mi parte. El es hombre muy bueno y le ayudará.

»Porque no percibiera mi agitación, me despedí sin
darle la mano. Cuando salí a la calle, no acertaba a encontrar el puerto. El motorista y el timonel estaban a
bordo de la lancha con unos peones.

»—Vámonos, les rogué.

»—Venga conozca a tres compañeros del personal del
señor Pezil, el caballero grueso que anoche estuvo en
cine con la madona. Todos vamos para Manaos, y vamos solos porque nuestros patrones tomaron el buque.

»Al instalarnos para partir, me dijo alguno de esos
muchachos:

»—De todo corazón lo acompañamos en sus desgracias.

»—De igual manera les agradezco sus expresiones.

»—En el propio raudal de Yavaraté, contra las raíces
de un jacarandá.

»—¿Qué me dice usted?

»—Que es preciso esperar tres años para poder sacar
los huesos.

»—¿De quién? ¿De quién?

»—De su pobre hijo. ¡Lo mató un árbol!

»El trueno del motor apagó mi grito:

»—¡Vida mía! ¡Lo mató un árbol!»

Tercera parte

¡Yo he sido cauchero, yo soy cauchero! Viví entre fangosos rebalses, en la soledad de las montañas, con mi cuadrilla de hombres palúdicos, picando la corteza de unos árboles que tienen sangre blanca, como los dioses.

A mil leguas del hogar donde nací, maldije los recuerdos porque todos son tristes: ¡el de los padres, que envejecieron en la pobreza, esperando apoyo del hijo ausente; el de las hermanas, de belleza núbil, que sonríen a las decepciones, sin que la fortuna mude el ceño, sin que el hermano les lleve el oro restaurador!

¡A menudo, al clavar la hachuela en el tronco vivo sentí deseos de descargarla contra mi propia mano, que tocó las monedas sin atraparlas; mano desventurada que no produce, que no roba, que no redime, y ha vacilado en libertarme de la vida! ¡Y sin pensar que tantas gentes en esta selva están soportando igual dolor!

¿Quién estableció el desequilibrio entre la realidad y el alma incolmable? ¿Para qué nos dieron alas en el vacío? ¡Nuestra madrastra fue la pobreza, nuestro tirano, la aspiración! Por mirar la altura tropezábamos en la tierra; por atender al vientre misérrimo fracasamos en el espíritu. La medianía nos brindó su angustia. ¡Sólo fuimos los héroes de lo mediocre!

¡El que logró entrever la vida feliz no ha tenido con qué comprarla; el que buscó la novia, halló el desdén; el que soñó en la esposa, encontró la querida; el que intentó elevarse, cayó vencido, ante los magnates indiferentes, tan impasibles como estos árboles que nos miran languidecer de fiebres y de hambre entre sanguijuelas y hormigas!

¡Quise hacerle descuentos a la ilusión, pero incógnita fuerza disparóme más allá de la realidad! Pasé por encima de la ventura, como flecha que marra su blanco, sin poder corregir el fatal impulso y sin otro destino que caer! ¡Y a esto lo llamaban mi "porvenir"!

¡Sueños irrealizados, triunfos perdidos! ¿Por qué sois fantasmas de la memoria, cual si me quisierais avergonzar? ¡Ved en lo que ha parado este soñador: en herir al árbol inerme para enriquecer a los que no sueñan; en soportar desprecios y vejaciones en cambio de un mendrugo al anochecer!

Esclavo, no te quejes de las fatigas; preso, no te duelas de tu prisión; ignoráis la tortura de vagar sueltos en una cárcel como la selva, cuyas bóvedas verdes tienen por fosos ríos inmensos. ¡No sabéis del suplicio de las penumbras, viendo al sol que ilumina la playa opuesta, a donde nunca lograremos ir! ¡La cadena que muerde vuestros tobillos es más piadosa que las sanguijuelas de estos pantanos; el carcelero que os atormenta no es tan adusto como estos árboles, que nos vigilan sin hablar!

Tengo trescientos troncos en mis estradas y en martirizarlos gasto nueve días. Les he limpiado los bejuqueros y hacia cada uno desbrocé un camino. Al recorrer la taimada tropa de vegetales para derribar a los que no lloran, suelo sorprender a los castradores robándose la goma ajena. Reñimos a mordiscos y a machetazos, y la leche disputada se salpica de gotas enrojecidas. ¿Mas qué importa que nuestras venas aumenten la savia del vegetal? ¡El capataz exige diez litros diarios y el foete es usurero que nunca perdona!

¿Y qué mucho que mi vecino, el que trabaja en la vega próxima, muera de fiebre? Ya lo veo tendido en las hojarascas, sacudiéndose los moscones, que no lo dejan agonizar. Mañana tendré que irme de estos lugares, derrotado por la hediondez; pero le robaré la goma que haya extraído y mi trabajo será menor. Otro tanto harán conmigo cuando muera. ¡Yo, que no he robado para mis padres, robaré cuanto pueda para mis verdugos!

Mientras le ciño al tronco goteante el tallo acanalado del «caraná», para que corra hacia la tazuela su llanto trágico, la nube de mosquitos que lo defiende chupa mi sangre y el vaho de los bosques me nubla los ojos. ¡Así el árbol y yo, con tormento vario, somos lacrimatorios ante la muerte y nos combatiremos hasta sucumbir!

Mas yo no compadezco al que no protesta. Un temblor de ramas no es rebeldía que me inspire afecto. ¿Por qué no ruge toda la selva y nos aplasta como a reptiles para castigar la explotación vil? ¡Aquí no siento tristeza sino desesperación! ¡Quisiera tener con quién conspirar! ¡Quisiera librar la batalla de las especies, morir en los cataclismos, ver invertidas las fuerzas cósmicas! ¡Si Satán dirigiera esta rebelión!...

—¡Yo he sido cauchero, yo soy cauchero! ¡Y lo que hizo mi mano contra los árboles puede hacerlo contra los hombres!

—Sepa usted, don Clemente Silva, le dije al tomar la trocha del Guaracú, que sus tribulaciones nos han ganado para su causa. Su redención encabeza el programa de nuestra vida. Siento que en mí se enciende un anhelo de inmolación; mas no me aúpa la piedad del mártir, sino el ansia de contender con esta fauna de hombres de presa, a quienes venceré con armas iguales, aniquilando el mal con el mal, ya que la voz de paz y justicia sólo se pronuncia entre los rendidos. ¿Qué ha ganado usted con sentirse víctima? La mansedumbre le prepara terreno a la tiranía y la pasividad de los explotados sirve de incentivo a la explotación. Su bondad y su timidez han sido cómplices inconscientes de sus victimarios.

Aunque ya mis iniciativas parecen súplicas al fracaso, porque mi mala suerte las desvía, tengo el presentimiento de que esta vez se mueven mis pasos hacia el desquite. No sé cómo se cumplirán los hechos futuros, ni cuántas pruebas ha de resistir mi perseverancia; lo que menos me importa es morir aquí, con tal que muera a tiempo. ¿Y por qué pensar en la muerte ante los obstáculos, si, por grandes que sean, nunca cerraron al animoso la posibilidad de sobrevivirlos? La creencia en el destino debe valernos para caldear la decisión. Estos jóvenes que me siguen son hazañosos; mas si usted no quiere afrontar calamidades, escoja al que le provoque y escápense en una balsa por este río.

—¿Y mi tesoro? ¿No sabe que el Cayeno guarda los despojos de Lucianito? ¿Cree usted que sin esa prenda andaría yo suelto?

Por lo pronto nada tuve que replicar.

—Los huesos de mi hijo son mi cadena. Vivo forzado a portarme bien para que me permitan asolearlos. Ya les dije a ustedes que ni siquiera los poseo todos: el día que los exhumé, tuve que dejarle a la sepultura algunas falanges que aún estaban frescas. Los cargaba envueltos en mi cobija, y cuando el Cayeno me capturó, a mi regreso del Vaupés, en la trocha que enlaza al Isana y al Kerarí, pretendía botármelo por la fuerza. Ahora los conservo, limpios, blancos, entre una caja de kerosén, bajo la barbacoa de mi patrón.

—Don Clemente, tiene usted evidencia de que esos restos...

—¡Sí! ¡Esos son! La calavera es inconfundible: en la encía superior un diente encaramado sobre los otros.

Tal vez con la pica alcancé a perforar el cráneo, pues tienen un agujero en el frontal.

Hubo una pausa. No sé si en aquel instante se había agrietado la decisión de mis compañeros, que callaban en corro meditabundo. El mulato dijo, aproximándose a don Clemente:

—Camaráa, siempre es mejorcito que nos volvamos. Mi mamá se quedó sola, y mi ganao se mañosea. Tengo cuatro cachonas de primer parto, y de seguro que ya tán parías. Déjese de güesos, que son guiñosos. Es malo meterse en cosas de dijuntos. Por eso dice la letanía: «Aquí te entierro y aquí te tapo; el diablo me yeve si un día te saco». Ruéguele a estos señores que reclamen la güesamenta y la sepulten bajo una cruz, y verá usté que se le compone la suerte. ¡Resuelva ligero, que ya es tarde!

—¡Cómo! ¿Arriesgarnos a que nos prenda Funes? Usted no sabe en qué tierra está. Los secuaces del Coronel merodean por aquí.

Y ya no es tiempo de indecisiones, exclamé colérico. ¡Mulato, adelante! ¡Ya te pasó la hora!

Helí Mesa, entonces, acercóse al «tambo», a prenderle fuego. Don Clemente lo miraba sin protestar.

—¡No, no!, ordené: se quemarían los mapires envenenados. ¡Los cazadores de indios pueden volver, y ojalá que se envenenen todos!

Hubiera deseado que mis amigos marcharan menos silenciosos: me hacían daño mis pensamientos y una especie de pánico me invadía al meditar en mi situación. ¿Cuáles eran mis planes? ¿En qué se apoyaba mi altanería? ¿Qué debían importarme las desventuras ajenas, si con las propias iba de rastra? ¿Por qué hacerle promesas a don Clemente, si Barrera y Alicia me tenían comprometido? El concepto de Franco empezó a angustiarme: «Era yo un desequilibrado impulsivo y teatral».

Paulatinamente llegué a dudar de mi espíritu: ¿estaría loco? ¡Imposible! La fiebre me había olvidado unas semanas. ¿Loco por qué? Mi cerebro era fuerte y mis ideas limpias. No sólo comprendía que era apremiante ocultar mis vacilaciones, sino que me daba cuenta hasta de los detalles minuciosos. La prueba estaba en lo que iba viendo: el bosque en aquella parte no era muy alto, no había camino, y don Clemente abría la marcha, partiendo ramitas en el rastrojo para dejar señales del rumbo, como se acostumbra entre cazadores; Fidel llevaba la carabina atravesada sobre el pecho, engarzando con el calibre, por encima de las clavículas, los cabestros de la talega, rica en mañoco, que fingía sobre su espalda inmensa joroba; portaba el mulato el hatillo de las hamacas, un caldero y dos canaletes; Mesa, en aquel momento, bajo sus bártulos, saboreaba un cuesco maduro y mecía en el aire el tizón humeante, que cargaba en la diestra, a falta de fósforos.

¿Loco yo? ¡Qué absurdo más grande! Ya se me había ocurrido un proyecto lógico: entregarme como rehén en las barracas del Guaracú, mientras el viejo Silva se marchaba a Manaos, llevando secretamente un pliego de acusaciones dirigido al Cónsul de mi país, con el ruego de que viniera inmediatamente a libertarme y a redimir a mis compatriotas. ¿Quién que fuera anormal razonaría con mayor acierto?

El Cayeno debía aceptar mi ventajosa propuesta: en cambio de un viejo inútil adquiría un cauchero joven, o dos o más, porque Franco y Helí no me abandonaban. Para halagarlo, procuraría hablarle en francés: «Señor este anciano es pariente mío; y como no puede pagarle la cuenta, déjelo libre y denos trabajo hasta cancelarla». Y el antiguo prófugo de Cayena accedería sin vacilar.

Cosa fácil habría de serme adquirir la confianza del empresario, obrando con paciencia y disimulo. No emplearía contra él la fuerza sino la astucia. ¿Cuánto iban a durar nuestros sufrimientos? Dos o tres meses. Acaso nos enviara a «siringuear» a Yaguanarí, pues Barrera y Pezil eran sus asociados. Y aunque no lo fuesen, le expondríamos la conveniencia de sonsacar para sus gomales a los colombianos de aquella zona. En todo caso, al oponerse a nuestros deseos, nos fugaríamos por el Isana, y, cualquier día, enfrentándome a mi enemigo, le daría muerte, en presencia de Alicia y de los enganchados. Después, cuando **nuestro Cónsul desembarcara** en Yaguanarí, en vía para el Guaracú, con una guarnición de gendarmes, a devolvernos la libertad, exclamarían mis compañeros: ¡El implacable Cova nos vengó a todos y se internó por este desierto!

Mientras discurría de esta manera, principié a notar que mis pantorrillas se hundían en las hojarascas y que los árboles iban creciendo a cada segundo, con una apariencia de hombres acuclillados, que se empinaban desperezándose hasta elevar los brazos verdosos por encima de la cabeza. En varios instantes creí advertir que el cráneo me pesaba como una torre y que mis pasos iban de lado. Efectivamente, la cara se me volvió sobre el hombro izquierdo y tuve la impresión de que un espíritu me repetía: «¡Vas bien así, vas bien así! ¿Para qué marchar como los demás?».

Aunque mis compañeros caminaban cerca, no los veía, no los sentía. Parecióme que mi cerebro iba a entrar en ebullición. Tuve miedo de hallarme solo, y, repentinamente, eché a correr hacia cualquier parte, ululando empavorecido, lejos de los perros, que me perseguían. No supe más. De entre una malla de trepadoras mis camaradas me desenredaron.

—¡Por Dios! ¿Qué te pasa? ¿No nos conoces? ¡Somos nosotros!

—¿Qué les he hecho? ¿Por qué me amenazan? ¿Por qué me tenían amarrado?

—Don Clemente, prorrumpió Franco, desandemos este camino: Arturo está enfermo.

—¡No, no! Ya me tranquilicé. Creo que quise coger una ardilla blanca. Las caras de ustedes me aterraron. ¡Tan horribles muecas...!

Así dije, y aunque todos estaban pálidos, porque no

dudaran de mi salud me puse de guía por entre el
bosque. Un momento después se sonrió don Clemente:

—Paisano, usted ha sentido el embrujamiento de la
montaña.

—¡Cómo! ¿Por qué?

—Porque pisa con desconfianza y a cada momento
mira atrás. Pero no se afane ni tenga miedo. Es que
algunos árboles son burlones.

—En verdad no entiendo...

—Nadie ha sabido cuál es la causa del misterio que
nos trastorna cuando vagamos en la selva. Sin embargo, creo acertar en la explicación: cualquiera de estos
árboles se amansaría, tornándose amistoso y hasta ri-
sueño, en un parque, en un camino, en una llanura,
donde nadie lo sangrara, ni lo persiguiera; mas aquí
todos son perversos o agresivos, o hipnotizantes. En
estos silencios, bajo estas sombras, tienen su manera de
combatirnos: algo nos asusta, algo nos crispa, algo nos
oprime, y viene el mareo de las espesuras y queremos
huir y nos extraviamos, y por esta razón miles de caucheros no volvieron a salir nunca.

Yo también he sentido la mala influencia en distintos
casos, especialmente en Yaguanarí.

Por primera vez, en todo su horror, se ensanchó
ante mí la selva inhumana. Arboles deformes sufren el
cautiverio de las enredaderas advenedizas, que a grandes trechos los ayuntan con las palmeras y se descuel-
gan en curva elástica, semejantes a redes mal extendidas,
que a fuerza de almacenar en años enteros hojarascas,
chamizas, frutas, se desfondan como un saco de podre-
dumbre, vaciando en la yerba reptiles ciegos, salaman-
dras mohosas, arañas peludas.

Por doquiera el bejuco de «matapalo» —rastrero pulpo
de las florestas— pega sus tentáculos a los troncos, aco-
gotándolos y retorciéndolos, para injertárselos y tras-
fundírselos en metempsicosis dolorosas. Vomitan los «ba-
chaqueros» sus trillones de hormigas devastadoras, que

recortan el manto de la montaña y por anchas veredas
regresan al túnel, como abanderadas del exterminio,
con sus gallardetes de hojas y de flores. El comején enferma los árboles cual galopante sífilis, que solapa su
lepra supliciatoria mientras va carcomiéndoles los te-
jidos y pulverizándoles la corteza, hasta derrocarlos, súbitamente, con su pesadumbre de ramazones vivas.

Entre tanto, la tierra cumple las sucesivas renovacio-
nes: al pie del coloso que se derrumba, el germen que
brota; en medio de los miasmas, el polen que vuela;
y por todas partes el hálito del fermento, los vapores
calientes de la penumbra, el sopor de la muerte, el
marasmo de la procreación.

¿Cuál es aquí la poesía de los retiros, dónde están
las mariposas que parecen flores traslúcidas, los pája-
ros mágicos, el arroyo cantor? ¡Pobre fantasía de los
poetas que sólo conocen las soledades domesticadas!

¡Nada de ruiseñores enamorados, nada de jardín ver-
sallesco, nada de panoramas sentimentales! Aquí, los
responsos de sapos hidrópicos, las malezas de cerros mi-
sántropos, los rebalses de caños podridos. Aquí, la parásita afrodisíaca que llena el suelo de abejas muertas;
la diversidad de flores inmundas que se contraen con
sexuales palpitaciones y su olor pegajoso emborracha
como una droga; la liana maligna cuya pelusa encegue-
ce los animales; la «pringamosa» que inflama la piel, la
pepa del «curujú» que parece irisado globo y sólo con-
tiene ceniza cáustica, la uva purgante, el corozo amargo.

Aquí, de noche, voces desconocidas, luces fantasma-
góricas, silencios fúnebres. Es la muerte, que pasa dando la vida. Oyese el golpe de la fruta, que al abatirse
hace la promesa de su semilla; el caer de la hoja, que
llena el monte con vago suspiro, ofreciéndose como
abono para las raíces del árbol paterno; el chasquido
de la mandíbula, que devora con temor de ser devora-
da; el silbido de alerta, los ayes agónicos, el rumor del
regüeldo. Y cuando el alba riega sobre los montes su
gloria trágica, se inicia el clamoreo sobreviviente: el

zumbido de la pava chillona, los retumbos del puerco salvaje, las risas del mono ridículo. ¡Todo por el júbilo breve de vivir unas horas más!

Esta selva sádica y virgen procura al ánimo la alucinación del peligro próximo. El vegetal es un ser sensible cuya psicología desconocemos. En estas soledades, cuando nos habla, sólo entiende su idioma, el presentimiento. Bajo su poder, los nervios del hombre se convierten en haz de cuerdas, distendidas hacia el asalto, hacia la traición, hacia la acechanza. Los sentidos humanos equivocan sus facultades: el ojo siente, la espalda ve, la nariz explora, las piernas calculan y la sangre clama: ¡Huyamos, huyamos!

No obstante, es el hombre civilizado el paladín de la destrucción. Hay un valor magnífico en la epopeya de estos piratas que esclavizan a sus peones, explotan al indio y se debaten contra la selva. Atropellados por la desdicha, desde el anonimato de las ciudades, se lanzaron a los desiertos buscándole un fin cualquiera a su vida estéril. Delirantes de paludismo, se despojaron de la conciencia, y, connaturalizados con cada riesgo, sin otras armas que el winchester y el machete, sufrieron las más atroces necesidades, anhelando goces y abundancia, al rigor de las intemperies, siempre famélicos y hasta desnudos porque las ropas se les podrían sobre la carne.

Por fin, un día, en la peña de cualquier río, alzan una choza y se llaman «amos de empresa». Teniendo a la selva por enemigo, no saben a quién combatir, y se arremeten unos a otros y se matan y se sojuzgan en los intervalos de su denuedo contra el bosque. Y es de verse en algunos lugares cómo sus huellas son semejantes a los aludes: los caucheros que hay en Colombia destruyen anualmente millones de árboles. En los territorios de Venezuela el «balatá» desapareció. De esta suerte ejercen el fraude contra las generaciones del porvenir.

Uno de aquellos hombres se escapó de Cayena, pre-

sidio célebre, que tiene por foso el océano. Aunque
sabía que los carceleros ceban los tiburones para que
ronden la muralla, sin zafarse los grillos se arrojó al
mar. Vino a las vegas del Papunagua, asaltó los tambos
ajenos, sometió a los caucheros prófugos, y, monopoli-
zando la explotación de goma, vivía con sus parciales
y sus esclavos en las barracas del Guaracú, cuyas luces
lejanas, al través de las espesuras, palpitaban ante nosotros la noche que retardamos la llegada.

¡Quién nos hubiera dicho en ese momento que nuestros destinos describirían la misma trayectoria de
crueldad!

Durante los días empleados en el recorrido de la
trocha hice una comprobación humillante: mi fortaleza
física era aparente, y mi musculatura —que desgasta-
ron fiebres pretéritas— se aflojaba con el cansancio.
Sólo mis compañeros parecían inmunes a la fatiga, y
hasta el viejo Clemente, a pesar de sus años y lacraduras, resultaba más vigoroso en las marchas. A cada
momento se detenían a esperarme; y aunque me alige-
raron de todo peso, del morral y la carabina, seguía
necesitando de que el cerebro me mantuviera en ten-
sión el orgullo para no echarme a tierra y confesarles
mi decaimiento.

Iba descalzo, en pernetas, malhumorado, esguazando
tembladeros y lagunas, por en medio de un bosque al-
tísimo cuyas raigambres han olvidado la luz del sol. La
mano de Fidel me prestaba ayuda al pisar los troncos
que utilizábamos como puentes, mientras los perros
aullaban en vano porque los soltara en aquel paraíso
de cazadores, que, ni por serlo, me entusiasmaba.

Esta situación de inferioridad me tornó desconfiado,
irritable, díscolo. Nuestro Jefe en tales emergencias era,
sin duda, el anciano Silva, y principié a sentir contra
él una secreta rivalidad. Sospeché que de aposta buscó ese
rumbo, deseoso de hacerme experimentar mi falta de
condiciones para medirme con el Cayeno. No perdía

don Clemente oportunidades de ponderarme los sufrimientos de la vida en las barracas y la contingencia de
cualquier fuga, sueño perenne de los caucheros, que
lo ven esbozarse y nunca lo realizan porque saben que
la muerte cierra todas las salidas de la montaña.

Estas prédicas tenían eco en mis camaradas y se multiplicaron los consejeros. Yo no les oía. Me contentaba
con replicar:

—Aunque vosotros andáis conmigo, sé que voy solo.
¿Estáis fatigados? Podéis ir caminando en pos de mí.

Entonces, silenciosos, me tomaban la delantera y al
esperarme cuchicheaban mirándome de soslayo. Esto me
indignaba. Sentía contra ellos odio súbito. Probablemente se burlaban de mi jactancia. ¿O habrían tomado
una dirección que no fuera la del Guaracú?

—Oigame, viejo Silva, grité deteniéndolo. ¡Si no
me lleva al Isana, le pego un tiro!

El anciano sabía que no lo amenazaba por broma.
Ni sintió sorpresa ante mi amenaza. Comprendió que
el desierto me poseía. ¡Matar a un hombre! ¿Y qué?
¿Por qué no? Era un fenómeno natural. ¿Y la costumbre de defenderme? ¿Y la manera de emanciparme?
¿Qué otro modo más rápido de solucionar los diarios
conflictos?

Y por este proceso —¡oh, selva!— hemos pasado todos
los que caemos en tu vorágine.

Agachados entre la fronda, con las manos en las carabinas, atisbábamos las luces de las barracas, miedosos
de que alguien nos descubriera. En aquel escondite debíamos pernoctar sin encender fuego. Sollozando en la
oscuridad pasaba una corriente desconocida. Era el Isana.

—Don Clemente, dije abrazándolo: ¡En esto de
rumbos es usted la más alta sabiduría.

—Sin embargo, le cogí miedo a la profesión: anduve
perdido más de dos meses en el siringal de Yaguanarí.

—Tengo presentes los pormenores. Cuando su fuga
para el Vaupés...

—Eramos siete caucheros prófugos.

—Y quisieron matarlo...

—Creían que los extraviaba intencionalmente.

—Y unas veces lo maltrataban...

—Y otras, me pedían de rodillas la salvación.

—Y lo amarraron una noche entera...

—Temiendo que pudiera abandonarlos.

—Y se dispersaron por buscar el rumbo.

—Pero sólo toparon el de la muerte.

Este mísero anciano Clemente Silva siempre ha tenido el monopolio de la desventura. Desde el día que yendo de Iquitos para Manaos oyó noticias del hijo muerto, cifró su esperanza en prolongar la esclavitud. Quería ser cauchero unos años más, hasta que la tierra le permitiera exhumar los restos. La selva, indirectamente, lo reclamaba como a prófugo, y era el espectro de Lucianito el que le pedía volver atrás.

Aunque la madona hubiera querido darlo libre, ¿qué ganaría con la libertad si de nuevo debía engancharse, obligado por la indigencia, en la cuadrilla de cualquier amo que quizá lo alejara del Vaupés? En Manaos recorrió las agencias donde buscan trabajo los inmigrantes, y salió descorazonado de esos tugurios donde la esclavitud se contrata, porque los patrones sólo «avanzaban» gente para el Madeira, para el Purús, para el Ucayali. Y él quería irse al infausto río que guardaba al pie de su raudal la enmalezada tumba, distinguida por cuatro piedras.

El turco Pezil no tenía trabajos en esos parajes, pero se lo llevaba al alto Río Negro, y eso era mucho. Sólo que fingía no querer comprarlo, y al fin accedió a sus ruegos estipulando con la madona una retroventa, por si no le satisfacían las aptitudes del «colombiano». Lo trajo a su hermosa quinta de Naranjal, en la margen opuesta a Yaguanarí, y lo tuvo un tiempo en oficios fáciles, bajo su vigilancia de musulmán despreciativo y taciturno, sin maltratarlo ni escarnecerlo.

Mas cierta vez riñeron unas mujeres en la cocina y

despertaron a su señor, que dormía la siesta. Don Clemente estaba en el corredor, observando el mapa del muro. En esa actitud lo sorprendió el amo. Ordenóle a gritos que desnudara a las contrincantes hasta la cintura y las azotara. El viejo Silva se resistió a cumplir la orden. Esa misma tarde lo despacharon a siringuear a Yaguanarí.

Una de las cuitadas era la antigua camarera de la madona, la que conoció en el Vaupés a Luciano Silva cuando su mancebía con doña Zoraida. «No lo vio muerto», pero sabía el lugar de la sepultura, junto al correntón de Yavaraté, y le había dado ya a don Clemente todas las señas indispensables para hallarla.

La desobediencia del colombiano no consiguió indultarla de los azotes, porque el turco feroz, con un látigo en cada mano, la llenó de sangre y contusiones. Gimoteando entre la despensa escribió un papel para su querido, que trabajaba en los siringales, y rogó a don Clemente que se lo entregara al destinatario, sin omitir detalle ninguno sobre la cobarde flagelación.

Este hombre, que se llamaba Manuel Cardoso, era capataz en un barracón del caño Yurubaxí. Al saber los percances de su mujer, ofreció matar a Pezil donde lo encontrara, y, por vengarse interinamente, quiso proceder contra los intereses de su patrón, aconsejándoles a los gomeros que se fugaran con la goma que tenían en el tambo.

El viejo Silva aparentó rechazar esa idea, receloso de alguna celada. Sin embargo, en los días siguientes, comentaba con los peones la insinuación del vigilante, mientras procedían a fumigar la leche extraída. La respuesta no cambió nunca: «Cardoso sabe que no hay rumbero capaz de enfrentársele a estas montañas».

De noche, los caucheros dictaminaban sobre tal hipótesis, tan sugestionadora como imposible, por tener de qué conversar:

—Es claro que la fuga sería irrealizable por el Río Negro; las lanchas del amo parecen perros de cacería.

—Mas logrando remontar el Cababurí es fácil descender al Maturacá y salir al río Casiquiare.

—Conforme. Pero el Río Negro tiene una anchura de cuatro kilómetros. Hay que descartar los afluentes de su banda izquierda. Más bien, aguas arriba por este caño Yurubaxí, a los sesenta y tantos días de curiara, dizque se encuentra un «igarapé» que desemboca en el Caquetá.

—¿Y para el río Vaupés no hay rumbo directo?

—¿A quién se le ocurre esa estupidez?

El barracón estaba situado sobre un arrecife que no se inunda, único refugio en aquel desierto. Mensualmente llegaba la lancha de Naranjal a recoger la goma y a dejar víveres. Los trabajadores eran escasos y el beriberi mermaba el número, sin contar los que perecían en las lagunas, lanzados por la fiebre desde el andamio donde se trepaban a herir los árboles.

Pese a todo, muchos pasaban meses enteros sin verle la cara al capataz, guareciéndose en chozas mínimas, y volvían al tambo con la goma ya fumigada, convertida en bolones, que entregaban a la corriente en vez de conducirlos en las curiaras. Acostumbrados a no alejarse de las orillas, carecían del instinto de orientación, y esta circunstancia ayudó al prestigio de don Clemente, cuando se aventuraba por la floresta y clavando el machete en cualquier lugar, los instaba días después a que lo acompañaran a recogerlo, partiendo del sitio que quisieran.

Una mañana, al salir el sol, vino una catástrofe impresentida. Los hombres que en el caney curaban su hígado, oyeron gritos desaforados y se agruparon en la roca. Nadando en medio del río, como si fueran patos descomunales, bajaban los bolones de goma, y el cauchero que los arreaba venía detrás, en canoa minúscula, apresurando con la palanca a los que se demoraban en los remansos. Frente al barracón, mientras pugnaba por encerrar su rebaño negro en la ensenada del puertecito, elevó estas voces, de más gravedad que un pregón de guerra:

—¡Tambochas, tambochas! ¡Y los caucheros están aislados!

¡Tambochas! Esto equivalía a suspender trabajos, dejar la vivienda, poner caminos de fuego, buscar otro refugio en alguna parte. Tratábase de la invasión de hormigas carnívoras, que nacen quién sabe dónde y al venir el invierno emigran para morir, barriendo el monte en leguas y leguas, con ruidos lejanos, como de incendio. Avispas sin alas, de cabeza roja y cuerpo cetrino, se imponen por el terror que inspiran su veneno y su multitud. Toda guarida, toda grieta, todo agujero; árboles, hojarascas, nidos, colmenas, sufren la filtración de aquel oleaje espeso y hediondo, que devora pichones, ratas, reptiles y pone en fuga pueblos enteros de hombres y de bestias.

Esta noticia derramó la consternación. Los peones del tambo recogían sus herramientas y «macundales» con revoltosa rapidez.

—¿Y por qué lado viene la ronda?, preguntaba Manuel Cardoso.

—Parece que ha cogido ambas orillas. ¡Las dantas y los cafuches atraviesan el río desde esta margen, pero en la otra están alborotadas las abejas!

—¿Y cuáles caucheros quedan aislados?

—¡Los cinco de la ciénaga de «El Silencio», que ni siquiera tienen canoa!

—¿Qué remedio? ¡Que se defiendan! ¡No se les puede llevar socorro! ¿Quién se arriesga a extraviarse en estos pantanos?

—Yo, dijo el anciano Clemente Silva.

Y un joven brasileño, que se llamaba Lauro Coutinho:

—Iré también. ¡Allá está mi hermano!

Recogiendo los víveres que pudieron y provistos de armas y de fósforos, aventuráronse los dos amigos por

una trocha que, partiendo de la barraca, profundiza las
espesuras en la dirección del caño Marié.

Marchaban presurosos por entre el barro de las malezas, con oído atento y ojo sagaz. De pronto, cuando el
anciano, abriéndose de la senda, empezó a orientarse
hacia la ciénaga de El Silencio, lo detuvo Lauro Coutinho.

—¡Ha llegado el momento de picurearnos!

Don Clemente ya pensaba en ello, mas supo disimular su satisfacción.

—Habría que consultarlo con los caucheros…

—¡Respondo de que convienen, sin vacilar!

Y así fue, porque al día siguiente los hallaron en
un bohío, jugando a los dados sobre un pañuelo y em-
borrachándose con vino de «palmachonta», que se ofrecían en un calabazo.

—¿Hormigas? ¡Qué hormigas! ¡Nos reímos de las tambochas! ¡A picurearnos, a picurearnos! ¡Un rumbero
como usted es capaz de sacarnos de los infiernos!

Y allá van por entre la selva, con la ilusión de la libertad, llenos de risas y proyectos, adulando al guía y
prometiéndole su amistad, su recuerdo, su gratitud. Lauro Coutinho ha cortado una hoja de palma y la con-
duce en alto, como un pendón; Souza Machado no
quiere abandonar su bolón de goma, que pesa más de
dieciocho kilos, con cuyo producto piensa adquirir durante dos noches las caricias de una mujer, que sea
blanca y rubia y que trascienda a brandy y a rosas; el
italiano Peggi habla de salir a cualquier ciudad para
emplearse de cocinero en algún hotel donde abunden
las sobras y las propinas; Coutinho, el mayor, quiere
casarse con una moza que tenga rentas; el indio Venancio anhela dedicarse a labrar curiaras; Pedro Fajardo aspira a comprar un techo para hospedar a su
madre ciega; don Clemente Silva sueña en hallar una
sepultura. ¡Es la procesión de los infelices, cuyo camino parte de la miseria y llega a la muerte!

¿Y cuál era el rumbo que perseguían? ¡El del río Curícuriarí. Por allí entrarían al Río Negro setenta leguas arriba de Naranjal, y pasarían a Umarituba, a pedir amparo. El señor Castanheira Fontes era muy bueno. En aquel sitio el horizonte se les ampliaba. En caso de captura, era incuestionable la explicación: salían del monte derrotados por las tambochas. Que le preguntaran al capataz.

Al cuarto día de montaña principió la crisis: las provisiones escasearon y los fangales eran intérminos. Se detuvieron a descansar, y, despojándose de las blusas, las hacían jirones para envolverse las pantorrillas, atormentadas por las sanguijuelas. Souza Machado, generoso por la fatiga, a golpes de cuchillo dividió su bolón de goma en varios pedazos para obsequiar a sus compañeros. Fajardo se negó a recibir su parte: no tenía alientos para cargarla. Souza la recogió. Era caucho, «oro negro», y no se debía desperdiciar.

Hubo un indiscreto que preguntaba:

—¿Hacia dónde vamos ahora?

Todos replicaron reconviniéndolo:

—¡Hacia adelante!

Mientras tanto, el rumbero había perdido la orientación. Avanzaba a tientas, sin detenerse ni decir palabra, para no difundir el miedo. Por tres veces en una hora volvió a salir a un mismo pantano, sin que sus camaradas reconocieran el recorrido. Concentrando en la memoria todo su ser, mirando hacia su cerebro, recordaba el mapa que tantas veces había estudiado en la casa de Naranjal, y veía las líneas sinuosas, que parecían una red de venas, sobre la mancha de un verde pálido en que resaltaban nombres inolvidables: Teiya, Marié, Curícuriarí. ¡Cuánta diferencia entre una región y la carta que la reduce! ¡Quién le hubiera dicho que aquel papel, donde apenas cabían sus manos abiertas, encerraba espacios tan infinitos, selvas tan lóbregas, ciénagas tan letales! ¿Y él, rumbero curtido, que tan fácilmente solía pasar la uña del índice de una línea a otra línea, abarcando ríos, paralelos y meridianos,

cómo pudo creer que sus plantas eran capaces de moverse como su dedo?

Mentalmente empezó a rezar. Si Dios quisiera prestarle el sol... ¡Nada! La penumbra era fría, la fronda
traspiraba un vapor azul. ¡Adelante! ¡El sol no sale
para los tristes!

Uno de los gomeros declaró con certeza súbita que
le parecía escuchar silbidos. Todos se detuvieron. Eran
los oídos que les zumbaban. Souza Machado quería meterse entre los demás: juraba que los árboles le hacían gestos.

Estaban nerviosos, tenían el presentimiento de la catástrofe. La menor palabra les haría estallar el pánico,
la locura, la cólera. Todos se esforzaban por resistir.
¡Adelante!

Como Lauro Coutinho pretendía mostrarse alegre, le
soltó una pulla a Souza Machado, que se había detenido a botar el caucho. Esto forzó los ánimos a resig-
narse a la hilaridad. Hablaron un trecho. No sé quién
le hizo preguntas a don Clemente.

—¡Silencio!, gruñó el italiano. ¡Recuerden que a
los pilotos y a los rumberos no se les debe hablar!

Pero el anciano Silva, deteniéndose de repente, le-
vantó los brazos, como el hombre que se da preso, y,
encarándose con sus amigos, sollozó:

—¡Andamos perdidos!

Al instante, el grupo desventurado, con los ojos hacia
las ramas y aullando como perros, elevó su coro de
blasfemias y plegarias:

—¡Dios inhumano! ¡Sálvanos, mi Dios! ¡Andamos
perdidos!

«Andamos perdidos.» Estas dos palabras, tan sencillas y tan comunes, hacen estallar, cuando se pronun-
cian entre los montes, un pavor que no es comparable
ni al «sálvese quien pueda» de las derrotas. Por la mente de quien las escucha pasa la visión de un abismo
antropófago, la selva misma, abierta ante el alma como

una boca que se engulle los hombres a quienes el hambre y el desaliento le van colocando entre las mandíbulas.

Ni los juramentos, ni las advertencias, ni las lágrimas del rumbero, que prometía corregir la ruta, lograban aplacar a los extraviados. Mesábanse la greña, retorcíanse las falanges, se mordían los labios, llenos de una espumilla sanguinolenta, que envenenaba las inculpaciones:

—¡Este viejo es el responsable! ¡Perdió el rumbo por querer largarse para el Vaupés!

—¡Viejo remalo, viejo bandido, nos llevabas con engañifas para vendernos quién sabe dónde!

—¡Sí, sí, criminal! ¡Dios se opuso a tus planes!

Viendo que aquellos locos podían matarlo, el anciano Silva se dio a correr, pero un árbol cómplice lo enlazó por las piernas con un bejuco y lo tiró al suelo. Allí lo amarraron, allí Peggi los exhortaba a volverlo trizas. Entonces fue cuando don Clemente pronunció aquella frase de tanto efecto:

—¿Queréis matarme? ¿Cómo podríais andar sin mí? ¡Yo soy la esperanza!

Los agresores, maquinalmente, se contuvieron.

—¡Sí, sí, es preciso que viva para que nos salve!

—¡Pero sin soltarlo, porque se nos va!

¡Y aunque no le quitaron las ligaduras, postráronse de rodillas a implorarle la salvación y le limpiaban los pies con besos y llantos!

—¡No nos desampare!

—¡Regresemos a la barraca!

—¡Si usted nos abandona, moriremos de hambre!

Mientras unos plañían de este jaez, otros halábanlo de la cuerda, suplicando el regreso. Las explicaciones de don Clemente parecían reconciliarlos con la cordura. Tratábase de un percance muy conocido de rumberos y de cazadores y no era razonable perder el ánimo a la primera dificultad, cuando había tantos modos de solucionarla. ¿Para qué lo asustaron? ¿Para qué se pusieron a pensar en el extravío? ¿No los había instruido una y otra vez en la urgencia de desechar esa tentación, que la espesura infunde en el hombre para trastornarlo? El les aconsejó no mirar los árboles, porque hacen señas, ni escuchar los murmurios, porque dicen cosas, ni pronunciar palabra, porque los ramajes remedan la voz. Lejos de acatar esas instrucciones, entraron en chanzas con la floresta y les vino el embrujamiento, que se trasmite como por contagio; y él también, aunque iba adelante, comenzó a sentir el influjo de los malos espíritus, porque la selva principió a movérsele, los árboles le bailaban ante los ojos, los bejuqueros no le dejaban abrir la trocha, las ramas se le escondían bajo el cuchillo y repetidas veces quisieron quitárselo. ¿Quién tenía la culpa?

¿Y luego, por qué diablos se ponían a gritar? ¿Qué lograban con hacer tiros? ¿Quién sino el tigre correría a buscarlos? ¿Acaso les provocaba su visita? ¡Bien podían esperarla al oscurecer!

Esto los aterró y guardaron silencio. Mas tampoco hubieran podido hacerse entender a más de dos yardas: a fuerza de dar alaridos, la garganta se les cerró y, dolorosamente, hablaban a la sordina, con un jadeo gutural y torpe, como el de los gansos.

Antes de la hora en que el sol sanguíneo empenacha las lejanías, fueles imperioso encender la hoguera, porque entre los bosques la tarde se enluta. Cortaron ramas, y, esparciéndolas sobre el barro, se amontonaron alrededor del anciano Silva a esperar el suplicio de las tinieblas. ¡Oh, la tortura de pasar la noche con hambre, entre el pensar y el bostezar, a sabiendas de que el bostezo ha de intensificarse al día siguiente! ¡Oh, la pesadumbre de sentir sollozos entre la sombra cuando los consuelos saben a muerte! ¡Perdidos! ¡Perdidos! El insomnio les echó encima su tropel de alucinaciones. Sintieron la angustia del indefenso cuando sospecha que alguien lo espía en lo oscuro. Vinieron los ruidos, las voces nocturnas, los pasos medrosos, los silencios impresionantes como un agujero en la eternidad.

Don Clemente, con las manos en la cabeza, estrujaba su pensamiento para que brotara alguna idea lúcida. Sólo el cielo podía indicarle la orientación. ¡Que le dijera de qué lado nace la luz! Eso le bastaría para calcular otro derrotero. Por un claro de la techumbre, semejante a una claraboya, columbró un retazo de éter azul, sobre el cual inscribía su varillaje una rama seca. Esta visión le recordó el mapa. ¡Ver el sol, ver el sol! Allí estaba la clave de su destino. ¡Si hablaran aquellas copas enaltecidas que todas las mañanas lo ven pasar! ¿Por qué los árboles silenciosos han de negarse a decirle al hombre lo que debe hacer para no morir? ¡Y, pensando en Dios, comenzó a rezarle a la selva una plegaria de desagravio!

Treparse por cualquiera de aquellos gigantes era casi imposible: los troncos eran tan gruesos, las ramas tan altas y el vértigo de la altura acechando en las frondas. Si se atreviera Lauro Coutinho, que nervioso dormía abrazándolo por los pies... Quiso llamarlo, pero se contuvo: un ruidillo raro, como de ratones en madera fina, rasguñó la noche: ¡eran los dientes de sus compañeros que roían pepas de tagua!

Don Clemente sintió por ellos tal compasión que resolvió darles el alivio de la mentira.

—¿Qué hay?, le susurraron a media voz acercándole las caras oscuras.

Y palpaban los nudos de la soga que le ciñeron.

—¡Estamos salvados!

Estúpidos de gozo, repitieron la misma frase: «¡Salvados! ¡Salvados!». Y, postrándose en tierra, apretaban el lodo con las rodillas, porque el dolor los dejó contritos, y entonaron un gran ronquido de acción de gracias, sin preguntar en qué consistía la salvación. Bastó que otro hombre la prometiera para que todos la proclamaran y bendijeran al salvador.

Don Clemente recibió abrazos, súplicas de perdón,

palabras de enmienda. Algunos querían atribuirse el exclusivo mérito del milagro:

—¡Las oraciones de mi madrecita!

—¡Las misas que ofrecí!

—¡El escapulario que llevo puesto!

Mientras tanto, la Muerte debió reírse en la oscuridad.

Amaneció.

La ansiedad que los sostenía les acentuó en el rostro la mueca trágica. Magros, febricitantes, con los ojos enrojecidos y los pulsos trémulos, se dieron a esperar que saliera el sol. La actitud de aquellos dementes bajo los árboles infundía miedo. Olvidaron el sonreír, y, cuando pensaban en la sonrisa, les plegaba la boca un rictus fanático.

Recelaron del cielo, que no se divisaba por ninguna parte. Lentamente empezó a llover. Nadie dijo nada, pero se miraron y se comprendieron.

Decididos a regresar, moviéronse sobre el rastro del día anterior, por la orilla de una laguna donde las señales desaparecían. Sus huellas en el barro eran pequeños pozos que se inundaban. Sin embargo, el rumbero cogió la pista, gozando del más absoluto silencio como hasta las nueve de la mañana, cuando entraron a unos «chuscales» de plebeya vegetación donde ocurría un fenómeno singular: tropas de conejos y guatines, dóciles o atontados, se les metían por entre las piernas buscando refugio. Momentos después, un grave rumor como de linfas precipitadas se sentía venir por la inmensidad.

—¡Santo Dios! ¡Las tambochas!

Entonces sólo pensaron en huir. Prefirieron las sanguijuelas y se guarecieron en un rebalse, con el agua sobre los hombros.

Desde allí miraron pasar la primera ronda. A semejanza de las cenizas que a lo lejos lanzan las quemas, caían sobre la charca fugitivas tribus de cucarachas y coleópteros, mientras que las márgenes se poblaban de arácnidos y reptiles, obligando a los hombres a sacudir las aguas mefíticas para que no avanzaran en ellas. Un temblor continuo agitaba el suelo, cual si las hojarascas hirvieran solas. Por debajo de troncos y raíces avanzaba el tumulto de la invasión, a tiempo que los árboles se cubrían de una mancha negra, como cáscara movediza, que iba ascendiendo implacablemente a afligir las ramas, a saquear los nidos, a colarse en los agujeros. Alguna comadreja desorbitada, algún lagarto moroso, alguna rata recién parida, eran ansiadas presas de aquel ejército, que las descarnaba, entre chillidos, con una presteza de ácidos disolventes.

¿Cuánto tiempo duró el martirio de aquellos hombres, sepultados en cieno líquido hasta el mentón, que observaban con ojos pávidos el desfile de un enemigo que pasaba, pasaba y volvía a pasar? ¡Horas horripilantes en que saborearon a sorbo y sorbo las alquitaradas hieles de la tortura! Cuando calcularon que se alejaba la última ronda, pretendieron salir a tierra, pero sus miembros estaban paralizados, sin fuerzas para despegarse del barrizal donde se habían enterrado vivos.

Mas no debían morir allí. Era preciso hacer un esfuerzo. El indio Venancio logró cogerse de algunas matas y comenzó a luchar. Agarróse luego de unos bejucos. Varias tambochas desgaritadas le royeron las manos. Poco a poco sintió ensancharse el molde de fango que lo ceñía. Sus piernas al desligarse de lo profundo prorujeron chasquidos sordos: «¡Upa! ¡otra vez y no desmayar! ¡Animo! ¡Animo!

Ya salió. En el hoyo vacío burbujeó el agua.

Jadeando, boca arriba oyó desesperarse a sus compañeros, que imploraban ayuda. «¡Déjenme descansar!» Una hora después, valiéndose de palos y maromas, consiguió sacarlos a todos.

Esta fue la postrera vez que sufrieron juntos. ¿Hacia qué lado quedó la pista? Sentían la cabeza en llamas y el cuerpo rígido. Pedro Fajardo empezó a toser con-

vulsivamente y cayó bañándose en sangre por un vómito de hemoptisis.

Mas no tuvieron lástima del cadáver. Coutinho, el
mayor, les aconsejaba no perder tiempo. «Quitarle el
cuchillo de la cintura y dejarlo ahí. ¿Quién lo convidó?
¿Para qué se vino si estaba enfermo? No los debía per-
judicar.» Y en diciendo esto, obligó a su hermano a
subir por una copaiba para observar el rumbo del sol.

El desdichado joven, con pedazos de su camisa, hizo
una manea para los tobillos. En vano pretendió adhe-
rirse al tronco. Lo montaron sobre las espaldas para
que se prendiera de más arriba, y repitió el forcejeo
titánico, pero la corteza se despegaba y lo hacía desli-
zarse y recomenzar. Los de abajo lo sostenían, apun-
talándolo con horquetas y, alucinados por el deseo, como
que triplicaban sus estaturas para ayudarlo. Al fin ganó
la primera rama. Vientre, brazos, pecho, rodillas le ver-
tían sangre. ¿Ves algo? ¿Ves algo?, le preguntaban.
¡Y con la cabeza decía que no!

Ya ni se acordaban de hacer silencio para no provocar la selva. Una violencia absurda les pervertía los
corazones y les requintaba un furor de náufrago, que
no reconoce deudos ni amigos cuando, a puñal, mezquina su bote. Manoteaban hacia la altura al interrogar
a Lauro Coutinho. ¿No ves nada? ¡Hay que subir más
y fijarse bien!

Lauro sobre la rama, pegado al tronco, acezaba sin
responderles. A tamaña altitud, tenía la apariencia de
un mono herido, que anhelaba ocultarse del cazador.
«¡Cobarde, hay que subir más!» Y locos de furia lo
amenazaban.

Mas, de pronto, el muchacho intentó bajarse. Un gru-
ñido de odio resonó debajo. Lauro, despavorido, les con-
testaba: ¡Vienen más tambochas! ¡Vienen más tambo...!

La última sílaba le quedó magullada entre la garganta, porque el otro Coutinho, con un tiro de carabina que le sacó el alma por el costado, lo hizo descender como una pelota.

El fratricida se quedó viéndolo. «¡Ay, Dios mío, maté a mi hermano, maté a mi hermano!» Y, arrojando el arma, se echó a correr. Cada cual corrió sin saber a dónde. Y para siempre se dispersaron.

Noches después, los sintió gritar don Clemente Silva, pero temió que lo asesinaran. También había perdido la compasión, también el desierto lo poseía. A veces lo hacía llorar el remordimiento, mas se sinceraba ante su conciencia con sólo pensar en su propia suerte. A pesar de todo, regresó a buscarlos. Halló las calaveras y algunos fémures.

Sin fuego ni fusil, vagó dos meses entre los montes, hecho un idiota, ausente de sus sentidos, animalizado por la floresta, despreciado hasta por la muerte, masticando tallos, cáscaras, hongos, como bestia herbívora, con la diferencia de que observaba qué clase de pepas comían los micos para imitarlos.

No obstante, alguna mañana tuvo repentina revelación. Paróse ante una palmera de «cananguche», que, según la leyenda, describe la trayectoria del astro diurno, a la manera del girasol. Nunca había pensado en aquel misterio. Ansiosos minutos estuvo en éxtasis, constatándolo, y creyó observar que el alto follaje iba moviéndose pausadamente, con el ritmo de una cabeza que gastara doce horas justas en inclinarse desde el hombro derecho hasta el contrario. La secreta voz de las cosas le llenó su alma. ¿Sería cierto que esa palmera, encumbrada en aquel destierro como un índice hacia el azul, estaba indicándole la orientación? Verdad o mentira, él lo oyó decir. ¡Y creyó! Lo que necesitaba era una creencia definitiva. Y por el derrotero del vegetal comenzó a perseguir el propio.

Fue así como al poco tiempo encontró la vaguada del río Tiquié. Aquel caño de estrechas curvas parecióle rebalse de estancada ciénaga, y se puso a tirarle hojitas para ver si el agua corría. En esa tarea lo encontraron los Albuquerques, y, casi de rastra, lo condujeron al barracón.

—¿Quién es ese espantajo que han conseguido en la cacería?, les preguntaban los siringueros.

—Un picure que sólo sabe decir: ¡Coutinho!... ¡Peggi!... ¡Souza Machado...!

De allí, al terminar el año, se les fugaba en una canoa para el Vaupés.

Ahora está aquí sentado, en mi compañía, esperando que raye el alba para que lleguemos a las barracas del Guaracú. Quizá piensa en Yaguanarí, en Yavareté, en los compañeros extraviados. «No vaya usted a Yaguanarí», me aconseja siempre. Yo, recordando a Alicia y a mi enemigo, exclamo colérico:

—¡Iré, iré, iré!

Al amanecer suscitóse una discusión en que, por fortuna no perdí el aplomo. Tratábase de la forma como debíamos demandar la hospitalidad.

Era indudable que la presencia inesperada de cuatro hombres desconocidos provocaría en los tambos serias alarmas. Uno de nosotros debía arriesgarse a explorar el ánimo del empresario, para que los demás, que quedarían en expectativa, con la selva libre, no se expusieran a sufrir irreparable servidumbre. Al fin se convino en que aquella misión me correspondía; pero mis compañeros se negaban resueltamente a dejarme ir armado.

Con esta precaución ofendían mi cordura, y, sin embargo, la acepté de manera tácita. Evidentemente, ciertos actos como que se anticipan a mis ideas: cuando el cerebro manda, ya mis nervios están en acción. Era bueno privarme de cualquier medio que pudiera encender mi agresividad; y todo hombre armado está siempre a dos pasos de la tragedia.

Entregándoles el revólver que tenía al cinto, les repetí mis advertencias: esperadme aquí; si algo grave sucede, escaparé esta misma noche y nos reuniremos para...

Y partí solo, con el día ya entrado, hacia la vivienda del capataz.

Mientras que marchaba con paso azaroso, empezó a tomar cuerpo mi decisión y recordé el proyecto del Catire Mesa: asaltar la barraca, apoderarnos del «tesoro» de don Clemente, coger los víveres que halláramos y huir con el rumbero por entre los bosques, en busca de las cercanas fuentes del río Guainía, apercibidos para descenderlo, sin correr contingencias con el Isana, su tributario.

¿No sería mejor invadir los tambos a plomo y cuchillo? ¿Por qué llegar como perdiosero a pedir amparo? Me detuve indeciso y miré atrás. Mis camaradas, sacando las cabezas por entre las frondas, esperaban alguna orden. En otra situación, les hubiera gritado con ásperas voces: ¡Mentecatos! ¡Para qué dejan venir los perros!

Porque Martel y Dólar corrían presurosos sobre mi rastro; y en breve instante, desesperándome de inquietud, llevaban por las barracas el anuncio de mi presencia. ¡Imposible retroceder!

Avancé. No creía lo que estaba viendo. ¿Esas pobres ramadas de estilo indígena eran los tan mentados barracones del Guaracú? ¿Esas viles casuchas, amenazadas por el rastrojo, podían ser la sede de un sátrapa, que tenía esclavos y concubinas, señor de los montes y amo de los ríos? Cierto que los caucheros sólo construyen habitaciones ocasionales y mudan su residencia de un caño a otro, conforme a la abundancia del siringal; cierto que el Cayeno, establecido años antes cerca a los raudales del Guaracú, fue moviéndose Isana arriba, sin cambiarle el nombre a la empresa, hasta situarse en el istmo de Papunagua para ejercer dominio sobre el Inírida, en contra de Funes. Pero estas razones no aliviaban mi desencanto ante el mal aspecto de la cauchería.

Uno de los tambos, a paciencia de sus moradores, estaba casi enmallado por andariego bejuco de hojas lanudas y calabacitas amarillentas. En el suelo, espinas de pescado, conchas de armadillo, vasijas de latas carcomidas por el orín. En sucios chinchorros, tendidos sobre un humazo de tizones que ahuyentaba zancudos, se aburrían unas mujeres de fístulas hediondas a yodo-formo y pañuelos amarrados en la cabeza. No me sintieron, no se movieron. Parecíame haber llegado a un bosque de leyenda donde dormitaba la Desolación.

Fueron mis cachorros los que disiparon el marasmo: en el caney próximo hicieron chillar a un mico, que, amarrado por la cintura, colgábase de un palo al extremo de la correa. La dueña salió. Gentes enfermas aparecieron. Por todas partes, chicuelos desnudos y mujeres grávidas.

—¿Usted trajo mañoco para vender?

—Sí. ¿El amo está en casa?

—En aquel caney. Dígale que compre. ¡Estamos con hambre!

—¡Mañoco, ay, mañoco! ¡De cualquier modo se lo pagamos!

Y con anticipada salivación saboreaban su propio deseo.

El caney del amo no tenía paredes; tabiques de palma dividían los departamentos. Propiamente carecía de puertas, pero sus huecos se tapaban con planchas de «chusque». Yo no supe en aquel momento a dónde llamar. Por encima de la palmicha que le servía de muro a una alcoba, miré hacia adentro, con sutil sospecha. En una hamaca de floreados flecos fumaba una mujer vestida de encajes. Era la madona Zoraida Ayram. ¡Y me vio fisgándola!

—¡Váquiro, Váquiro! ¡Aquí hay un hombre!

No hallé qué decir. Me acerqué a la puerta inmediata. La madona tenía en la mano un revólver, pequeñito como un juguete. Mis camaradas estarían observando mis movimientos. El entrar sin sombrero en el barracón era la señal de que el capataz estaba presente. Más tardé yo en pensarlo que él en salir de la pieza próxima, encapsulando la carabina.

—¿Qué quiere «busté»?

—Señor, soy Arturo Cova. Gente de paz.

La madona, como burlándose de sus nervios, dijo con pintoresca pronunciación, reparando en mí, mientras que guardaba el revólver entre el corpiño:

—¡Oh, Alá! ¡Lleven a ese mugroso a la cocina!

El Váquiro repuso extendiéndome su cuadrada mano:

—¡Soy Aquiles Vácares, veterano de Venezuela, «guapo» pal plomo y pa cualquier hombre!

Por lo cual murmuré, descubriéndome reverente:

—¡Salud, General!

El Váquiro ocupó su chinchorro del corredor, con la carabina en las piernas. Ordenóme que me sentara en el banco próximo. Quedéme perplejo, pero expliqué mi indecisión con estas razones:

—General, ¿podrá ser posible que yo tome asiento al lado de un jefe? Sus fueros militares me lo prohíben.

—Eso sí es verdá.

El Váquiro era borracho, bizco, gangoso. Sus bigotes, enemigos del beso y la caricia, se le alborotaban, inexpugnables, sobre la boca, en cuyo interior la caja de dientes se movía desajustada. En su mestizo rostro pedía justicia la cicatriz de algún machetazo, desde la oreja hasta la nariz. Por el escote de su franela irrumpía del pecho un reprimido bosque de vello hirsuto, tan ingrato de emanaciones como abundante en sudor termal. Su cinturón de cuero curtido se daba pretensiones de muestrario bélico: cuchillo, puñal, cápsulas, revólver. Vestía pantalones de kaki sucio y calzaba cotizas sueltas, que, al moverse, le palmoteaban bajo los talones.

—¿Cómo hizo busté pa adivinar los grados que tengo?

—Un veterano tan eminente debe haber recorrido el escalafón.

—¿El qué?

—El escalafón.

—Dígame: ¿y en Colombia suena mi nombre?

—¿Quién no ha oído nombrar al «valiente Aquiles»?
—Eso si es verdá.
—¡Paladín homérida!
—Le advierto que no soy de Mérida sino de Coro.

En ese momento, en grupo acezante, aparecieron mis camaradas, desarmados, en la extremidad del corredor. El Váquiro, sospechoso, se mantuvo en pie. Hice una modesta presentación:

—Señor General, éstos son compañeros míos.

Los tres sin acercarse, murmuraron confusos:

—¡Señor General!... ¡Señor General!

Comprendí que era tiempo de improvisar un discurso lírico para que el Váquiro se calmara. Tergiversé las instrucciones de don Clemente. Pronto adquirió mi lengua un tono irresistible de convicción. Yo mismo me admiraba de mi inventiva, riendo, por dentro, de mi propia solemnidad.

Eramos barraqueros del río Vaupés y residíamos en una zona equidistante de Calamar y de la confluencia de Itilla y el Unilla. Trabajábamos en mañoco, siringa y tagua. Teníamos en Manaos un cliente espléndido, la casa Rosas, en cuyo poder me quedaba un ahorro de unas mil libras, que representaba mi trabajo de penosos meses como productor y comisionista.

Al decir esto, noté que la madona ponía cuidado a mi relato, porque dejó de sonar la hamaca en el cuarto próximo. Este detalle me produjo cierta zozobra y viré de rumbo en mis fantasías.

—Señor General, por desgracia, el Vaupés nos opone raudales pérfidos; y perdimos en un «trambuque», en el correntón de Yavareté, nuestra cosecha de ahora tres años.

Y repetí intencionalmente: en el propio raudal de Yavareté, contra las raíces de un jacarandá.

La madona asomó a la puerta, llenando con su figura quicio y dintel. Era una hembra adiposa y agigantada, redonda de pechos y de caderas. Ojos claros, piel láctea, gesto vulgar. Con sus vestidos blancos y sus encajes tenía la apariencia de una cascada. Luengo collar de cuentas azules se descolgaba desde su seno, cual una madreselva sobre una cima. Sus brazos, resonantes por las pulseras y desnudos desde los hombros, eran pulposos y satinados como dos cojincillos para el placer, y en la enjoyada mano tenía un tatuaje que representaba dos corazones atravesados por un puñal.

¡Entretanto que la miraba, absolví mentalmente tu inexperiencia, desventurado Luciano Silva, y adiviné el desenlace de tu pasión!

—¿Cuáles son los muchachos que conocen el río Vaupés?, preguntó, regando en la atmósfera el cálido perfume de su abanico.

—Los cuatro, señora.

—¿Y el afiliado a la casa Rosas? ¿El comisionista?

—Su admirador.

—¿A cómo le ordenaron pagar el caucho?

—El de primera, a un conto de reis. Poco más o menos a trescientos pesos.

—¿No te lo dije, Váquiro, que no se puede pagar a más?

—¡Mire: no le permito apodarme así! Dígame por mi nombre: ¡General Vácares! ¡Aprenda del joven Cova, que sí sabe tratar a los jefes!

—Nada tengo que ver con nombres y títulos. Devuélvanme mi plata o páguenmela en caucho, a razón de trescientos pesos, menos el flete, porque yo no viajo de balde. ¡Lo demás, me importa un comino!

—¡No sea grosera!

—¡Pues entonces no sea tramposo, no sea canalla, ni tal por cual! Sepa que a las damas se les atiende con guante blanco. Aprenda también de este caballero, que me ha dicho «su admirador».

—Calma, mi señora; calma, General.

El sofocado jefe ordenóme con gesto heroico:

—¡Vámonos pa juera, onde no nos vengan a interrumpir!

Al despedirme de la madona hice una profunda reverencia.

...Y como le decía, la casa Rosas me ordenó que en lo sucesivo esquiváramos el Vaupés y por Caño Grande descendiéramos al Inírida, hacia San Fernando del Atabajo, donde podíamos consignarle al Gobernador los productos que consiguiéramos, pues era agente suyo y tenía el encargo de remitírselos, por el Orinoco, a la isla de Trinidad.

—¡Chicos! ¿Y no sabían que a Pulido lo asesinaron?

—General, vivimos en el limbo de los desiertos...

—Pues lo descuartizaron, por robarle lo que tenía y por coger la Gobernación.

—¡El coronel Funes!...

—¡Qué Coronel! ¡Está degradado! ¡Escupa ese nombre! ¡Cuidao con volverlo a mentar aquí!

Y por darme ejemplo, dejó caer ancha saliva y la refregó con los calcañales.

—Señor General, yo fui precavido: le hice saber a la casa Rosas que en ningún caso respondería por los accidentes que la nueva ruta ocasionara; y, aprobada esta base, dejamos nuestras barracas hace ya dos meses, cargados de mañoco, sarrapia y goma. ¡Pero el Inírida es tan envidioso como el Vaupés, y, al llegar a la boca del Papunagua perdimos todo! ¡Hemos venido por entre el monte, en el colmo de la miseria, a pedir amparo!

—¿Y qué será lo que busté quiere?

—Que me tripulen una canoa para enviar un correo a Manaos, a llevar el aviso de la catástrofe y a traer dinero, sea de la Caja de nuestro cliente, sea de mi cuenta; y que nos den posada a los cuatro náufragos hasta que regrese tal expedición.

—¡No tenemos marina... estamos escasísimos de mañoco!

—Déme usted un boga conocedor y el mulato Correa se irá con él. Pagaremos lo que se nos pida. Los jefes no conocen dificultades.

—¡Eso sí es verdá!

La madona, que oía este diálogo, me llamó aparte:

—Caballero, yo le podría vender un boga que es mío.

—¡No interrumpa busté! ¡Déjenos conversar!

—¿Es que acaso no es mío el rumbero Silva? ¿No les probé que era el picure del personal de Yaguanarí? ¿No saben que Pezil no me lo pagó?

—Señora, si usted desea... Si el General no me lo prohíbe...

—¡Qué General! ¡Este no es el que manda, sino el Cayeno! Este es un pobre diablo que fanfarronea de administrador.

—¡No sea deslenguada! ¡Le voy a probar que sí tengo mando: joven, puede contar con la embarcación!

—¡Gracias! ¡Gracias! En cuanto al boga, si la señora me vende el picure, si me acepta un giro sobre Manaos...

—¿Y qué me da en prenda mientras lo pagan?

—Nuestras personas.

—¡Oh, no! ¡Eso no! ¡Alá!

—No me sorprende la desconfianza. Es verdad que nuestras figuras nos contradicen la solvencia: descalzos, astrosos, necesitados. Sólo aspiro a poner en manos de ustedes cuanto poseemos. Escojan el personal que ha de realizar la comisión. Lo indispensable es que salga pronto con nuestras cartas y tenga cuidado con los valores y mercancías que solicitamos y que ustedes mismos recibirán: drogas, vituallas, y, especialmente, algunos licores, porque conviene alegrar la vida en este desierto.

—Eso sí es verdá.

Cuando la madona, pensativa, nos dejó solos, le rogué al jefe:

—¡Júreme, General, que contaremos con su valía!

—Joven, poco me gusta jurar en cruz, porque soy ateo. ¡Mi religión es la de la espada!

Y llevando la diestra al cinto, como garantía de su juramento, murmuró solemne:

—¡Dios y Federación!

Al atardecer la madona reapareció. Por frente a la ramada que nos destinó el Váquiro, me hizo el honor de pasear su tedio, cubierta con un velo de gasa nívea que la defendía de los «jejenes».

Junto al fogón ocioso bostezábamos en silencio, esperando a los pescadores que fueron al río a conseguir la cena. Franco vació mañoco del bolsillo y lo comíamos a puñados, cuando reparamos en la mujer. Al verla, volví la cara a otro lugar, con el sombrero sobre la frente, avergonzado de la miseria en que me hallaba.

—¿Me está mirando?

—Mucho, pero aparenta disimular.

—¿Se fue?

—Les está haciendo cariños a los dos perros.

—Déjate de observarla, porque se acerca.

—¡Ya viene! ¡Ya viene!

Levanté el rostro para afrontarla, y la vi venir hollando las yerbas, blanca, entre la penumbra semilunar. Pasó junto a mí, saludándome con la mano, y envolvió este reproche en una sonrisa:

—¡Caramba! Estamos esquivos. ¡No hay como tener saldo en la casa Rosas!

Mudo, la vi alejarse hacia su caney, cuando Franco me sacudió:

—¿Oíste? Ya está intrigada por el dinero. ¡Hay que conquistarla inmediatamente!

—¡Sí! A ver si vuelve a decirme «mugroso». ¡Caerá! ¡Caerá! ¡El desprecio de una mujer no tiene perdón! ¡Mugroso! Esta noche lavaremos nuestros vestidos y los secaremos a la candela. Mañana...

La turca extendió en el patio su silla portátil y se reclinó bajo los luceros a respirar frangacias del monte. Aquella actitud no tenía más fin que el de fascinarme, aquellos ojos dirigidos a las alturas querían que los contemplara, aquel pensamiento que fingía vagar en la noche estaba conspirando contra mi reposo. ¡Otra vez, como en las ciudades, la hembra bestial y calculadora, sedienta de provechos, me vendía su tentación!

Observándola de reojo, comencé a sentir la agresividad que precede a los desafíos. ¡Mujer singular, mujer ambiciosa, mujer varonil! Por los ríos más solitarios, por las correntadas más peligrosas, atrevía su batelón en busca de los caucheros, para cambiarles por baratijas la goma robada, exponiéndose a las violencias de toda suerte, a la traición de sus propios bogas, al fusil de los salteadores, deseosa de acumular centavo a centavo la fortuna con que soñaba, ayudándose con su cuerpo cuando el buen éxito del negocio lo requería. Por hechizar a los hombres selváticos ataviábase con grande esmero, y al desembarcar en los barracones, limpia, olorosa, confiaba la defensa de sus haberes a su prometedora sensualidad.

Cuántas noches como ésta, en desiertos desconocidos, armaría su catre sobre las arenas todavía calientes, desilusionada de sus esfuerzos, ansiosa de llorar, huérfana de amparo y protección. Tras el día sofocante, cuyo sol retuesta la piel y enrojece los ojos con doble llama al quebrarse en la onda fluvial, la sospecha nocturna de que los bogas van a disgusto y han concebido algún plan siniestro; tras el suplicio de los mosquitos, el tormento de los zancudos, la cena mezquina, el rezongo del temporal, la borrasca encendida y vertiginosa. ¡Y aparentar confianza en los marineros que quieren robarse la embarcación, y relevarlos en la guardia, y aguantarles refunfuños y malos modos, para que al alba continúe el viaje, hacia el raudal que prohíbe el paso, hacia las lagunas donde el gomero prometió entregar un kilo de goma, hacia los ranchos de los deudores que nunca pagan y que se ocultan al divisar la nave tardía!

Así, continuando el éxodo repetido, al monótono chapoteo de los canaletes, debió de medir la inmensa distancia que hay entre la miseria y el oro espléndido. Sentada sobre los fardos, en la proa del batelón, al abrigo de su paraguas, repasaría en la mente sus cuentas, confrontando deudas e ingresos, viendo impaciente cómo pasaba un año tras otro sin dejarle en las manos valiosa dádiva, igual a esos ríos que donde confluyen sólo arrojan espumas en el arenal. Quejosa de la suerte, agravaría su decepción al pensar en tantas mujeres nacidas en la abundancia, en el lujo, en la ociosidad, que juegan con su virtud por tener en qué distraerse, y que aunque la pierdan siguen con honra, porque el dinero es otra virtud. Y ella, uncida al yugo de la pobreza, luchando a brazo partido para comprar el descanso de la vejez, y volver a su tierra, que le negó todos los placeres, menos el de quererla, el de recordarla. Quizá tendría madre a quien mantener, hermanos que educar, deudas sagradas que redimir. Y por eso la forzaría la necesidad a pulir su rostro, ataviar su cuerpo, refinar su labia, para que los artículos adquirieran categoría; los cobros, provecho; las ofertas, solicitud.

Esto pensaba ya con juicio romántico, desposeído de encono, viéndola ingeniarse por adquirir imperio sobre mi ser. ¿Ambicionaba mi oro o mi juventud? Bien podía escoger lo que le placiera. En aquel momento sentía por ella la solidaridad de los desgraciados. Su alma, endurecida por el comercio, debía pagar tributo a la pesadumbre y a la ilusión, aunque sus ambiciones fueran siempre vulgares. Quizá, como yo, del amor humano sólo conocería la pasión sexual, que no deja lágrimas, sino tedio. ¿Alguien habría rendido su corazón? Pareció no acordarse de Lucianito cuando, al mencionar a Yavareté, hice veladamente la evocación de la sepultura. Acaso otros pesares constituirían el patrimonio de su dolor, pero era seguro que su maciza feminidad no vivía insensible a las sugestiones espirituales: sus grandes ojos denuncian a ratos una congoja sentimental, que parece contagiada por la tristeza de los ríos que ha recorrido, por el recuerdo de los paisajes que no ha vuelto a ver.

Lentamente, dentro del perímetro de los ranchos, empezó a flotar una melodía semirreligiosa, leve como el humo de los turíbulos. Tuve la impresión de que una flauta estaba dialogando con las estrellas. Luego me pareció que la noche era más azul y que un coro de monjas cantaba en el seno de las montañas, con acento adelgazado por los follajes, desde inconcebibles lejanías. Era que la madona Zoraida Ayram tocaba sobre sus muslos un acordeón.

Aquella música de secreto y de intimidad daba motivo a evocaciones y saudades. Cada cual comenzó a sentir en su corazón que lo interrogaba una voz conocida. Varias mujeres con sus chicuelos vinieron a acurrucarse junto a la tañedora. Paz, misterio, melancolía. Elevado en pos del arpegio, el espíritu se desligaba de la materia y emprendía fabulosos viajes, mientras el cuerpo se quedaba inmóvil, como los vegetales circunvecinos.

Mi psiquis de poeta, que traduce el idioma de los sonidos, entendió lo que aquella música les iba diciendo a los circunstantes. Hizo a los caucheros una promesa de redención, realizable desde la fecha en que alguna mano (ojalá que fuera la mía), esbozara el cuadro de sus miserias y dirigiera la compasión de los pueblos hacia las florestas aterradoras; consoló a las mujeres esclavizadas, recordándoles que sus hijos han de ver la aurora de libertad que ellas nunca miraron, e individualmente nos trajo a todos el don de encariñarnos con nuestras penas por medio del suspiro y de la ensoñación.

En breves minutos volví a vivir mis años pretéritos, como espectador de mi propia vida. ¡Cuántos antecedentes indicadores de mi futuro! ¡Mis riñas de niño, mi pubertad agreste y voluntariosa, mi juventud sin halagos ni amor! ¿Y quién me conmovía en aquel momento hasta ablandarme a la mansedumbre y desear tenderles los brazos, en un ímpetu de perdón, a mis enemigos? ¡Tal milagro lo realizaba una melodía casi pueril! ¡Indudablemente, la madona Zoraida Ayram era extraordinaria! Intenté quererla, como a todas, por sugestión. ¡La bendije, la idealicé! Y recordando las circunstancias que me rodeaban, lloré por ser pobre, por andar mal vestido, por el sino de tragedia que me persigue.

Franco fue a despertarme por la mañana y encontró el chinchorro vacío. Corrió luego al caño donde yo cum-

plía mi ablución matinal y me dio esta noticia despam-
panante:

—¡Vístete ligero, que la madona va a proponerte una
transacción!

—¡Mis ropas están húmedas todavía!

—¿Qué importa? ¡Hay que aprovechar! Ella salió del
baño, al amanecer, y ya nos hizo un presente regio: galletas, café dos potes de atún. Quiere hablar contigo,
ahora que estamos solos, pues el Váquiro se marchó desde
temprano a vigilar a los siringueros y sólo volverá de
tardecita.

—¿Y qué quiere decirme?

—Que la prefieras en el negocio. Que si pides dinero
para comprar caucho, le tomes al Cayeno todo el que
tenga en estos depósitos, a ver si él le paga lo que le está
debiendo. ¡Aprisa, vamos!

La madona, en el patio, conversaba animadamente con
el Mulato y el Catire, mostrándoles los encajes y los
dedos, cual si quisiera instarlos a desmayarse de admiración. «Es un muestrario andante —advirtióme Franco—:
nos propone que le compremos telas, sortijas, joyas, semejantes a las que usa o de mejor laya. Dice que llegó
sola en una curiara, tripulada por tres naturales, y que
dejó su lancha en el caserío de San Felipe, en pleno Río
Negro, porque el alto Isana es intransitable. ¿Pero dónde
tiene la mercancía que nos ofrece? Podría yo jurar que su
batelón está escondido en alguna ciénaga, por temor de
que puedan desvalijarlo, y que gentes adictas la esperan allí.

Al calor de la siesta, resolví presentármele a la mujer
en su propia alcoba, sin anunciarme, repensando un
discurso preparado y con cierta emoción que aumentaba
mi palidez. La sorprendí aspirando su cigarrillo en bo-
quilla de ámbar, tendida en la hamaca soporosa, un pie
sobre el otro, y el ruedo de la falda barriendo el suelo
en tardo compás. Al verme, logró sentarse, con fingido
disgusto de mi imprudencia, ajustóse la blusa desabro-
chada, y, observándome, enmudeció.

Entonces, con ilusoria teatralidad, que, por cierto, fue muy sincera, murmuré bajando los ojos:

—¡No repares, señora, en mis pies descalzos, ni en mis remiendos, ni en mi figura: mi porte es la triste máscara de mi espíritu, mas por mi pecho pasan todas las sendas para el amor!

Me bastó una mirada de la madona para comprender mi equivocación. Tampoco entendía la sinceridad de mi rendimiento, cuando hubiera podido darle a mi ánima, ansiosa de un afecto cualquiera, las orientaciones definitivas; tampoco supo velarse con el espíritu para hacerme olvidar la hembra ante la mujer.

Disgustado por mi ridículo, me senté a su lado, decidido a vengarme de su estupidez, y tendiéndole el brazo sobre los hombros la doblé contra mí, bruscamente, y mis dedos tenaces le quedaron impresos en la piel. Arreglándose las peinetas, protestó anhelante:

—¡Estos colombianos son atrevidos!

—¡Sí, pero en empresas de mucha monta!

—¡Quieto! ¡Quieto! ¡Déjame reposar!

—Eres insensible como tus cabellos.

—¡Oh, Alá!

—Te besé la cabeza y no sentiste.

—¡Para qué!

—¡Cuál si hubiera besado tu inteligencia!

—¡Oh, sí!

Durante un momento quedóse inmóvil, menos pudorosa que alarmada, sin mirarme ni protestar. De repente, se puso en pie.

—¡Caballero, no me pellizque! ¡Está equivocado!

—¡Nunca se equivoca mi corazón!

Y en diciendo esto, le mordí la mejilla, una sola vez porque en mis dientes quedó un saborcillo de vaselina y polvos de arroz. La madona, estrechándome contra el seno, prorrumpió llorosa:

—¡Angel mío, prefiérame en el negocio! ¡Prefiérame!

Lo demás fue de cuenta mía.

Hasta diez chiquillos panzulos me cercaron con sus

totumas, gimoteando un ruego enseñado por sus mamas,
quienes en corrillo famélico los instigaban desde otro
caney, ayudándoles con los ojos en la súplica mendi-
cante: ¡mañoco, ay, mañoco!

Entonces la madona Zoraida Ayram, con su mano usu-
rera y blanca, que aún tenía la agitación de las últimas
sensaciones, quiso demostrar su munificencia y obtener
mi aplauso: ejerciendo derechos de ama de casa, fran-
queó la despensa a los pedigüeños y los ordenó colmar
sus vasijas hasta saciarse. Abalanzáronse los muchachos
sobre el mapire, como chisgas sobre el trigal, cuando,
de súbito, una vieja envidiosa los alarmó con estas
palabras: «¡Uiii! ¡Güipas! ¡El viejo!». Y la turba des-
pavorida desbandóse con tal precipitación, que algunos
cayeron derramando el afrecho precioso, pese a lo cual,
los más listos recogieron del suelo varios puñados y
lleváronlos a la boca, con tierra y todo.

El «espanto» de aquellos párvulos era el rumbero Clemente Silva, que, habiendo ido a pescar, regresaba con
las redes ineficaces. Grave recelo sienten ante el anciano, con quien los asustan desde que salen de la lactan-
cia, enseñándoles que, cuando crezcan, va a extraviar-
los en el centro de los rebalses, bajo siringales oscure-
cidos, donde la selva habrá de tragárselos.

La arisca timidez de los indiecitos crece al influjo de
grotescas supersticiones. Para ellos el amo es un ser
sobrenatural, amigo del «máguare», es decir, el diablo,
y por eso los montes le prestan ayuda y los ríos le
guardan los secretos de sus violencias. Ahí está la isla
del «Purgatorio», en donde han visto perecer, por manda-
to del capataz, a los caucheros desobedientes, a las indias
ladronas, a los niños díscolos, amarrados a la intemperie en total desnudez, para que los zancudos y los
murciélagos los ajusticien. Semejante castigo amedrenta
a los pequeñuelos, y, antes de cumplir cinco años de
edad, salen a los cauchales en la cuadrilla de las mujeres, con miedo al patrón, que los obliga a picar los
troncos, y con miedo a la selva, que debe odiarlos por

su crueldad. Siempre anda con ellos algún hachero que
les derriba determinado número de árboles, y es de
verse entonces cómo, en el suelo, torturan al vegetal,
hiriéndole ramas y raíces con clavos y puyas, hasta ex-
traerle la postrera gota de jugo.

—¿Qué opina usted, don Clemente, de estos rapaces?

—Que en mí le tienen miedo a su porvenir.

—Pero usted es hombre de buen agüero. Compare
nuestros temores de hace dos días con la tranquilidad de
que gozamos.

Así dije; y pensando en nuestra pronta separación,
nos arrepentimos íntimamente de haber hablado, y en-
mudecimos, procurando que nuestros ojos no se en-
contraran.

—¿Hoy ha conferenciado con mis compañeros?

—Como amanecimos pescando, estarán durmiendo la
siesta.

—¡Vamos a verlos!

Y cuando pasamos ante un caney, cercano al río, vi
un grupo de niñas, de ocho a trece años, sentadas en el
suelo, en círculo triste. Vestían todas chingues mugrien-
tos, terciados en forma de banda y suspendido por sobre
el hombro con un cordón, de suerte que les quedaban
pecho y brazos desnudos. Unas espulgaba a su compañera, que se le había dormido sobre las rodillas; otras
preparaban un cigarrillo en una corteza de «tabarí», fina
como papel; ésta, de cuando en cuando, mordía con
displicencia un caimito lechoso; aquélla, de ojos estúpidos y greñas alborotadas, distraía el hambre de una
criatura que le pataleaba en las piernas, metiéndole el
meñique entre la boquita, a falta del pezón ya exhausto.
¡Nunca veré otro grupo de más ínfima desolación!

—Don Clemente, ¿qué se quedan haciendo estas indie-
citas mientras tornan sus padres a la barraca?

—Estas son las queridas de nuestros amos. Se las cam-
biaron a sus parientes por sal, por telas y cachivaches
o las arrancaron de sus bohíos como impuesto de esclavitud. Ellas casi no han conocido la serena inocencia

que la infancia respira, ni tuvieron otro juguete que el
pesado tarro de cargar agua o el hermanito sobre el
cuadril. ¡Cuán impuro fue el holocausto de su trágica
doncellez! Antes de los diez años, son compelidas al
lecho, como a un suplicio; y, descaderadas por sus patrones, crecen entecas, taciturnas, ¡hasta que un día
sufren el espanto de sentirse madres, sin comprender la
maternidad!

Mientras íbamos caminando, estremecidos de indignación, observé un semitecho de «mirití», sostenido por
dos horcones, de los cuales pendía un chinchorro misérrimo, donde descansaba un sujeto joven, de cutis cerosa
y aspecto extático. Sus ojos debían de tener alguna
lesión, porque los velaba con dos trapillos amarrados
sobre la frente.

—¿Cómo se llama aquel individuo que se tapó la cara
con la cobija, como disgustado por mi presencia?

—Un paisano nuestro. Es el solitario Esteban Ramírez,
que tiene la vista a medio perder.

Entonces acercándome al chinchorro y descubriéndole
la cabeza, le dije con voz tenue y emocionada:

—¡Hola, Ramiro Estévanez! ¿Crees que no te conozco?

Un singular afecto me ligó siempre a Ramiro Estévanez. Hubiera querido ser su hermano menor. Ningún
otro amigo logró inspirarme aquella confianza que,
manteniéndose dignamente sobre la esfera de lo trivial,
tiene elevado imperio en el corazón y en la inteligencia.

Siempre nos veíamos, nunca nos tuteábamos. El era
magnánimo; impulsivo yo. El, optimista; yo, desolado.
El, virtuoso y platónico; yo, mundano y sensual. No
obstante, nos acercó la desemejanza, y, sin desviar las
innatas inclinaciones, nos completábamos en el espíritu,
poniendo yo la imaginación, él la filosofía. También, aunque distanciados por las costumbres, nos influimos por
el contraste. Pretendía mantenerse incólume ante la
seducción de mis aventuras, pero al censurármelas lo
inundaba cierta curiosidad, una especie de regocijo peca-

minoso por los desvíos de que lo hizo incapaz su temperamento, sin dejar de reconocerles vital atractivo a las tentaciones. Creo que, por encima de sus consejos, más de una vez hubiera cambiado su temperancia por mis locuras. De tal suerte llegué a habituarme a comparar nuestros pareceres, que ya en todos mis actos me preocupaba una reflexión: ¿Qué pensará de esto mi amigo mental?

Amaba de la vida cuanto era noble: el hogar, la patria, la fe, el trabajo, todo lo digno y lo laudable. Arca de sus parientes, vivía circunscrito a su obligación, reservándose para sí los serenos goces espirituales y conquistando de la pobreza el lujo real de ser generoso. Viajó, se instruyó, comparó civilizaciones, comprendió a hombres y a mujeres, y por todo aquello adquirió después una sonrisilla sardónica, que tomaba relieve cuando ponía en sus juicios la pimienta del análisis y en sus charlas la coquetería de la paradoja.

Antaño, apenas supe que galanteaba a cierta beldad de categoría, quise preguntarle si era posible que un joven pobre pensara compartir con otra persona el pan escaso que conseguía para sus padres. Nada le traté a fondo porque me interrumpió con frase justa: ¿No me queda derecho ni a la ilusión?

Y la loca ilusión lo llevó al desastre. Tornóse melancólico, reservado, y acabó por negarme su intimidad. Con todo, algún día le dije por indagarlo: Quiera el destino reservarle mi corazón a cualquier mujer cuya parentela no se crea superior, por ningún motivo, a mi gente. Y me replicó: Yo también he pensado en ello. ¿Pero qué hacer? ¡En esa doncella se detuvo mi aspiración!

Al poco tiempo de su fracaso sentimental no lo volví a ver. Supe que había emigrado a no sé dónde, y que la fortuna le fue risueña, según lo predicaban, tácitamente, las relativas comodidades de su familia. Y ahora lo encontraba en las barracas del Guaracú hambreado, inútil, usando otro nombre y con una venda sobre los párpados.

Gran desconcierto me produjo su pesadumbre, y, por compasiva delicadeza, no me atreví a inquirir detalle ninguno de su suerte. En vano esperé a que iniciara la confidencia. El tal Ramiro estaba cambiado; ni un apretón, ni una palabra cordial, ni un gesto de regocijo por nuestro encuentro, por todo ese pasado que en mí renacía y en el cual poseíamos partes iguales. En represalia, adopté un mutismo glacial. Después, por mortificarlo, le dije secamente:

—¡Se casó! ¿Sí sabías que se casó?

Al influjo de esta noticia resucitó para mi amistad un Ramiro Estévanez desconocido, porque en vez del suave filósofo apareció un hombre mordaz y amargo, que veía la vida tal como es por ciertos aspectos. Asiéndome de la mano interrogó:

—¿Y será verdadera esposa, o sólo concubina de su marido?

—¿Quién lo podrá decir?

—Claro que ella posee virtudes para ser la esposa ideal de que nos habla el Evangelio; pero unida a un hombre que no la pervirtiera y «encanallara». Entiendo que el suyo es uno de tantos como conozco, viudos de mancebía, momentáneos desertores de los burdeles, que se casan por vanidad o por interés, hasta por adquirir hembra de alcurnia a beneplácito de la sociedad. Pero pronto la depravan y la relegan, o en el santuario del hogar la convierten en meretriz, pues su ardor marital ya no prospera sino reviviendo prácticas de prostíbulo.

—¿Y eso qué importa? Con tal de llevar apellido ilustre que se cotice en el gran mundo…

—¡Bendito sea Dios, porque aún existe la candidez!

Esta frase me hizo la impresión de un alfilerazo en mi epidermis de hombre corrido. Y me di a acechar el momento de probarle a Estévanez, que yo también entendía de mordacidad; pero la ocasión no se presentaba y él expuso:

—A propósito de apellidos, recuerdo cierta anécdota de un Ministro, de quien fui escribiente. ¡Qué Ministro tan popular! ¡Qué despacho tan visitado! Pronto me di cuenta de un fenómeno paradójico: los aspirantes salían sin gangas, pero rebosaban de orgullo prócer. Una vez penetraron en la oficina dos caballeros de punta en blanco, elegantes de oficio, profesores de simpatía en garitos y salones. El Ministro, al tenderles la mano, puso atención a sus apellidos:

—Yo soy Zárraga, dijo uno.

—Yo soy Cómbita, murmuró el otro.

—¡Ah, sí! ¡Ah, sí! ¡Cuánto honor, cuánto gusto! ¡Ustedes son descendientes de los Zárragas y de los Cómbitas!

Y cuando salieron, le pregunté a mi augusto jefe:

—¿Quiénes son los antepasados de estos señorones, cuya prosapia arrancó a usted un elogio tan espontáneo?

—¿Elogio? ¡Qué sé yo! Mi pleitesía fue de simple lógica: si el uno es Cómbita y el otro es Zárraga, sus respectivos padres llevarán esos apellidos. ¡Nada más!

Porque Ramiro no advirtiera que su talento provocaba mi admiración, aparenté displicencia ante sus palabras. Quise tratarlo como a pupilo, desconociéndolo como a mentor, para demostrarle que los trabajos y decepciones me dieron más ciencia que los preceptores del filosofismo, y que las asperezas de mi carácter eran más a propósito para la lucha que la prudencia débil, la mansedumbre utópica y la bondad inane. Ahí estaban los resultados de tan grande axioma: entre él y yo, el vencido era él. Retrasado de las pasiones, fracasado de su ideal, sentiría el deseo de ser combativo, para vengarse, para imponerse, para redimirse, para ser hombre contra los hombres y rebelde contra su destino. Viéndolo inerme, inepto, desventurado, le esbocé con cierta insolencia mi situación para deslumbrarlo con mi audacia:

—¿Hola, no me preguntas qué vientos me empujan por estas selvas?

—La energía sobrante, la búsqueda del Dorado, el atavismo de algún abuelo conquistador...

—¡Me robé una mujer y me la robaron! ¡Vengo a matar al que la tenga!

—Mal te cuadra el penacho rojo de Lucifer.

—¿Pero no crees acaso en mi decisión?

—¿Y la tal mujer merece la pena? Si es como la madona Zoraida Ayram...

—¿Sabes algo?

—Me pareció que entrabas en su caney...

—¿De modo que tus ojos no están perdidos?

—Todavía no. Fue una incuria mía, mientras fumigaba un bolón de goma. Prendí fuego, y, al taparlo con el embudo que se habilita de chimenea, una rama rebelde que chirriaba quemándose, me lanzó al rostro un chorro de humo.

—¡Qué horror! ¡Como si se tratara de una venganza contra tus ojos!

—¡En castigo de lo que vieron!

Esta frase fue para mí una revelación: Ramiro era el hombre que, según don Clemente Silva, presenció las tragedias de San Fernando del Atabapo y solía relatar que Funes enterraba la gente viva. El había visto cosas extraordinarias en el pillaje y la crueldad, y yo, ardía por conocer detalles de esa crónica pavorosa.

Hasta por ese aspecto Ramiro Estévanez resultaba interesantísimo; y como, al parecer, reaccionaba contra el divorcio de nuestra fraterna intimidad, fuese amenguando en mi corazón el resentimiento y empezamos a hacer el canje de nuestras desdichas, refiriéndolas a grandes rasgos. Aquel día no cambiamos palabra sobre la tiranía del coronel Funes, porque Ramiro no cesaba de hacerme el inventario de sus cuitas, como urgido de protección.

Lo que más me dolió de cuanto contaba, fueron las

inauditas humillaciones a que dio en someterlo un capataz a quien llamaban «El Argentino», por decirse oriundo de aquel país. Este hombre, odioso, intrigante y adulador, les impuso a los siringueros el tormento del hambre, estableciendo la práctica insostenible de pagar con mañoco la leche de caucho, a razón de puñado por litro. Había llegado a las barracas del Guaracú con unos prófugos del río Ventuario, y, queriendo vendérselos al Cayeno, convirtióse en explotador de sus propios amigos, forzándolos con el foete a trabajos agobiadores, para demostrar la pujanza física de los cuitados y exigir por ellos un óptimo precio. Gerenciaba también el zarzo de las mujeres, premiando con sus cuerpos avejentados la abyección de ciertos peones, y a fuerza de mala índole ganóse el ánimo del Cayeno, hasta posponer al Váquiro mismo, que lo odiaba y reñía.

En el preciso instante que relataba Ramiro Estévanez tan torpes abusos, principió a llegar a los tambos la desolada fila de caucheros, con los tarros de goma líquida y las ramas verdes del árbol «massaranduba»», que prefieren para fumigar, porque producen humo denso. Mientras unos guindaban sus chinchorros para tenderse a sudar la fiebre o a lamentarse del beriberi que los hinchaba, otros prendían fuego, y las mujeres amamantaban a sus criaturas, que no les daban tiempo para quitarse de la cabeza las tinajas rebosantes de jugo.

Llegó con ellos y con el Váquiro un individuo que usaba abrigo impermeable y esgrimía en los dedos un latiguillo de balatá. Hizo limpiar una gran vasija y se puso a medir con una totuma la leche que cada gomero presentaba, atortolándolos con insultos, con amenazas y reclamos y mermándoles el mañoco a que tenían derecho para cenar.

—Mira, exclamó temblando Ramiro: ¡Mi hombre es aquel sujeto del impermeable!

—¡Cómo! ¿Ese que me observa por bajo del ala del sombrero? No hay tal argentino. ¡Ese es el famoso «Petardo Lesmes», popularísimo en Bogotá!

Al sentirse objeto de mi atención, multiplicaba las
reprensiones y trajinaba de aquí y de allí, como para
que yo quedara lelo ante sus portentosas actividades de
hombre de empresa y me diera cata de lo difícil que
me sería contentar al futuro patrón. Dándoselas de afa-
noso y ocupadísimo, marchó hacia mí, fingiendo escribir,
mientras caminaba, en una libreta, para tener pretexto
de atropellarme.

—Amigo, ¿el nombre de usted? ¿Los informes de su
cuadrilla?

Picado por la insolencia del fantoche, volví la cara
hacia los caucheros y respondí por soflamarlo:

—Soy de la cuadrilla de los «pepitos». Los envidiosos
que me conocieron en Bogotá me apodaron el «Petardo
Lesmes», aunque hace tiempos que no les pido nada,
pese a los desembolsos que ocasiona la sociedad. Prefería empeñar mi argolla de compromiso en cobículos y
trastiendas, aun a riesgo de que lo supiera mi prome-
tida, con tal de ser munífico, cual lo requiere mi posi-
ción social. Ocupé mis ratos de estudio en dirigir anóni-
mos a mis primas contra sus pretendientes que no eran
ricos o que no eran «chic». Alegré corrillos de esquinas,
señalando con dedo cínico a las mujeres que desfilaban,
calumniándolas en mil formas para acreditar mi cartel
de perdonavírgenes. Fui Cajero de la Junta de Crédito
Distrital, por llamamiento unánime de sus miembros.
Los cien mil dólares del alcance no salieron todos en mi
maleta: me dieron únicamente el quince por ciento.
Acepté la designación con previo acuerdo de firmar recibo por un caudal que ya no existía. Palabra dada,
palabra sagrada. Al principio tuve vagos escrúpulos de
inexperto, pero la Junta me decidió. Recordóme el ejemplo de tanto «pisco» que saquea con impunidad Habili-
taciones, Bancos, Pagadurías, sin menoscabar su buena
reputación. Fulano de tal falsificó cheques; Zutano adul-
teró cuentas y depósitos, Perencejo se puso por la derecha
un sueldo adecuado a su categoría de novio elegante, en
lo cual procedió muy bien, pues no es justo ni humano

trajinar con talegas y mazos de billetones, padeciendo
necesidades, con el suplicio de Tántalo día por día, y
ser como el asno que marcha hambriento llevando la
cebada sobre su lomo. Vine por aquí mientras olvidan
el desfalco; tornaré presto, diciendo que andaba por
Nueva York, y llegaré vestido a la moda, con abrigo de
pieles y zapatos de caña blanca, a frecuentar mis relaciones, mis amistades, y a obtener otro empleo fructuoso.
¡Estos son los informes de mi cuadrilla!

Así terminé, remirando a Estévanez y feliz de haber
encontrado ocasión de exhibir mi mordacidad. El Petardo
Lesmes, sin inmutarse, me argumentó:

—¡Mis tías y mis hermanas pagarán todo!

—¿Con qué, con qué? Ustedes son pobres, hijos de
ricos. Dividida la herencia, nos igualamos.

—¿Arturo Cova igualarse a mí? ¿Cómo, de qué manera?

—¡De ésta! Y rapándole el látigo, le crucé el rostro.

El Petardo salió corriendo, entre el ruido del impermeable, gritando que le prestaran una carabina. ¡Y no
me mató!

El Váquiro, la madona y mis compañeros acudieron
a contenerme. Entonces un cauchero corpulentísimo sonrió cuadrándose:

—Eso sí no sería con yo. ¡Si usté me hubiera tocao
la cara, uno de los dos estaría en el suelo!

Varios del corrillo que nos rodeaba le replicaron:

—¡No se meta de guapetón, acuérdese del Chispita,
que en el Putumayo le echaba rejo!

—¡Sí, pero onde lo vea le corto las manos!

—Franco, ¿qué te dice Ramiro Estévanez, qué se mur-
mura en los barracones?

—Ramiro se entusiasma por tu ardentía y se apoca
ante tu imprudencia. Los gomeros aplauden la humillación del Petardo Lesmes, pero en todos veo cierta
inquietud, el presentimiento de alguna cosa sensacional.
Yo mismo empiezo a sentir una desconfianza preocupa-

dora. Ayudado por el Catire, he procurado cumplir tus órdenes respecto de la insurrección; pero nadie quiere meterse en sublevaciones, desconfían de nuestros planes y de ti mismo. Suponen que los quieres acaudillar para esclavizarlos cuando pase el golpe o venderlos después. Temo haberles hablado a los delatores. El Petardo Lesmes partió esta mañana en exploración y quería llevarse como rumbero a Clemente Silva. Gracias a que el Váquiro no convino en que éste marchara.

—¡Qué has dicho! ¡Es imperioso que la canoa salga esta misma noche para Manaos!

—Lo lamentable es que sea tan pequeña. Si pudiéramos caber todos...

—¿Pero no comprendes tu desvarío? Aquí debemos permanecer. Nuestra residencia en el Guaracú es la garantía de los viajeros. Si los atajaran, si los prendieran, ¿quién velaría por su destino? Hay que darles tiempo de que desciendan el Isana. Después haremos lo que se pueda para escaparnos. Mientras tanto, nuestro Cónsul estará en viaje y lo avistaremos en el Río Negro. Dos meses de espera, porque la madona les presta su lancha a los emisarios y la tomarán desde San Felipe.

—Oyeme: el viejo Silva dice que no quiere dejarte solo, que no puede admitir favores que provengan de esa mujer, quien lo tuvo de esclavo tras de haber sido concubina de Lucianito.

—¡Si eso quedó arreglado desde ayer! ¡Se irá don Clemente con el mulato y dos bogas más! ¡Ya les tengo firmados los pasaportes! Los víveres listos. ¡Sólo me falta escribir la correspondencia!

Alarmado por este informe, corrí luego a buscar al anciano Silva y le rogué con acento apremiante, provocando sus lágrimas.

—¡No se detenga por mis peligros! ¡Váyase, por Dios, con los huesos de su pequeño! ¡Piense que si se queda, descubren todo y no saldremos jamás de aquí! ¡Guarde ese llanto para ablandar el alma de nuestro Cónsul y hacer que se venga inmediatamente a devolvernos la libertad! Regrese con él y viajen de día y de noche, en la seguridad de hallarnos pronto, porque para entonces estaremos en el Guainía. Búsquenos usted en Yaguanarí, en el barracón de Manuel Cardoso; y si le dicen que nos internamos en la montaña, coja nuestra pista, que muy en breve nos encontrará. Desde ahora le repito las mismas súplicas de Coutinho y de Souza Machado, cuando, perdidos en la floresta, le besaban los pies: «Apiádese de nosotros. Si usted nos abandona, moriremos de hambre».

Después, estrechando contra mi pecho al mulato Antonio Correa:

—¡Vete, pero no olvides que merecemos la redención! ¡No nos dejen botados en estos montes! ¡Nosotros también queremos regresar a nuestras llanuras, también tenemos madre a quien adorar! ¡Piensa que si morimos en estas selvas, seremos más desgraciados que el infeliz de Luciano Silva, pues no habrá quién repatrie nuestros despojos!

Y aunque el Váquiro ebrio y la madona concupiscente me esperaban para yantar, me encerré en la oficina del patrón, y, en compañía de Ramiro Estévanez, redacté para nuestro Cónsul el pliego que debía llevar don Clemente Silva, una tremenda requisitoria, de estilo borbollante y apresurado como el agua de los torrentes.

Esa noche, el Váquiro, deteniéndose en el umbral, interrumpía nuestra labor con impertinencias:

—¡Pida cachaza, pida tabaco y tiros de winchester!

A su vez, el Catire Mesa, provisto de una antorcha, se presentaba a repetir:

—La canoa está lista, pero no hay quien entregue el quintal de caucho que deben llevar como dinero para cubrir los costos del viaje.

Y la madona, con fastidiosa desfachatez, entraba en el cuartucho mal iluminado, me interrogaba familiarmente, me servía pocillos de café tinto, que ella misma endulzaba a sorbos, dándome por servilleta la punta de su delantal.

En presencia del casto Ramiro, apoyó la mejilla en mi hombro, viendo correr la pluma sobre las páginas, a la resinosa luz del candil, admirada de mi destreza en trazar signos que ella no entendía, tan diferentes del alfabeto árabe.

—¡Quién supiera escribir tu idioma! Angel mío, ¿qué pones ahí?

—Le estoy diciendo a la casa Rosas que tienes un caucho maravilloso.

Ramiro, indignado, se retiró.

—Amor, no le digas eso, porque me pedirá que se lo dé en pago.

—¿Acaso le debes?

—¡La deuda no es mía, pero... quisiera que me ayudaras!...

—¿Te obligaste como fiadora?

—Sí.

—Pero el deudor te daba lotes de caucho.

—Eran para mí, no para la deuda.

—¡Y lo mató un árbol! ¿No es verdad que lo mató un árbol, el de la ciencia del bien y del mal?

—¡Oh! ¿Tú sabes? ¿Tú sabes?

—¡Recuerda que he vivido en el Vaupés!

La madona, desconcertada, retrocedía, pero yo, sujetándola por los brazos, la obligué a hablar:

—¡No te afanes, no te desesperes! ¿Es tuya la culpa de que el muchacho se matara? ¡No me niegues que se suicidó!

—¡Sí, se mató! ¡Pero no lo cuentes a tus amigos! ¡Tenía tantas deudas! ¡Quería que me quedara en los siringales viviendo con él! ¡Imposible! ¡O que nos casáramos en Manaos! Un absurdo. ¡Y en el último viaje, cuando pernoctamos en el raudal lo desengañé, le exigí que me dejara, que se volviera! Empezó a llorar. ¡El sabía que yo cargaba el revólver entre el corpiño! Inclinóse. Sobre mi hamaca, como oliéndome, como palpándome. ¡De pronto, un disparo! ¡Y me bañó los senos en sangre!

La madona, sacudida por el relato, fue ganando la puerta, con las manos sobre la blusa, como si quisiera tapar la mancha caliente. ¡Y me quedé solo!

Entonces sentí ascender palabras de llanto, juramentos, imprecaciones, que salían del caney próximo. Don Clemente Silva y mis camaradas me rodearon enfurecidos:

—¡Me los botaron! ¡Ah, miserables! ¡Me los botaron!

—¡Cómo! ¡Será posible!

—¡Los huesos de mi hijo, de mi hijo desventurado, los tiraron al río, porque la madona, esa perra cínica, les tenía escrúpulo! ¡Ahora sí, cuchillo con estas fieras! ¡Mátelos a todos!

Momentos después, sobre la canoa desatracada, vi erguirse en la sombra el perfil colérico del anciano. Entré en el agua para abrazarlo una y otra vez, y escuché sus postreras admoniciones: ¡Mátelos que yo vuelvo! ¡Pero perdone a la pobre Alicia! ¡Hágalo por mí! Como si fuera María Gestrudis.

Y se fue la canoa, y comprendíamos que los viajeros agitaban los brazos hacia nosotros en la lobreguez del cauce siniestro. Llorando, repetimos las palabras de Lucianito: ¡Adiós, adiós!

Arriba, el cielo sin límites, la constelada noche del trópico.

¡Y las estrellas infundían miedo!

Va para seis semanas que, por insinuación de Ramiro Estévanez, distraigo la ociosidad escribiendo las notas de mi odisea, en el libro de Caja que el Cayeno tenía sobre su escritorio como adorno inútil y polvoriento. Peripecias extravagantes, detalles pueriles, páginas truculentas forman la red precaria de mi narración, y la voy exponiendo con pesadumbre, al ver que mi vida no conquistó lo trascendental y en ella todo resulta insignificante y perecedero.

Erraría quien imaginara que mi lápiz se mueve con deseos de notoriedad, al correr presuroso en el papel

tras de las palabras para irlas fijando sobre las líneas.
No ambiciono otro fin que el de emocionar a Ramiro
Estévanez con el breviario de mis aventuras, confesán-
dole por escrito el curso de mis pasiones y defectos, a
ver si aprende a apreciar en mí lo que en él regateó el
destino, y logra estimularse para la acción, pues siempre
ha sido provechosísima disciplina para el pusilánime
hacer confrontaciones con el arriscado.

Todo nos lo hemos dicho y ya no tenemos de qué
conversar. Su vida de comerciante en Ciudad Bolívar, de
minero en no sé qué afluente del Caroní, de curandero
en San Fernando del Atabapo, carece de relieve y de
fascinación; ni un episodio característico, ni un gesto
personal, ni un hecho descollante sobre lo común. En
cambio, yo sí puedo enseñarle mis huellas en el camino,
porque si son efímeras, al menos no se confunden con
las demás. Y tras de mostrarlas quiero describirlas, con
jactancia o con amargura, según la reacción que producen en mis recuerdos, ahora que las evoco bajo las barracas del Guaracú.

Si el Váquiro deletreara las apreciaciones que me sus-
cita, se vengaría soltándome, libre de ropas, en la isla
del Purgatorio, para que las plagas dieran remate a las
sátiras y al satírico. Pero el General es más ignorante
que la madona. Apenas aprendió a dibujar su firma, sin
distinguir las letras que la componen, y está convencido
de que la rúbrica es elevado emblema de sus títulos
militares.

A ratos escucho el taloneo de sus cotizas y penetra en
el escritorio a charlar conmigo.

—Calculo que la curiara va más abajo del raudal de
Yuruparí.

—¿Y no habrán tenido dificultades?... El Petardo
Lesmes...

—¡Pierda cuidao! Anda por el Inírida, y en esta semana debe regresar.

—Señor General, ¿él cumple ciertas órdenes de usted?

—Lo mandé perseguir a los indios del caño Pendare,

pa aumentar los trabajadores. Y busté, joven Cova, ¿qué es lo que escribe tanto?

—Ejercito la letra, mi General. En vez de aburrirme matando zancudos...

—Eso tá bien hecho. Por no haber practicao, se me olvidó lo poco que sé afortunadamente, tengo un hermano que es un belitre en cosas de pluma. Dicen que era de malas pa la ortografía, pero cuando me vine lo vi «jalarse» hasta medio pliego sin diccionario.

—¿Su hermano también estuvo en San Fernando del Atabapo?

—¡No, no! Ni pa qué.

—¿Mi paisano Esteban Ramírez era amigo suyo?

—¡Cuántas veces le he repetido que sí y que sí! Juntos nos le fugamos al indio Funes, porque sabrá busté que el Tomás es indio. Si nos coge, nos despescueza. Y como yo conocía al Cayeno, resolvimos venir a buscarlo. Remontamos el río Guainía, desde Maroa, y por el arrastradero de los caños Mica y Rayao pasamos al Inírida. Y aquí nos ve, establecidos en el Isana.

—General, mi paisano agradece tanto...

—A él le consta que si me vine no fue de miedo, sino por no «empuercarme» matando al Funes. Busté sabe que ese bandido debe más de seiscientas muertes. Puros racionales, porque a los indios no se les lleva número. Dígale a su paisano que le cuente las matazones.

—Ya me las contó. Ya las anoté.

En el pueblecito de San Fernando, que cuenta apenas sesenta casas, se dan cita tres grandes ríos que lo enriquecen: a la izquierda, el Atabapo, de aguas rojizas y arenas blancas; al frente, el Guaviare, flavo; a la derecha, el Orinoco, de onda imperial. Alrededor, ¡la selva, la selva!

Todos aquellos ríos presenciaron la muerte de los gomeros que mató Funes el 8 de mayo de 1913.

Fue el siringa terrible —el ídolo negro— quien provocó la feroz matanza. Sólo se trata de una trifulca entre

empresarios de caucherías. Hasta el Gobernador nego-
ciaba en caucho.

Y no pienses que al decir «Funes» he nombrado a
persona única. Funes es un sistema, un estado de alma,
es la sed de oro, es la envidia sórdida. Muchos son Funes,
aunque lleve uno sólo el nombre fatídico.

La costumbre de perseguir riquezas ilusas a costa de
los indicios y de los árboles; el acopio paralizado de chucherías para peones, destinadas a producir hasta mil por
ciento; la competencia del almacén del Gobernador,
quien no pagaba derecho alguno, y al vender con mano
oficial recogía con ambas manos; la influencia de la selva,
que pervierte como el alcohol, llegaron a crear en algunos hombres de San Fernando un impulso y una conciencia que los movió a valerse de un asesino para que
iniciara lo que todos querían hacer y que le ayudaron
a realizar.

Ni creas que delinquía el Gobernador al pegar la boca
a la fuente de los impuestos, con un pie en su despacho
y el otro en la tienda. Tan contraria actitud se la imponían las circunstancias, porque aquel territorio es como
una heredad cuyos gastos paga el favorito que la disfruta,
inclusive su propio sueldo. El Gobernador de esa comarca
es un empresario cuyos subalternos viven de él; siendo
sus empleados particulares, tienen una función constitu-
cional. Uno se llama Juez, otro Jefe Civil, otro Registra-
dor. Les imparte órdenes promiscuas, les fija salarios y
los remueve a voluntad. Los tiempos del Pretor, que
impartía justicia en las plazas públicas, reviven en San
Fernando bajo otra forma: un funcionario plenipotente
legisla, gobierna y juzga por conducto de parciales asalariados.

Y no es raro ver en la población o individuos que,
llegados de lueñes tierras, se detienen frente a un ven-
torro y dicen el ventero con urgida voz: «Señor Juez,
cuando se desocupe de pesar caucho, háganos el favor
de abrir la oficina para presentar nuestras demandas»,
y se les responde: «Hoy no los atiendo. En esta semana

no habrá justicia: el Gobernador me tiene atareado en despachar mañoco para sus barraqueros del Beripamoni».

Esto allí es legal, correcto y humano. Cualquiera tiene derecho de preocuparse por las entradas del patrón: las rentas son el termómetro de los sueldos. Bolsillo flojo, pago mezquino.

El gobernador Roberto Pulido, competidor comercial de sus gobernados, no había establecido impuestos estúpidos; sin embargo, fraguábase la conjura para suprimirlo. Su mala estrella les aconsejó dictar un decreto en el cual disponía que los derechos de exportar caucho se pagaran en San Fernando, con oro o con plata, y no con pagarés girados contra el comercio de Ciudad Bolívar. ¿Quién tenía dinero listo? Los guardadosos. Mas éstos no lo ahorraban para prestarlo: compraban goma barata a quien tuviera necesidad de pagar tarifas de exportación. Al principio, los mismos conspiradores entraron en competencia en este negocio; luego sacaron de allí el pretexto para estallar: decir que Pulido dictó su decreto, aprovechando la carencia de numerario, para hacerse vender la goma a precio irrisorio, por intermedio de compinches confabulados. ¡Y lo mataron, y lo saquearon y lo arrastraron, y en una sola noche desaparecieron setenta hombres!

Desde días atrás —me refiere Ramiro Estévanez— advertí los preparativos del ominoso acontecimiento. Ya se decía, a boca tapada, que varios sujetos habían logrado infundirle a Funes la creencia de que era apto para adueñarse de la región y hasta para ser Presidente de la República cuando quisiera. No resultaron falsos profetas los de aquel augurio: porque jamás, en ningún país, se vio tirano con tanto dominio en vida y fortunas como el que atormenta la inconmensurable zona cauchera cuyas dos salidas están cerradas: en el Orinoco, por los chorros de Atures y de Maipures; y en el Guainía, por la aduana de Amanadona.

Un día acudí a la casa del Coronel, a tiempo que éste

ajustaba la puerta del patio. Aunque intentó cerrarla rápidamente, alcancé a ver que en el interior había considerable número de caucheros, sentados en los pretiles y en los poyos de la cocina, limpiando sus armas. Estos hombres fueron traídos de las barracas del Pasimoni, como después se dijo, y llegaron a media noche a la población, en compañía de otros barraqueros pertenecientes al personal de distintos patrones, que los ocultaron con cautela.

Funes alarmóse al notar que yo había observado a los gomeros y, buscando mi oído, secreteó con patibularia amabilidad:

—¡No los dejo salir porque se emborrachan! ¡Son de los nuestros! ¿Qué se le ofrece?

—Le debo mil bolívares a Espinosa y me tiene fundido a cobros. Si usted quisiera prestármelos...

—¡Yo nací para los amigos! Espinosa nunca volverá a cobrarle. Usted con sus propias manos tendrá ocasión de saldar esa deuda. Esperemos a que llegue el Gobernador.

Y Pulido llegó al atardecer, de regreso del Casiquiare, en una lancha de petróleo llamada «Yasaná». En compañía de varios empleados, recogióse pronto porque venía enfermo de fiebres. Mientras tanto, sus enemigos, que habían limpiado de embarcaciones la costa para evitar fugas posibles, quitáronle el timón a la lancha y lo escondieron en la trastienda del Coronel, cuyas tapias dan sobre el Atabapo.

Vino a poco la noche, una noche medrosa y relampagueante. De la casa de Funes salieron grupos armados de winchesters, embozados en bayonetas para que nadie los conociera, tambaleantes por el influjo del ron que les enardecía la animalidad. Por las tres callejas solitarias se distribuyeron para el asalto, recordando los nombres de las personas que debían sacrificar. Algunos, mentalmente, incluyeron en esa lista a cuanto individuo les inspiraba antipatías o resentimientos: a sus acreedores, a sus rivales, a sus patrones. Marchaban recostados a las paredes, tropezándose con los cerdos que dormitaban en la acera: «¡Marrano maldito, me hace caer!»

—«¡Chist! ¡Silencio! ¡Silencio!»

En el estanco de Capecci, gente indefensa jugaba a los naipes, acaballaba en el mostrador. Cinco hombres, entre ellos Funes, quedaron acechándola en lo oscuro, para cuando se abriera el fuego en la esquina próxima. Allá, en la alcoba del sentenciado, ardía una lámpara que lanzaba contra la lluvia lívidas claridades. El grupo de López, felinamente, se acercó a la ventana abierta. Adentro, Pulido, abrigado entre su chinchorro, sorbía la poción preparada por los enfermeros. De repente, volviendo los ojos hacia la noche, alcanzó a sentarse: «¿Quiénes están ahí?» ¡Y las bocas de veinte rifles le contestaron, llenando la estancia de humo y sangre!

Esta fue la señal terrible, el comienzo de la hecatombe. En las tiendas, en las calles, en los solares reventaban los tiros. ¡Confusión, fogonazos, lamentaciones, sombras corriendo en la oscuridad! A tal punto cundía la matazón, que hasta los asesinos se asesinaron. A veces, hacia el río, una procesión consternaba el pasmo de las tinieblas, arrastrando cadáveres que prendían de los miembros y de las ropas, atropellándose sobre ellos, como las hormigas cuando transportan provisiones pesadas. ¿Por dónde escapar, a dónde acudir? Mujeres y chicuelos, desorbitados por un refugio, daban con la pandilla, que los abaleaba antes de llegar. «¡Viva el coronel Funes! ¡Abajo los impuestos! ¡Viva el comercio libre!»

Como una saeta, como una ráfaga, empezó a correr una voz: «¡A la casa del Coronel! ¡A la casa del Coronel!». Mientras tanto, en el puerto lóbrego tableteaba el motor de la «Yasaná». «¡A dejar el pueblo! ¡A embarcarse! ¡A la casa del Coronel!»

Cesaron los tiros. En su sala, en su tienda, trajinaba Funes, recibiendo a las gentes incautas, separando con sonrisitas a los que pronto serían asesinados en el solar. «¡Usted, a la lancha! ¡Usted conmigo!» En breves minutos colmóse el patio de rostros pavóricos. Tras la puerta del muro que da sobre el río se situó González con el machete. «¡A bordo, muchachos!» Y el que iba saliendo, rodaba decapitado, entre los hoyos que dieron tierra para levantar la edificación.

¡Ni un grito, ni una queja!

¡La noche, el motor, la tempestad!

Asomándose a la ventana del corredor, donde parpadeaba una lamparilla, vi arremolinarse en la oscuridad el rebaño de detenidos, recelosos de desfilar por la hórrida puerta, escalofriados por la intuición del peligro cruento, erizados como los toros que perciben sobre la yerba olor de sangre.

«¡A bordo, muchachos», repetía la voz cavernosa, desde el otro lado del quicio feral. Nadie salía. Entonces la voz pronunciaba nombres.

Los de adentro intentaron una tímida resistencia: «¡Salga primero!» «¡Al que llaman es a usted!» «¿Pero por qué me acosan a mí?» ¡Y ellos mismos se empujaban hacia la muerte!

En la pieza donde estaba yo comenzaron a descargar bultos y más bultos: caucho, mercancías, baúles, mañoco, el botín de los muertos, la causa material de su sacrificio. Unos murieron porque la codicia de sus rivales estaba clamando por el despojo; otros fueron sacrificados por ser peones en la cuadrilla de algún patrón a quien convenía mermarle la gente, para poner coto a la competencia; contra éstos fue ejecutado el fatal designio, pues debían fuertes avances, y dándoles muerte, se aseguraba la ruina de sus empresarios; aquéllos cayeron, estrangulado el grito agónico, porque eran del tren gubernamental, empleados, amigos o familiares del aborrecido Gobernador. Los demás, por celos, inquinas, enemistades.

—¿Cómo es posible que lo encuentre sin carabina?, preguntóme Funes. Usted no ha querido ayudarnos en nada. ¡Y eso que ya cubrí su deuda! ¡En este machete se lee el recibo!

Y enseñaba contra el farol la hoja sanguinolenta y amellada.

—No se exponga, agregó, a que el pueblo lo considere enemigo de sus derechos y su libertad. Es preciso adquirir credenciales: una cabeza, un brazo, lo que se pueda. ¡Tome este winchester y «rebúsquese»! ¡Ojalá se topara con Dellepiani o con Baldomero!

Y cogiéndome por el hombro, muy amablemente, me puso en la calle.

Por un lado del puerto, hacia la laja de Maracoa, se agruparon unas linternas y descendieron a lo largo de la orilla, alumbrando las aguas y el arenal. Eran unas mujeres que gimoteaban al través de los pañolones, buscando los cadáveres de sus deudos.

—¡Ay! ¡Aquí le arrancaron los intestinos! ¡Lo tirarían a la resaca, pero ha de flotar al amanecer!

En tanto, en los solares, tipos enmascarados movían sus velas, con afán de esconder entre los hoyos llenos de basuras los cuerpos de las víctimas y la responsabilidad de los matadores.

—¡Bótenlos al río! No me los dejen en este patio, que no tardan en ponerse hediondos.

Así clamaba una vejezuela, y, al verse desobedecida, amontonó ceniza caliente en las improvisadas sepulturas.

A veces ambulaba por las esquinas alguna ronda de hombres protervos, que se atisbaban con desconfianza recíproca, disfrazando sus estaturas y sus movimientos para hacer imposible la identidad. Algunos se acercaban para tentarse la manga de la camisa, que debía estar remangada en el brazo izquierdo, pero nadie supo de fijo con quién andaba ni a quién perseguía su acompañante, y se separaban sin interrogarse ni reconocerse. Pasó la lluvia, desaparecieron los cadáveres insepultos, y, sin embargo, el alba indolente se retrasaba en ponerle fin a tan nefanda noche de pesadilla. Cuando el pelotón iba a disgregarse, un hombre inclinó la cara sobre el vecino, alumbrándolo con la brasa del tabaco.

—¿Vácares?

—¡Sí!

Y, en oyendo la voz gangosa, le infirió profunda fa-
cada en el ancho pómulo.

Hoy me asegura el Váquiro que el mismo Funes fue
quien le anduvo por el carrillo queriendo sajarle la yugu-
lar. Sólo que en San Fernando no se atrevía a revelar
el nombre de su agresor, por miedo a las reincidencias
del Coronel, ante quien daba pábulo a la leyenda de que
su herida fue ocasionada en osado duelo, al abatir en la
oscuridad a diez contendores apandillados.

Y hubieras visto a qué extremos tan deplorables se
abajaron los fernandinos por salvar su débil pellejo, haciéndose gratos al déspota y a sus áulicos. ¡Qué adhesio-
nes, qué aplausos, qué intimidades! La delación fue
planta parásita que enredaba a vivos y a muertos y el
chisme y la calumnia progresaron como peste. Los que
sobrevivieron a la catástrofe perdieron el derecho de
lamentarse y comentar, so riesgo de que por siempre los
silenciaran. Cada cual tornóse en espía, y tras de cerra-
duras y rendijas hay ojos y oídos. Nadie puede salir del
pueblo, ni averiguar por el deudo desaparecido, ni inquirir por el paradero del conterráneo, sin exponerse a
ser denunciado como traidor y enterrado vivo hasta la
tetilla, en la excavación que, forzadamente, lo obligan
a hacer en un arenal, donde el calor lo vaya soasando y
los zamuros le piquen los ojos.

Mas no sólo a los aledaños del caserío se circunscri-
ben estas tropelías: por selvas, ríos y estradas va creciendo la onda del sobresalto, de la conquista, del exterminio. Cada cual mata por cuenta propia, mientras que
muere, y ampara sus crímenes bajo supuestas órdenes
del tirano, quien les da su aprobación tácita, para des-
hacerse de los autores, que deja entregados a su mutua
ferocidad.

La especie de que Pulido prosperaba adquiriendo
caucho, es inicua farsa. Bien saben los gomeros que el
oro vegetal no enriquece a nadie. Los potentados de la

floresta no tienen más que créditos en los libros, contra
peones que nunca pagan, si no es con la vida, contra
indígenas que se merman, contra bongueros que se roban
lo que transportan. La servidumbre en estas comarcas
se hace vitalicia para esclavo y dueño: uno y otro deben
morir aquí. Un sino de fracaso y maldición persigue a
cuantos explotan la mina verde. La selva los aniquila,
la selva los retiene, la selva los llama para tragárselos.
Los que escapan, aunque se refugien en las ciudades,
llevan ya el maleficio en cuerpo y en alma. Mustios, en-
vejecidos, decepcionados, no tienen más que una aspiración: volver, volver, a sabiendas de que si vuelven
perecerán. Y los que se quedan, los que desoyen el llamamiento de la montaña, siempre declinan en la miseria,
víctimas de dolencias desconocidas, siendo carne palúdica
de hospital, entregándose a la cuchilla que les recorta
el hígado por pedazos, como en pena de algo sacrílego
que cometieron contra los indios, contra los árboles.

¿Cuál podrá ser la suerte de los caucheros de San
Fernando? Causa pavura considerarla. Pasado el primer
acto de la tragedia, palidecieron; pero el caudillo que
improvisaron ya tenía fuerza, ya tenía nombre. Le dieron
a probar sangre y aún tiene sed. ¡Venga acá la Gobernación! El mató como comerciante, como gomero, sólo
por suprimir la competencia; mas como le quedan com-
petidores en siringales y en barracas, ha resuelto exter-
minarlos con igual fin y por eso va asesinando a sus
mismos cómplices.

—¡La lógica triunfa!
—¡Que viva la lógica!

Calamidades físicas y morales se han aliado contra mi
existencia en el sopor de estos días viciosos. Mi decaimiento y mi escepticismo tienen por causa el cansancio
lúbrico, la astenia del vigor físico, succionado por los
besos de la madona. Cual se agota una esperma invertida
sobre su llama, acabó presto con mi ardentía esta loba
insaciable, que oxida con su aliento mi virilidad.

Y la odio y la detesto por calurosa, por mercenaria, por incitante, por sus pulpas tiranas, por sus senos trágicos. Hoy, como nunca, siento nostalgia de la mujer ideal y pura, cuyos brazos brinden serenidad para la inquietud, frescura para el ardor, olvido para los vicios y las pasiones. Hoy, como nunca, añoro lo que perdí en tantas doncellas ilusionadas, que me miraron con simpatía y que en el secreto de su pudor halagaron la idea de hacerme feliz.

La misma Alicia, con todos los caprichos de la inexperiencia, jamás traicionó su índole aseñorada y sabía ser digna hasta en las mayores intimidades. Mi encono irascible, mi rencor perenne, el enojo que siento al recordarla, no alcanzan a deslucir esa honestidad que, por fuerza, debo reconocerle y abonarle, aunque hoy la repudie por degradada y pérfida. ¡Cuánta diferencia entre ella y la turca, a quien vence en todo, en gracia como en juventud! Porque esta jamona indecorosa alcanza los límites de la marchitez y de la obesidad. Así lo noté desde que la vi. Aunque pasa de los cuarenta, no se le descubre ni una «cana blanca», por milagro de sus cosméticos: ¡pero yo se las adivino!

¡Oh fatiga de la presencia que disgusta! ¡Oh asco de los besos que no se piden! Estaba obligado a disimular, en provecho de nuestros planes, esa repulsión que la madona me produce, y a no tener descanso en mi desabrimiento, pues ninguno de mis amigos ha podido sustituirme en el ruin oficio de tenerla propicia. Ella los rechaza porque sabe que el del saldo en la casa Rosas sólo soy yo. Ensayé, para libertarme, el gesto cansado, la frase dura, el desprecio que levanta ampolla. Por fin rompí con ella violentamente. Y hoy no hallo qué hacer para reconquistarla.

Sucede que estas noches los siringueros han invadido el zarzo de las mujeres, para gozarlas como premio de su semana, según vieja costumbre. Hediondos a humo y a mugre, apenas acaban de fumigar, se le presentan al centinela y con gesto lascivo encargan el turno. Los menos rijosos cambian su derecho a los impacientes por tabacos, por goma o por píldoras de quinina. Anoche, dos niñas montubias lloraban a gritos en lo alto de la escalera, porque todos los hombres las preferían y les era imposible resistir más. El Váquiro, amenazándolas con el foete, las insultó. Una de ellas, desesperada, se tiró al suelo y se astilló un brazo. Acudimos con luces a recogerla y la guarecí en mi chinchorro.

—¡Infames, infames! ¡Basta de abusos con estas mujeres desgraciadas! ¡La que no tenga hombre que la defienda, aquí me tiene!

¡Silencio! Algunas indígenas se me acercaron. En el otro caney sonrieron unos jayanes que estimulaban su sensualidad con chistes obscenos. Y, mirándome, continuaron su ocupación, encendidos en la trémula llamarada de los fogones, sobre cuyo humo hacían voltear —como un asador— el palo en que se cuajaba el bolón de goma, bañándolo en leche a cada instante con la «tigelina» o con la cuchara.

—Oiga, me dijo uno, si tanto le duele lo sucedido, hagamos un cambio: préstenos la madona pa probarla.

Y la madona se enfureció porque no castigué el atrevido.

—¿Te quedas manicruzado ante lo que oíste? ¿Para mí sí no habrá respeto? ¿Quiere decir que no tengo hombre? ¡Alá!

—¡Los tienes a todos!

—¡Pues entonces me paga lo que me debe!

—¡Nada le debo!

Y esta mañana, cuando por consejo de mis amigos fui a darle satisfacciones y a reconocerme deudor, la encontré ataviada, energúmena, lacrimosa.

—¡Ingrato, decirme que no cumple sus compromisos!

Cogíle las mejillas, sin saber en dónde besarla, cuando, de pronto, retrocedí descolorido de emoción y gané la puerta.

—¡Franco, Franco, por Dios! ¡La madona con los

zarcillos de tu mujer! ¡Con las esmeraldas de la niña
Griselda!

¿Cómo pintar la impresión penosa que fue ensombre-
ciendo el rostro de Franco al escuchar mis exclamaciones? Sentado en la barbacoa, en compañía de Ramiro
Estévanez, miraba tejer mapires de palma al Catire Mesa, quien les explicaba el modo sencillo de urdir la tra-
mazón. Con denuedo instintivo, apenas pronuncié el
nombre de su mujer, apretó los puños como apercibién-
dose para defenderla; pero luego inclinó la frente, encendida por el rubor de la honra agraviada. —¿Qué me
importa la suerte de esa señora?, afirmó rabioso. Y,
destejiendo la canastilla, aparentaba tranquilidad.

De repente, dijo con tono brusco, como una cuchillada
en nuestro silencio:

—¡Quiero ver los zarcillos, quiero convencerme! ¿Dónde está la turca ladrona?

—Cállate, que nos pierdes, le suplicábamos, porque
Zoraida venía hacia nosotros, trayendo en la boca un
cigarrillo sin encender. Franco, taimado, le brindó los
fósforos, y cuando la madona se inclinó hacia la llama,
lo vi dominar el impulso de agarrarla por las orejas.

—¡Esos son, ésos son!, repetía al volver. Y se echó
boca abajo en el chinchorro, sin decir más.

Definitivamente, desde ese momento me abandonó la
paz de espíritu. ¡Matar a un hombre! ¡He aquí mi programa, mi obligación!

Siento en mi rostro el hálito frío, anuncio de las tem-
pestades. A mal tiempo llega la hora tan calculada, tan
perseguida. Lo que pedí al futuro es presente ya. Mientras avancé sobre la venganza, el conflicto final me
parecía pequeño, por lo remoto; mas hoy, al ver de
cerca el desenlace, hallo desmesurada esta aventura, cuando estoy sin salud y sin energías para engallarme y arre-
meter.

Pero no me verán buscarle la curva al peligro. Iré de
frente, contrariando la reflexión, sordo al oscuro aviso

que se eleva desde el fondo de mi conciencia: ¡morir, morir!

Lo que más me agrava el aturdimiento es la opinión unánime de mis amigos sobre el modo de rematar la situación: «Si Barrera está por aquí, ¿cuál es mi deber?».

—¡Matarlo, matarlo!

Y tú mismo, Ramiro Estévanez, sostienes el fatal consejo, a tiempo que yo, tal vez por cobardía, esperaba de tu cordura fórmulas piadosas. Seré inexorable pues lo queréis. ¡Gracias a vosotros, vendrá la tragedia!

—¡Que conste!

¡La niña Griselda, la niña Griselda!

Franco y Helí la vieron anoche, sobre el puente de un batelón que ha dado en venir al rebalse próximo a embarcar el siringa robado. Alumbraba con una lámpara la faena contrabandista, y si no distinguió a mis compañeros, al menos ya sabe que la buscamos, porque Martel y Dólar se lanzaron a agasajarla, y ella, al partir el barco, se llevó los perros.

Fue Ramiro Estévanez quien primero supo que los indios trasponían la goma de los depósitos, cargándola, entre las tinieblas, hacia embarcaderos insospechados. Diole el denuncio mi protegida, cierta noche que le vendaba el brazo enfermo; y, enterados de la ocurrencia, nos apostó la india en un escondite para que viéramos sucederse la línea de bultos por entre la maleza encubridora. Diez, quince, veinte nativos de los que sólo entienden la lengua yeral, pasaban con sus cargas, pisando en el silencio como en una alfombra. Para mayor sorpresa cerraba el desfile la madona Zoraida Ayram.

«¡Cogerla! ¡Secuestrarla! ¡Impedir el viaje!» Así cuchicheábamos viéndola fundirse en la oscuridad. Sin tiempo de echar mano a las carabinas, ocultas desde nuestra llegada, corrimos al tambo de la mujer. La lamparilla de escandilar murciélagos, latía como una víscera. El equipaje, intacto. La hamaca, aún tibia, estaba repleta de mantas y cojines, para simular bajo el mosquitero un cuerpo dormido; aquí las chinelas de piel de tigre; allá la colilla del último cigarrillo, humeando todavía en el rincón. Estos detalles nos permitían respirar con sosiego. La madona no había salido para escaparse. Pero debíamos vigilar.

En la noche siguiente dimos comienzo a nuestros planes. Franco y Helí, con taparrabos y con fardo al hombro, entraron desnudos en la fila de los cargadores, por conocer la ruta del incógnito puerto, y atisbar las maniobras de los aborígenes. Mientras tanto, Ramiro entretuvo al Váquiro en su caney y yo pasé la noche con Zoraida. Sobrevino una imprevisión adversa o propicia: los perros, viéndose solos, cogieron el rastro de mis compañeros y encontraron a su antigua dueña, que mañosamente se los llevó, sin decir palabra.

—A no haber sido por los cachorros, me declaraba Franco al amanecer, no la hubiera reconocido. ¡Tan espectral, tan anémica, tan consumida! Grave error cometimos al desertar de los indígenas cuando columbramos las luces del barco. Abiertos de la fila, en la oscuridad, observamos a corto trecho lo que pasaba. Pero si hubieran descubierto nuestra presencia, no habrían asesinado. La pobre mujer, alzando una luz, miraba angustiosa a todas partes; y en breve desatracaron y se fueron.

—¡Qué desgracia! ¡Corremos el peligro de que ya no vuelva!

Entonces el Catire afirmó:

—Desenterradas nuestras carabinas, y en achaques de salir a cauchar, rondaremos estas lagunas desde hoy. Fácil cosa es hallar la guarida del bongo. Si la niña Griselda está con los perros, bastará silbarlos.

¡Hace cinco días que se hallan ausentes, y la incertidumbre me vuelve loco!

La madona está cavilosa. Su disimulo es incompatible con mi paciencia. A ratos he querido reducirla con amenazas, hablarle de Barrera y de los enganchados, obligarla a revelar todo. Otras veces, desligado de la esperanza, intento resignarme a los caprichos del destino, a la fatalidad de los sucesos sobrevinientes, dándoles la espalda, por sentirlos llegar sin palidecer.

¿En quién esperar? ¿En el anciano Silva? ¡Sábelo Dios si la tal curiara habrá perecido! De juro que si bajan hasta Manaos, nuestro Cónsul, al leer mi carta, replicará que su valimiento y jurisdicción no alcanzan a estas latitudes, o lo que es lo mismo, que no es colombiano sino para contados sitios del país. Tal vez, al escuchar la relación de don Clemente, extienda sobre la mesa aquel mapa costoso, aparatoso, mentiroso y deficientísimo, que trazó la Oficina de Longitudes de Bogotá, y le responda tras de prolija indagación: «¡Aquí no figuran ríos de esos nombres! Quizá pertenezcan a Venezuela. Diríjase usted a Ciudad Bolívar».

Y, muy campante, seguirá atrincherado en su estupidez, porque a esta pobre patria no la conocen sus propios hijos, ni siquiera sus geógrafos.

Ante la madona, mientras tanto, es preciso vivir alerta. Siempre odié su idiosincrasia menesterosa, que tiene dos antenas, como los cangrejos: torpeza en el amor y astucia en el lucro. Hoy, más que eso, me desazona su hipocresía, apenas inferior a mi sagacidad. Pero su habilidoso fingimiento data de pocos días.

¿Acaso, como piensa Ramiro, le llegó algún aviso contra mí? ¿Qué será de Barrera, qué del Petardo Lesmes y del Cayeno?

—Zoraida, el que dijera que has cambiado conmigo, tendría razón.

—¡Alá! Como tú prefieres las indias...

—Harto convencida debes estar de lo contrario. Tu desvío tiene por causa el arrebato aquél... ¡Y hasta me reprochaste que no te pagaba! ¿Qué testimonio puedo aducir como garantía de mi honradez? Sólo un hombre, con quien tuve negocios en pasadas épocas y reside en este desierto, podría darte informes de mi rectitud. Cuando regrese la curiara que bajó a Manaos, iré a buscarlo a Yaguanarí, porque le debo varios contos. ¡Se llama Ba-rre-ra!

La madona cambió de postura en el catrecillo y pestañeaba abriendo los labios.

—¿Narciso? ¿Tu compatriota?

—Sí, que tiene negocios con un tal Pezil. Sin conocerme, hízome el honor de enviarme dinero al alto Vaupés para que le enganchara indios y peones. Más tarde, recibí orden de suspender aquella gestión porque él mismo pensaba contratarlos en Casanare. ¡Hombre raro y emprendedor, de audaces ideas! Me ofrecía, a última hora, cederme a bajo precio cuantos siringueros le sobraran. ¡Sin reparar en que ya le debía las sumas que me confió! Iré a verlo, a devolvérselas y a hacer un buen trato, porque hoy a los caucheros se les gana mucho en el Vaupés. Si pudiera, no negociaría en goma sino en gomeros.

Al oír esto, la madona, poniéndome sus palmas en las rodillas, hizo la emocionante revelación:

—¡Los peones de Barrera no valen nada! ¡Todos con hambre, todos con peste! A lo largo del río Guainía desembarcaban en las casas de los «caboclos», a robarse cuanto encontraban, a tragarse lo que podían: gallinas, cerdos, fariña cruda, cáscaras de bananos. ¡Tosiendo como demonios, devorando como langostas! En algunos sitios era indispensable hacerles disparos para obligarlos a embarcarse. Pezil subió a encontrarlos hasta su fundación de San Marcelino. Allí estaban enfermas varias colombianas, y me dio una a precio de costo.

—¿Cómo se llama?

—¡No sé! ¿Te importa saberlo?

—Sí... No... Si hubiera venido, hablaría con ella, primero, para pedirle datos de esa gente, y segundo, para encarecerle absoluta reserva y circunspección.

—¿En qué asunto? ¿Por qué?

—No daré mi confianza a quien me la quita.

—¡Dime! ¡Dime! ¿Cuándo tuve secretos para ti?

Entonces avoqué el problema de lleno:

—Zoraida, quiero ser generoso con la mujer que me hizo erótica dádiva de su cuerpo. Pero en ningún caso toleraré que se comprometa, imprudentemente, confiada en mí. Zoraida, aquí todos saben que de noche transportas el caucho de los depósitos del Cayeno a tu batelón.

—¡Mentira! ¡Mentira de tus amigos, que no me quieren!

—Y que una mujer llamada Griselda les ha escrito cartas a mis compañeros.

—¡Mentira! ¡Mentira!

Y que al Cayeno se le avisó lo que está pasando.

—¡Tus amigos! ¡En eso andan! ¡Tú permitiste!

—¡Y que algunos gomeros encontraron el escondrijo de tu barco pirata!

—¡Alá! ¡Qué hago! ¡Me roban todo!

Entonces yo, esquivo a la mano que me imploraba, salí del tambo, repitiendo con su sardónica displicencia:

—¡Mentira! ¡Mentira!

Acabo de ver al Váquiro, tendido en su hamaca del caney, donde lo consume una fiebre alcohólica. A su redor, denunciando el soborno de la turca, hay desocupada botellería, cuyos capachos despiden aún el olor a brea, peculiar de los barcos recién arribados. Ramiro Estévanez, quien debe a la condescendencia del capataz su actual descanso, sospechó las repentinas intimidades de la pareja, que a solas se encerraba en el depósito a cambiar palabras de miel: «¡Mi señora!» «¡Mi General!» Por orden de éste vino a llamarme, advertido del disgusto con que todos ven la desaparición de mis compañeros. El Váquiro, baboso y amodorrado, parecía dormitar con hipo anhelante, sin admitir otro remedio que la cachaza.

—No lo dejes beber, dije a Ramiro, porque revienta.

Y el enfermo, clavando en mí sus ojillos idiotizados, me reprendió:

—¡Nada le importa! ¡Basta de abusos! ¡Basta de abusos!

—Mi General, respetuosamente pido permiso para explicarle...

—¡Entréguese preso! ¡O me presenta sus compañeros, o queda preso!

Entonces Zoraida le confesó a Estévanez que el Petardo Lesmes llegaría con el Cayeno en hora imprevista, y que pesaban contra nosotros no sé qué sospechas.

—¿Cómo cuál?, respondí con reposo fingido. ¿Es que me calumnia el Petardo por mi adhesión al general Vácares? Pues si así fuere, vengan sobre mí las calamidades, porque tengo el valor de reconocer el mérito ajeno y seguiré proclamando que el hombre de espada está siempre por encima de los demás. ¡Aquí y dondequiera!

El Váquiro dijo, levantándose del chinchorro:

—¡Eso sí es verdá!

—Sí es, agregué, porque mis amigos les comunicaron mis ideas a varios peones, y éstos inducen que conspiro contra el Cayeno, la culpa no está en lo que bien se dice sino en lo que mal se entiende. Si es porque despaché a mis camaradas a trabajar en la cuadrilla que escogieran, por el pudor de verlos ociosos, por el deseo de corresponder en cualquier forma a la protección generosa de quien me hospeda, por compensar con algún esfuerzo el descanso que el General le ha concedido a Ramiro Estévanez, castíguese en mí la omisión de no haber pedido permiso previo a quien lo concede, si alguna vez necesitó la delicadeza autorización de manifestarse.

—Eso sí es verdá.

—Si es porque tú, Zoraida, andas repitiendo que jamás estuve en Manaos, según has colegido de mis respuestas a tus preguntas sobre edificios, plazas, bancos y calles, te enredas en tu desconfianza, porque nunca he dicho que conocí esa capital. Para ser cliente de la casa Rosas no es indispensable pasar el umbral de sus almacenes; al menos, yo no necesité de tal requisito. Le debo al Cónsul de mi país el honor de ser afiliado a tan rica firma. ¿Al Cónsul, oyes?, al Cónsul, quien a la fecha surca el Río Negro y viene a corregir con su autoridad no sé qué desmanes, como me lo anuncia en la última carta que recibí.

La madona y el Váquiro repitieron a dúo:

—¡El Cónsul! ¡El Cónsul!

—¡Sí, el amigo mío que, al saber mi viaje a San Fernando del Atabapo, me recomendó tomar, con sigilo, informes de los abusos y asesinatos que en tierras colombianas ha cometido Funes!

Así dije, y cuando salí haciendo campear mi falso orgullo de hombre influyente, el Váquiro y la madona no cesaban de barbotar:

—¡El Cónsul! ¡Y son amigos!

—¿Podría decirme busté, me rogaba el Váquiro, si en estas cosas del indio Funes habrá de resultarme complicación alguna?

—¿Pero acaso mi General tomó parte activa en la noche aciaga?...

—¡Obligao! ¡Obligao!

Y la madona nos interrumpía:

—¿El señor Cónsul podría ayudarme a cobrar mis créditos? Ya ves, el Cayeno niega la deuda y se fue del tambo para no pagarme. Descríbeme en tu libro las cuentas.

—Acaso el caucho que sacaste de los depósitos...

—Es un «sernambí» de pésima clase. Por fuera, el bolón duro y pulido; por dentro, arenas, trapos y basuras. Perdí el transporte de esa goma porque no resistió la prueba: al ponerla en el agua se hundía. Si escuchara mis quejas el Cónsul...

—Habría que ir a donde está él.

—Y si no ha venido...

—Viene, viene, y ha llegado a Yaguanarí. Esa mujer

llamada Griselda dice en sus cartas no sé cuántas cosas.
Hay que interrogarla.

—Le tengo recelo. Es de malos hígados. Entre ella y
la «otra» le cortaron la cara al pobre Barrera.

—¡Al pobre Barrera!

—Por eso no le permito andar conmigo.

—Conviene interrogarla inmediatamente.

—¿Te atreverías?

—¡Sí!

Y la niña Griselda vino.

Jamás en la vida volveré a sentir tan asfixiadora ex-
pectación como la que embargó mi ánimo aquella tarde,
al oscurecer, cuando la madona Zoraida Ayram colgó su
linterna en la puerta del cuarto que domina el río. Era
la señal. Sobre la linfa trémula del Isana corrían los
reflejos, ordenando el arribo del batelón, en cuya proa
se alistarían los tripulantes para la media noche.

Con certeza no puedo decir en qué momento convencí
a la madona de que debíamos fugarnos juntos. Mi cerebro ardía más que la lámpara del dintel, fulgía como el
faro que convida las naves a entrar en el puerto. Una
frase, una sola frase zumbaba frenética en mis oídos,
proyectando en mis ojos imágenes lúcidas: «Entre ella
y la otra le cortaron la cara al pobre Barrera». La otra,
la otra, ¿quién podía ser? ¿Y por qué motivo? ¿Por
celos, por venganza, por escaparse? ¿Alicia, era Alicia?
¿Cuál de las dos se había anticipado con mano débil a
marcar el trazo mortífero que mi encono másculo debía
ensanchar? ¡Y mientras me agobiaba la agitación, bailaba
ante mis retinas la mueca de un rostro herido, que no
era rostro, ni era mueca, sino la mandíbula de Millán,
partida por el golpe de la cornada, que se reía injuriosa-
mente, con risa enigmática y dolorosa como la de Barrera, como la de Barrera!

¡Bebí, bebí, bebí y no me embriagué! Mis nervios
resistían la acción maléfica del alcohol. Le arrebataba la
copa al Váquiro, y, al apurarla, veía que el farol le prestaba al vidrio tonalidades lívidas de puñal. Impaciente

por la tardanza del bongo, iba del tambo al río y avizo-
raba en el cielo claro la hora de la media noche, viendo
viajar la estrella tardía, calculando su llegada al cenit.
Seguíame por doquiera el Váquiro tambaleante, acosán-
dome con chismes y preguntas:

—Le entregó a la madona el caucho de los depósitos
por saber que yo respondería de su valor.

—«¡Muy bien, muy bien!»

—¡Ella había instigado al Petardo Lesmes a montar
resguardo en el rápido de Santa Bárbara para que detu-
viera la embarcación de Clemente Silva; pero la curiara
pasó!

—«¿Verdad, verdad?»

—Si el Cayeno notaba las mermas en el caucho del
almacén, sindicaría a Zoraida como ladrona.

—«¡Muy bien, muy bien!»

—¿Había maliciado yo que la madona intentaba fugarse? Pues pondría guarniciones para cerrar el río, a
menos que el Cónsul pensara subir hasta el Guaracú y
yo garantizara que él no intentaría...

—«Pierda cuidado, que sólo viene a recoger informes
para acogotar al tirano Funes.»

—¿Por qué les avisaba el Petardo Lesmes que exhibi-
ría testimonios de que no éramos gomeros sino bandidos?

—«¡Calumnias, calumnias! ¡Somos amigos del señor
Cónsul, y eso basta!»

—Zoraida, Zoraida, decíale yo, apartándome del borracho: cuando mis camaradas regresen, abandonaremos
este presidio. Y ella insistía: ¿Pero de veras no los has
mandado a indisponerme con el Cayeno? ¿Me quieres,
me quieres?

—«¡Sí, sí!»Y cogiéndola por los brazos, la apretaba
nervioso, hasta hacerla gritar, y la miraba con ojos alucinados, y la figura de la mujer borrábase de mi presencia, quedando sólo un paño sangriento sobre el busto
lascivo, que la sien de Luciano Silva empapó de cálida
púrpura.

La noche era azul y los barracones estaban desiertos.
Ramiro Estévanez, que no se apartaba de la orilla, vino
a avisar que por el río bajaban ramas. El batelón debía
hallarse arriba, en el atracadero desconocido, enviando
señales.

Al oír esta nueva, operóse en mí un fenómeno orgá-
nico: mis plantas se enfriaban, mis pulsaciones se mode-
raron y empecé a sentir un vago reposo que me llenaba
de indolencia, a pesar de la fiebre súbita que prestaba a
mi piel ardores de brasa. ¿Emocionarme yo porque una
aventurera llegara al tambo? ¡Ya no tenía interés en
verla, ni en saber de nadie! ¡Si quería protección, que
me buscara! Y me embocé en un desdén irónico.

—¡No me invites al puerto, Zoraida, porque no voy!
¡Si aún insistes en que interrogue a tu sirvienta, ha de
ser a solas y en este caney!

Minutos más tarde, cuando advertí que las dos mujeres llegaban, quise moverme a velar la llama del farol.
Di algunos pasos, y el pie derecho se me resistía: un
leve hormigueo, una especie de parálisis cosquillosa me
estremeció. Lerdamente, avancé sin sentir el suelo, como
si pisara en algodones. ¡La niña Griselda corrió a abrazarme! Rechazándola con el gesto, le dije a secas ante la
madona:

—¡Salud!

Hoy escribo estas páginas en el Río Negro, río suges-
tivo que los naturales llaman Guainía. Desde ha tres
semanas, en el batelón de la turca, huimos de las barracas del Guaracú. Sobre la cresta de estas ondas retintas
que nos van acercando a Yaguanarí, frente a estas orillas que vieron bajar a mis compatriotas esclavizados,
sobre estos remolinos que venció la curiara de Clemente
Silva, hago memoria de los sucesos aterradores que ante-
vinieron a la fuga, inconforme con mi destino, que me
obligó a dejar un rastro de sangre.

Aquí va la niña Griselda, de sabrosa palabra y espíritu enérgico, cuyo rostro, desgastado por el dolor, apren-

dió a sonreir entre lágrimas. Cariño y coraje infúndeme
al par esta desgraciada, que no se inmuta ante el peligro
y supo desarmar mi cólera estúpida la noche en que nos
hallábamos, frente a frente, solos, en el caney de la
madona.

—¡Salud!, repetí, haciendo ademán de salir del
cuarto.

—Esperáte, desconocío. ¡Aquí me han tréido a garlar
con vos!

—¿Conmigo? ¿De qué? ¿Viene usted a contarme cómo le ha ido?

—Lo mismo que a vos. ¡Fregaíta, pero contenta!

—¿Y su negocio? ¿Cómo va la asistencia de las peonadas? ¿A cómo tiene amasijo fresco?

—Pa vos no tengo, porque no fío. Pero como te veo
la necesidá, vení y arreglamos.

Conmovido, al verla taparse el rostro con el pañuelo,
le pregunté:

—¿Te enseñó a llorar el «niño» Barrera?

—¿Yorar? ¿Y por qué? Es que desde el día que me
pegaron un pescozón quedé resabiáa a tarme limpiando.

Reprochándome de esta suerte la brutal escena de La
Maporita, intentó reír, pero, de repente, convulsionada
por los sollozos, cayó a mis pies:

—¡Dejáte de burlas, mirá que somos tan desgraciaos!

Casi maquinalmente incliné me para levantarla, con
secreta satisfacción de verla rendida. Sentíame anona-
dado ante aquel dolor, pero mi orgullo se irguió como
una esfinge, y enmudecí: ¿Preguntar por Alicia, averiguar por su paradero, demostrar interés por saber de
ella? ¡Jamás! Sin embargo, creo que, inconsciente, balbucí alguna pregunta, porque Griselda, sonriendo entre
su llanto, replicó:

—¿A cuál de eyas te referís, a tu Clarita?

—¡Sí!

—Pues recibíme el pésame má sentío, porque ahora
la tiene don Funes. Barrera se la dio en pago del permiso pa transitá por el Orinoco y el Casiquiare. De ver

su suerte, yoraba la pobre, y nosotras también yorába-
mos, pero, metía entre una canoa, sin entregarle ni la
ropita ni el baulito, se la yevaron pa San Fernando del
Atabapo, con una carta y algunos presentes.

—¿Y la otra, la otra, cuál fue la de la cortada?

—¡Ah, descarriao! ¡Con que al fin preguntas por eya!
Confesáme primero que la Clarita fue concubina tuya
cuando tabas en Hato Grande. ¡Si nosotras supimos tóo!

—¡Nunca! Pero dime, aquel miserable.

—Personalmente nos yevó ese cuento, y toas las noches mandaba a Mauco a afligí a la niña Alicia: ¡que
te la pasabas enchinchorrao con la tal mujé, que te la
yevabas pa Venezuela y no sé qué má! Decí, pué, si
la otra tuvo razón en desesperarse. ¡Por eso se vino!
¡Por eso me la traje, porque yo también queaba en el
viento! ¡Fidel quería desenyugarse! ¡Me trataba mal!...

—¡Te advierto que no me importan esas fábulas!
¡Cada cual merece su sino! ¡Lo que no acepto es que
compliques a Barrera en esa intriga, queriendo dártelas
de inocente! ¿Y los paseítos en la curiara? ¿Y las entrevistas a la media noche?

—¡Pero no eran pa náa malo! ¡Tenés razón en juz-
garme así, por haberme chanceao con vos! ¡Ese fue mi
pecao, pero ha sío más grave la penitencia! ¡Yo necesitaba de alguna ayúa, y como la niña Alicia quería volverse pa su casa de Bogotá con don Rafael, me sobrevino la tentación! ¡Pero harto me pesa! ¡Jamás de los
jamases le falté a Franco!

—¡Ah, si hablara el espectro del Capitán!...

—¡No me lo recordés! ¡La pagó caro por atrevío! ¡Preguntále a Fidel, si querés detayes, pero no me lo recordés! ¡He sufrío tanto! ¡Imaginá lo que fue pa mí
tenderlo boqueando al pie de mi honra! ¡Y dejá que
Fidel se lo echara encima pa salvarme, pa defenderme!
Y luego, el suplicio de ve a mi hombre, triste, desamo-
rao, arrenpentío, dejándome sola en La Maporita, días
y semanas pa no mirarme, pa no tené que darme la
mano, repitiéndome que deseaba largarse lejos, a otros

países, onde nadie supiera lo suceído y no tuviera que
tar de peón jugándose la vida con las toráas. ¡En ésas
el tal Barrera se presentó, y Franco me daba rienda pal
entusiasmo, como queriendo salir de mí, diciéndome
unas veces, que nos veníamos, otras, que él se queaba;
hasta que Barrera, pa obligarme a cogé camino, me cobró
los regalos que me había hecho, y yo no tenía con qué
pagá, y me amenazaba con demandá al pobre Fidel!
¡Esas eran las entrevistas! ¡Eso es lo que vos suponés
de malo!

—¿Y quisiste saldar esa cuenta entregando a la «niña»
Alicia?

—¡Ponéle conciencia a lo que decís! ¡Cómo me vas
a hacé ese cargo! ¡Yo le di al Barrera cuanto era mío,
sortijas, zarcíyos, y hasta quise vendé mi máquina pa
pagale! Despué de tóo, volvió a decirme que vos eras
rico, que te pidiera plata prestáa. La niña Alicia, que me
sentía yorá de noche, ofreció ayuarme, hablando con él,
pa conseguir que me rebajara siquiera el saldo. ¡En ésas,
me pegaste y querías matarnos, y te fuiste pa onde Clarita, y Barrera me fue a advertir que no esperara a
Franco porque vos le ibas a meté no sé cuántos chismes
y me podía molé a palos! ¡Y huyendo, eya de vos y yo
de Fidel, nos vinimos solas ponde pudimos: a buscá la
vida en el Vichada!

—El cariño y el viento soplan de cualquier lado.

—Hice mal en decirte eso. Como vos me gustabas y
la niña Alicia quería regresá... Pero ya ves qué viento
tan inhumano, tan espantoso: cayó sobre tóos y nos ha
dispersao que ni basuras, lejos de nuestra tierra y de
nuestro cariño.

La infeliz mujer principió a llorar y una ternura des-
bordante inundó mi pecho:

—¡Griselda, Griselda! ¿Dónde está Alicia?

—Tras la camorra con el Barrera, me separaron de
eya y me vendieron. ¡Debe tar en Yaguanarí! Afortunadamente, la enseñé a amarrarse las naguas, a sabé por-
tarse. No la desamparaba en tóo el camino: si salíamos

del bongo, salíamos juntas, si dormíamos en la playa, una contra otra, bien tapáas con la cobija. El Barrera taba chocao, pero sin atreverse a ser abusivo. Una noche, entró el bongo, destapó boteya por emborracharnos. ¡Cómo náa le recibíamos, les mandó a los bogas sacarme a empeyones, y se lanzó a forzá a la niña Alicia; pero ésta desfondó la boteya contra la borda, y le hizo al beyaco, de un golpe, ocho sajaduras en plena cara!

Cuando la mujer acabó de hablar, había partido yo mis uñas contra la mesa, creyendo que mis dedos eran puñales. Fue entonces cuando noté que mi mano derecha estaba insensible. ¡Ocho sajaduras! ¡Ocho sajaduras! ¡Y con llameantes ojos buscaba al infame en la habitación, para ultimarlo, para morderlo, para mascarlo!

La niña Griselda me suplicaba:

—¡Calmáte, calmáte! Vámonos por eya a Yaguanarí. ¡Esa es una mujé honráa! ¡Te juro que no la han comprao, porque ahora no sirve pa los trabajos, porque ta encinta!

Al oír esto, ya no supe de mí. Como eco lejano llegaba a mis oídos la voz de la patrona, que decía:

—¡Vamonós, vamonós! ¡Fidel y el Catire me toparon esta mañana y tan en el bongo! ¡Tóos reconciliaos!

Indudablemente, di alarmantes quejidos porque aparecieron en el umbral Ramiro Estévanez y la madona.

—¿Qué pasa? ¿Qué pasa?

Y la niña Griselda, viéndome afónico, les repetía:

—¡Nos vamos! ¡Nos vamos! ¡Dijeron los bogas que el Cayeno púee yegá!

Afanosa, Zoraida empezó a arreglar los bártulos, abrumando a su sierva con órdenes perentorias de ama gruñona. Ramiro, desconcertado, se acercó a tomarme el pulso. Las mujeres trajinaban haciendo envoltorios, y en breve, la madona, bajo su gran sombrero, me preguntó:

—¿Tienes alguna cosa que llevar?

Señalando difícilmente el libro desplegado en la mesa,

el libro de esta historia fútil y montaraz, sobre cuyos folios tiembla mi mano, acerté a decir:

—¡Eso! ¡Eso!

Y la niña Griselda se lo llevó.

—Dime, ¿alcanzaste a poner en claro la cuenta que te pedí? ¿La detallaste bien para mostrársela al señor Cónsul? Ya ves que Barrera todavía me debe, pues me engañó dándome joyas ordinarias. Entrégame las sumas que le tienes. ¡Podías firmarme una obligación! ¿Qué te dijo la mujerzuela? ¡Vámonos, tengo miedo!

Y Ramiro advirtió, haciendo una seña:

—¡El Váquiro está despierto, en el corredor!

No acierto a describir lo que fui sintiendo en esos instantes: me parecía que estaba muerto y que estaba vivo. Evidentemente, sólo la zona del corazón y gran parte del lado izquierdo daban señales de perfecta vitalidad; lo demás no era mío, ni la pierna, ni el brazo, ni la muñeca; era algo postizo, horrible, estorboso, a la par ausente y presente, que me producía un fastidio único, como el que puede sentir el árbol que ve pegada en su parte viva una rama seca. Sin embargo, el cerebro cumplía admirablemente sus facultades. Reflexioné. ¿Era alguna alucinación? ¡Imposible! ¿Los síntomas de otro sueños de catalepsia? Tampoco. Hablaba, hablaba, me oía la voz y era oído, pero me sentía sembrado en el suelo, y, por mi pierna, hinchada, fofa y deforme como las raíces de ciertas palmeras, ascendía una savia caliente, petrificante. Quise moverme y la tierra no me soltaba. ¡Un grito de espanto! ¡Vacilé! ¡Caí!

Ramiro exclamó, inclinándose presuroso:

—¡Déjate sangrar!

—¡Hemiplejía! ¡Hemiplejía!, le repetía desesperado.

—¡No! ¡El primer ataque de beriberi!

Toda la madrugada estuve llorando, sin más compañía que la de Ramiro, quien sentado a mi diestra en el chinchorro, no profería palabra. El hálito fresquísimo de la aurora me restauraba el cuerpo, y por la heridilla

que la lanceta hizo en mi brazo, escapó la fiebre. Probé
a caminar y la pierna torpe se retrasaba, desnivelándo-
me, pues en realidad voluminosa, era en apariencia menos pesada que una pluma. Ahora sí comprendía por
qué algunos gomeros, al sufrir los síntomas del beriberi, bregan, enloquecidos, por amputarse de un ha-
chuelazo el tobillo insensible, y corren, desangrándose,
hacia la barraca, donde mueren comidos por la gan-
grena.

—No permito que nadie salga de aquí, recalcaba el
Váquiro en el caney próximo, donde altercaba con la
madona. Aunque esté borracho, me doy cuenta de lo
que pasa. ¡Busté me conoce!

—¿Oyes?, decía Ramiro. Es aventurado pensar en
fugas. ¡Al menos, yo no lo intentaré!

—¡Cómo! ¿Piensas quedarte aquí, donde la timidez
te remachó cadenas?

—La timidez y la reflexión, es decir, lo que tú no
tienes. Y puedes añadir otras cosas: el fracaso, la decepción.

—¿Pero no te entusiasma la libertad?

—Ella no me bastó para ser feliz. ¿Volver yo a las
ciudades, desmedrado, pobre y enfermo? El que dejó
sus lares por conquistar a la fortuna no debe tornar
pidiendo limosna. Por aquí siquiera nadie conoce mis
vicisitudes, y la miseria toma aspectos de obligatoria re-
nunciación. Véte, la vida nos amasó con substancias
disímiles. No podemos seguir el mismo camino. Si algún
día ves a mis padres, cúrate de decirles dónde estoy.
¡Caiga el olvido sobre el que nunca puede olvidar!

Estas frases conque Ramiro se despedía de la ilusión
y de la juventud, nos hicieron llorar otra vez. ¡Todo
por el amor a aquella Marina, cuyo dulce nombre le
escribió el destino entre dos palabras!:

¡Siempre! ¡Jamás!

—¿Por qué discuten?, le pregunté a Ramiro cuando
volvía, al amanecer.

—Por el caucho de los depósitos. El Váquiro sostiene que faltan más de ciento cincuenta arrobas, y afirma que le fueron robadas, porque las embarcaron sin su venia. La madona promete que tú responderás.

—¿Qué hago, Ramiro?

—Es una terrible complicación.

—Aconsejémosle a la madona que lo devuelva y nos fuguemos. ¡O si no, prendamos al Váquiro! ¡Llama a Fidel y a Helí que están en el bongo! ¡Dile que traigan las carabinas!

—El bongo está encostado en la orilla opuesta. Los que llegaron venían en canoa.

—¿Qué hago, Ramiro?

—Esperemos a que el Váquiro duerma la siesta.

—Pero te irás conmigo, ¿verdad? ¡A seguir mi suerte! ¡A encentrarnos en el Brasil! ¡Trabajaremos como peones, donde no nos conozcan ni persigan! ¡Con Alicia y nuestros amigos! ¡Esa varona es buena y yo la perdí! ¡Yo la salvaré! ¡No me reproches este propósito, este anhelo, esta decisión! No tomes a mal que sea mi querida; hoy es sólo una madre en espera de su propio milagro. ¡Tantos en el mundo se resignan a convivir con una mujer que no es la soñada, y, sin embargo, es la consentida, porque la maternidad la santificó! ¡Piensa que Alicia no ha delinquido, y que yo, despechado, la denigré! ¡Ven, sobre el cadáver de mi rival habrás de vernos reconciliados! Vamos a buscarla a Yaguanarí. Nadie la compra porque está encinta. ¡Desde el vientre materno mi hijo la ampara!

De repente, Ramiro, desencajado, exclamó alejándose:

—¡El Cayeno! ¡El Cayeno!

Aún me estremezco ante la visión de aquel hombre rechoncho y rubio, de rubicunda calva y bigotes lacios, que apercollando al general Vácares, lo trincó sobre el polvo, urgiendo que lo colgaran de los pies y le pusieran humo bajo la cara. ¡Rediablos!, repetía mascando las erres. ¡Rediablos! ¿No mandé que montaras guarniciones en el raudal? ¿Quién despachó canoa para el Brasil?

Y mientras los verdugos ejecutaban el suplicio, rugió rapándole a la madona su fresco sombrero:

—¡Cocota! ¿No te descubres? ¿Qué haces aquí? ¿No te probé que nada te debo? ¿Dónde tienes el caucho que me robaste?

Y como la madona me señalaba, el gabacho alevoso marchó contra mí:

—¡Bandido! ¿Sigues alebrestándome los gomeros? ¡Ponte de pie! ¿Dónde se hallan tus dos amigos?

Intenté levantarme y resistirle, pero la pierna hinchada me lo impidió. Entonces el hombre, a patada y foete, me cayó encima, llamándome ladrón, llamándome aliado del indio Funes, hasta dejarme exánime en el suelo.

Cuando me enderecé, cubierto de sangre, sentí que el Cayeno andaba en los depósitos. A la sazón, la antigua peonada invadió el patio, donde había una patrulla de indios prisioneros, con los puños engusanados bajo las sogas. Por entre ellos zanganeaba el Petardo Lesmes, apresurando a los capataces, que examinaban el rebaño recién cogido para distribuirlo entre sus cuadrillas. Sorda algarada llenaba el ámbito, cuando vi sacar del montón de hombres, con las manos atadas, al Pipa, al Pipa, que venía a identificarme, de acuerdo con instrucciones del Petardo. Acercóse a mí, y afirmando sobre mi pecho su pie inmundo, gritó: ¡Este es el espía de San Fernando!

—¡Y vos, animal, replicóle el cauchero corpulentísimo que lo seguía, sos el Chispita de la Chorrera, el que, rasguñándolos, mataba los indios a su sabor, el que tantas veces me echaba rejo! ¡Préstame las uñas pa examinártelas!

Y tirándolo de la coyunda, lo llevaba de rastra, entre las rechiflas de los gomeros, hasta que furibundo, le cercenó los brazos con el machete, de un solo mandoble, y boleó en el aire, cual racimo lívido y sanguinoso, el par de manos amoratadas. El Pipa, atolondrado, levantóse del polvo como buscándolas, y agitaba a la altura de la cabeza los muñones, que llovían sangre sobre el rastrojo, como surtidorcillos de algún jardín bárbaro.

Apenas el Cayeno reapareció, quedaron en silencio los barracones del Guaracú.

—¡Colombiano! ¡A decirme dónde está el bongo! ¡A devolverme el caucho escondido! ¡A entregarme tus compañeros!

Y cuando me metieron en la canoa y cruzábamos el río hacia el batelón, vi por última vez a Ramiro Estévanez y a la madona Zoraida Ayram, sobre la barranca del puertecito, llorosos, trémulos, espantados.

La niña Griselda, al verme contuso, adivinó lo que había pasado y salió a recibirnos en la borda. El Cayeno, apagando la pipa contra la suela del zapato, pareció vacilar ante repentina sospecha, porque ordenó a los bogas de la curiara que costearan el bongo. Los perros, iracundos, defendían el puente a grandes ladridos.

—Mujer, prorrumpí, encadena tus animales, que el señor viene a requisar esta embarcación.

—Explícale al amo que aquí no tenemos ma que la mercancía. Toa la goma queó tapáa en los rebalses. ¡Si el amo quiere, vamos ayá!

El Cayeno, de un salto, se instaló en proa y mandó que desatracaran, apenas logré subir yo.

—¿Cuánta gente tienen aquí? ¿Dónde están los otros bribones?

—Mi amo, yo toy solita con los tres indios: dos pa los canaletes y el del timón.

El tirano gritó a los marineros de la canoa:

—¡Upa! ¡Vuélvanse a las barracas a traer cargueros!

Mientras tanto, el bongo seguía agua abajo y la niña Griselda vino a colocarse ante el Cayeno, barbullando contritas explicaciones, para impedirle reparar en los fardos de mercancía. Allí estaban ocultos mis compañeros, mal tapados con un costal, bajo cuyo extremo les salían los pies. Por mi cara corría un sudor de muerte.

El Cayeno los vio, y, montando el revólver, bajó hacia ellos.

—Señor, balbucí: ¡son dos muchachos que están con fiebres!

El déspota inclinóse para descubrirlos, y, súbito, Fidel le agarró el arma con ambas manos, mientras el Catire lo sujetaba por la cintura. Salté como pude para arracimármeles, pero el ex presidiario, liso como un pez, se nos zafó repentinamente, lanzándose al río. La niña Griselda le alcanzó a dar en la cabeza un canaletazo. Sobre las burbujas que el fugitivo provocó en el agua cayeron los perros. El Cayeno se sumergió. Listas, en las bandas, acechaban las carabinas. «¡Aquí está, aquí está, prendido al timón!» ¡Uno, dos, diez disparos! El hombre se puso a flote, haciéndose el muerto, mientras se alejaba de los fusiles, y después los cachorros no podían alcanzarlo. «¡Allí, allí, no lo dejen tomar respiro!» Bogábamos en el bongo furiosamente, y la cabeza desaparecía, rápida como pato zabullidor, para emerger en punto impensado, y Martel y Dólar seguían la ruta en la onda carmínea, aullando presurosos en pos de la presa, hasta que presenciamos sobre la costa el cuadro crispante: ¡uno de los perros cabestreaba el cadáver por el remanso, al extremo del intestino, que se desenrollaba como una cinta, larga, siniestra!

¡Así murió aquel extranjero, aquel invasor, que en los lindes patrios taló las selvas, mató los indios, esclavizó a mis compatriotas!

El domingo tocamos en el villorrio de San Joaquín, frente a la boca del Vaupés, y no nos permitieron desembarcar. Nos creen apestados, nos ven hambrientos, temen que les robemos víveres y gallinas. Mezclando el castellano al portugués, nos ordenó el Alcalde salir del puerto, en tanto que la gente agrupada en el arenal, viejos, mujeres, niños, nos amenazaban blandiendo escopetas, escobas y palos. «¡Colombianos no, colombianos no!»

Y lanzaban maldiciones sobre Barrera, que les llevó al Río Negro tan dañina plaga.

Y en San Gabriel, pueblo edificado sobre el congosto por donde el río gigante se precipita, hubimos de abandonar el bongo para no arriesgarlo en el raudal. El Prefecto Apostólico, Monseñor Massa, nos acogió benévolamente y nos ha ofrecido la gasolina de la Misión para seguir a Umarituba. El me dio la noticia que nos ha llenado de júbilo: don Clemente bajó hace tiempos, y el Cónsul de Colombia subirá, a fines de la semana en el vapor «Inca», que hace el recorrido entre Manaos y Santa Isabel.

¡Umarituba! ¡Umarituba! Joao Castanheira Fontes, no contento con regalarnos ropa, mosquiteros y provisiones, está equipándonos una canoa para el viaje a Yaguanarí. El martes seguiremos por el Río Negro, radiantes de esperanza, trémulos de ansiedad. El beriberi me dejó la pierna dormida, insensible, como de caucho. Pero el alma rebrilla en mis ojos, poderosa como una llama. ¡Yo no sé lo que va a pasar!

¡Hoy, agua abajo! Aquí está el solemne cerro cuya base lame el río Curícuriarí, el río que buscaron Clemente Silva y los siringueros cuando andaban perdidos en la floresta.

¡Santa Isabel! En la agencia de los vapores dejé una carta para el Cónsul. En ella invoco sus sentimientos humanitarios en alivio de mis compatriotas, víctimas del pillaje y la esclavitud, que gimen entre la selva, lejos de hogar y patria, mezclando al jugo del caucho su propia sangre. En ella me despido de lo que fui, de lo que anhelé, de lo que en otro ambiente pude haber sido. Tengo el presentimiento de que mi senda toca a su fin, y, cual sordo zumbido de ramajes en la tormenta, percibo la amenaza de la vorágine.

¡Animo! ¡Animo! Hoy llegaremos a Yaguanarí, y bogamos a todo músculo porque supimos que mi rival sale para Barcelos. Es posible que se lleve a Alicia.

Aquí el río se divide en inmensos brazos, para estrechar mejor las islas incultas. En esa península del lado derecho, se ve el caney de los apestados, detenidos en cuarentena. Por detrás desemboca el Yurubaxí.

—Catire, algún capataz puede reconocerte. ¡Toma mi revólver! Guárdalo en la pretina.

¡Vamos a llegar!

Esto lo escribo aquí, en el barracón de Manuel Cardoso, donde vendrá a buscarnos don Clemente Silva. Ya libré a mi patria del hijo infame. Ya no existe el enganchador. ¡Lo maté! ¡Lo maté!

Aún me veo saltando de la curiara sobre el escueto patio que precede al caney de Yaguanarí. Circundados por hogueras medicinales, tosían los apestados entre el humo, sin darme razón de mi enemigo, por quien yo preguntaba anheloso, antes que me viera. En tal momento me había olvidado de buscar a Alicia. La niña Griselda la tenía abrazada al cuello y yo me detuve sin saludarla: ¡sólo quería mirarle el vientre!

No sé quién me dijo que Barrera estaba en el baño, y corrí inerme entre el gramalote hacia el río Yurubaxí. Hallábase desnudo sobre una tabla, junto a la margen, desprendiéndose los vendajes de las heridas, ante un espejo. Al verme, abalanzóse sobre la ropa, a coger el arma. Yo me interpuse. Y empezó entre los dos la lucha tremenda, muda, titánica.

Aquel hombre era fuerte y, aunque mi estatura lo aventajaba, me derribó. Pataleando, convulsos, arábamos la maleza y el arenal en nudo apretado, trocándonos el aliento de boca a boca, él debajo unas veces, otras, encima. Trenzábamos los cuerpos como sierpes, nuestros pies chapoteaban la orilla, y volvíamos sobre la ropa, y rodábamos otra vez, hasta que yo, casi desmayado, en supremo ímpetu, le agrandé con mis dientes las sajaduras, lo ensangrenté, y, rabiosamente, lo sumergí bajo la linfa para asfixiarlo como a un pichón.

¡Entonces, descoyuntado por la fatiga, presencié el espectáculo más terrible, más pavoroso, más detestable: millones de caribes acudieron sobre el herido, entre un temblor de aletas y centelleos, y aunque él manoteaba y se defendía, lo descarnaron en un segundo, arrancando la pulpa a cada mordisco, con la celeridad de pollada hambrienta que le quita granos a una mazorca. Burbujeaba la onda en hervor dantesco, sanguinosa, túrbida, trágica; y, cual se ve sobre el negativo la armazón del cuerpo radiografiado, fue emergiendo en la móvil lámina el esqueleto mondo, blancuzco, semihundido por un extremo al peso del cráneo, y temblaba contra los juncos de la ribera como en un estertor de misericordia!

Allí quedó, allí estaba cuando corrí a buscar a Alicia, y, alzándola en mis brazos, se lo mostré.

Lívida, exánime, la acostamos en el fondo de la curiara, con los síntomas del aborto.

Antenoche, entre la miseria, la oscuridad y el desamparo, nació el pequeñuelo sietemesino. Su primer queja, su primer grito, su primer llanto fueron para las selvas inhumanas. ¡Vivirá! ¡Me lo llevaré en una canoa por estos ríos, en pos de mi tierra, lejos del dolor y la esclavitud, como el cauchero del Putumayo, como Julio Sánchez!

Ayer aconteció lo que preveíamos: la lancha de Naranjal vino a tirotearnos, a someternos. Pero le opusimos fuerza a la fuerza. Mañana volverá. ¡Si viniera también la del Cónsul!

Franco y Helí vigilan sobre la peña, para impedir que encosten las «montarías» de los apestados. Allá escucho toser la flotilla mendiga, que me clama ayuda, pretendiendo alojarse aquí. ¡Imposible! En otra circunstancia me sacrificaría por aliviar a mis conterráneos.

¡Hoy no! ¡Peligraría la salud de Alicia! ¡Pueden contagiar a mi hijo!

Es imposible convencer a estos importunos, que me apellidan su «redentor». Hablé con ellos, exponiéndome al contagio, y están resistidos a regresar. Ya les repetí que no tengo víveres. Si me acosan, nos obligarán a tomar el monte. ¿Por qué no se van al caney de Yaguanarí en espera del vapor ««Inca»? De hoy a mañana arribará.

Sí, es mejor dejar este rancho y guarecernos en la selva, dando tiempo a que llegue el viejo Silva. Improvisaremos algún refugio a corta distancia de aquí, donde sea fácil a nuestro amigo encontrarnos y se consiga leche de seje para el niño.

¡Que preparen la parihuela donde vaya acostada la joven madre! La llevarán en peso Franco y Helí. La niña Griselda portará la escasa ración. Yo marcharé adelante, con mi primogénito bajo la ruana.

¡Y Martel y Dólar, detrás!

Don Clemente: Sentimos no esperarlo en el barracón de Manuel Cardoso, porque los apestados desembarcan. Aquí, desplegado en la barbacoa, le dejo este libro, para que en él se entere de nuestra ruta por medio del croquis, imaginado, que dibujé. Cuide mucho esos manuscritos y póngalos en manos del Cónsul; son la historia nuestra, la desolada historia de los caucheros. ¡Cuánta página en blanco, cuánta cosa que no se dijo!

Viejo Silva: Nos situaremos a media hora de esta barraca, buscando la dirección del caño Marié, por la trocha antigua. Caso de encontrar imprevistas dificultades, le dejaremos en nuestro rumbo grandes fogones. ¡No se tarde! ¡Sólo tenemos víveres para seis días! ¡Acuérdese de Coutinho y de Souza Machado!

¡Nos vamos, pues!

¡En nombre de Dios!

El último cable de nuestro Cónsul, dirigido al señor Ministro y relacionado con la suerte de Arturo Cova y sus compañeros, dice textualmente:

«Hace cinco meses búscalos en vano Clemente Silva. Ni rastro de ellos.
¡Los devoró la selva!»

Acochinar, acobardar.
Afilar, tragar el anzuelo.
Alebrestado, mujeriego.
Alertado, alerto.
Arrimado, amante.
Atajo, conjunto de animales.
Atravesado, belicoso.
Atravesarse, interponerse.

Bagre, cierto pez.
Balatá, especie de caucho.
Banco, extensión, plana de terreno.
Baquía, destreza.
Barajustar, huir en tropel.
Barajuste, dispersión, atropellada.
Barbacoa, aparador de guadua.
Batelón, lanchón.
Bayetón, gran poncho de lana.
Bejucos, plantas enredaderas o rastreras.
Bejuquera o bejuquero, masa de bejucos.
Belduque, cuchillo pequeño.
Bohío, choza.

Bongo, lanchón de madera.
Botalón, poste para domar animales.
Bufeo, delfín de agua dulce.
Bunde, baile zapateado.
Burriar, abundar.

Caboclo, colono.
Cabuya, fibra de planta.
Cachaca, elegante.
Cachiblanco, cuchillo pequeño.
Cachicamo, armadillo.
Cacho, cuerno.
Cachones, toros adultos.
Caimán, cocodrilo de América.
Caimito, fruta sapotácea.
Cambur, banana pequeña muy dulce.
Canaguay, de plumaje dorado y verdoso.
Candongas, zarcillos.
Caney, cobertizo grande.
Caño, río menor.
Caramero, palizada.
Caribe, cierto pez muy voraz.
Caricari, especie de halcón.

Catire, rubio.

Cazabe, torta de afrecho de yuca (o sea mandioca).

Colear, derribar la res por la cola.

Comején, insecto que hace su habitación en la madera de los árboles o de las casas y la destruye.

Conga, hormiga venenosa.

Consumir, sumergir.

Conuco, sembrado rústico de plantas alimenticias tropicales.

Coquis, muchacho cocinero.

Coortería, lote de baratijas.

Corotos, trastos, baratijas.

Corrido, poema llanero.

Coscojero, caballo que tasca el freno.

Coyabra, vasija hecha de una calabaza.

Cumare, especie de palma.

Curare, veneno vegetal activísimo.

Curiara, canoa.

Chanchira, harapo.

Chicha, bebida fermentada, generalmente de maíz.

Chigüire, carpincho, capibara.

Chinchorro, hamaca de cabuyas.

Chingue, camisón de baño.

Chirinola, lucha.

Chiros, andrajos.

Chucherías, baratijas.

Chuchero, buhonero.

Chucho, buhonería.

Chuscal, vegetación de chusques.

Chusque, especie de bambú delgado.

Chuzo (de), embaucador.

Embarbascado, extraviado.

Embejucar, desorientar.

Embijar, pintar de rojo con semillas de bija o achiote.

Empajar, regañar.

Empelotar, desnudar.

Encocinarse, acostarse.

Enramada, cobertizo.

Ensoropado, muro de hojas de palma.

Envainar, sucumbir.

Espadilla, timón.

Estero, terreno bajo y lagunoso.

Falca, gran canoa techada.

Fábrico, fábrica.

Fotuto, corneta rústica.

Fregancia, molestia.

Gabela, ventaja en la apuesta.

Guadua, especie de bambú grueso.

Guahibos, tribu indígena.

Guajibera, tribu de guahibos.

Guando, parihuela.

Guapo, valiente.

Guaral, cuerda del anzuelo, cordel.

Guarapo, jugo extraído de la caña, no fermentado aún.

Guaricha, mujerzuela.

Guate, hombre del interior.

Guayuco, taparrabo.

Guinchar, herir con la punta de un palo, pinchar.

Guindar, colgar.

Guiña, maleficio.

Güio, enorme serpiente acuática.

Hatajo, conjunto de animales.

Igarapé, riachuelo.

Iraca, palmicha.

Jagüey, hoyo lleno de agua.

Jebe, caucho.

Jedentina, hediondez.

Jején, mosquito minúsculo.

Joropo, baile llanero.

Juerga, jolgorio.

Juerguear, jaranear.

Kerosén, petróleo refinado.

Lambón, chismoso.
Lapa, paca, roedor.
Llorado, canción llanera.

Macana, garrote.
Macetear, golpear con un cuchillo de palo.
Macundales, trastos.
Madrina, ganado manso que guía al bravío.
Manaca, palmito.
Mañoco, afrecho de yuca tostado.
Mañosear, resabiar.
Mapire, cesto de palma.
Maraca, calabacín lleno de piedrecitas.
Marma, marmita.
Mata, islote de bosque en la llanura.
Mecate, cuerda de fibra.
Menestar, necesitar.
Mirití, especie de palma.
Montaria, piragua.
Morichal, sitio poblado de moriches.
Moriche, especie de palmera.
Morocha, escopeta de dos cañones.
Morrocota, moneda de oro de veinte dólares.
Motoso, peligrifo.
Mucharejo, muchacho.
Mueco, pescozón.
Mulengue, mula despreciable.

Orejano, que no tiene señaladas las orejas.
Otoba, cierto árbol medicinal.

Pajonal, vegetación de paja brava.
Palmicha, palma para techar y para tejer sombreros.
Palmito, cierta palma comestible.

Palo a pique, cerca de troncos clavados.
Parada, apuesta.
Paro (en), de una vez.
Patojo, piernicorto.
Pechugona, indelicada.
Pelado, desnudo.
Pendare, cierta pasta resinosa.
Pepito, gomoso.
Peramán, especie de resina.
Percha, trapecio para colgar cosas.
Perraje, jauría.
Petaca, cierto baúl de cuero.
Petriva, mujer, en lengua guahiba.
Piapoco, tucán.
Pica, trocha.
Picure, prófugo.
Picurearse, fugarse.
Pirarucu, cierto pez.
Pisco, individuo.
Platanal o platanera, sembrado de bananos.
Plátano, banana.
Pollona, india jovencita.
Puestear, acechar.
Punta, grupo de animales.
Puntero, el que abre el desfile.

Ramada, cobertizo.
Rancho, casucha, choza.
Rango, rocín.
Rasgado, generoso.
Rasgarse, morirse.
Rastrillar, encender el fósforo.
Raya, cierto pez.
Rebuscarse, tratar de hacer algo.
Reinoso, hombre del interior.
Rejo, soga de cuero torcido, látigo.
Relance (de), al contado.
Requemado, de color rojo oscuro.
Requintos, véase tiple.
Rodeo, rebaño.

Rumbero, el que sabe orientarse.

Saca, movilización de ganados.
Samán, árbol tropical.
Saquero, el que compra ganados y los moviliza.
Sebucán, cilindro de hojas de palma en que se prepara el cazabe.
Seje, cierta palma.
Sernambí, caucho de mala calidad.
Siringa, cierto caucho fino.
Siringal, bosque de siringas.
Siringo, árbol de siringa.
Soche, especie de venado.

Tabari, cierto árbol.
Talanquera, cerca de guaduas horizontales.
Tambo, especie de caney.
Tapada (a la), escogiendo sin ver.
Tapara, calabaza.
Terecay, especie de tortuga.
Terronera, pavor.
Tigelina, tazuela metálica.
Tiple, especie de guitarra.

Tolima, departamento de Colombia.
Topochera, platanal de topochos.
Topocho, especie de plátano.
Trambucar, naufragar, hacer naufragar.
Trambuque, naufragio.
Tranquero, puerta de trancas.

Vacaje, conjunto de vacas.
Vaina, molestia, desgracia.
Vaquía, destreza.
Váquiro, marrano del monte.
Velorio, velatorio.
Volada, hazaña.

Yagé, planta cuyo jugo tiene poder hipnótico.
Yopo, polvo vegetal que embriaga alucinando.
Yuca, mandioca.
Yucuta, especie de brebaje.

Zambaje, conjunto de zambos.
Zamuro, gallinaza.
Zancudo, mosquito.
Zural, red inmensa de acequias naturales.

Indice